千金好酷 上

文創風 623

蕭未然 著

目錄

自序

蕭未然

一部小說的誕生十分神奇。

它的靈感可能源自一個夢、一幅畫、一首歌，甚至一句簡單的話。然而就算有了靈感，卻需要用無數個畫面、人物填充，最終才能成為一個完整的故事。

「從來老將名妓，末後一段光景，最是不堪。」——這句短詩出自唐代楊郇伯。歷史上名人太多，流傳千古的詩詞更是多不勝數，作者無意間看見這句短詩，頗有感觸，也因此知道其人。

這句短詩正是本書的靈感，美人遲暮、英雄末路太有畫面感，光是想像就覺得悲涼。只是作者向來喜歡溫馨的故事，若按照短詩所表達的意境來寫，顯然違背心意。再說了，美好的事物和人就應該被好好對待，於是作者想盡辦法圓啊圓，最後有了這套書。

女主角陸煙然曾深陷泥沼，卻不染塵埃。保持初心一向很困難，可是她成功了，這或許是因為內心孤傲，抑或是她能堅持的東西太少；然而，正是因為太過執拗，她的人生反倒有了不一樣的風景。雖然前路迷茫、疑點重重，可是只要堅持本心，終有一天會撥雲見日。

男主角姜禪順應女主角而生。他是一個有著赤子之心的翩翩少年郎，出身高貴、性格坦蕩，這樣的人對經歷過低谷的陸煙然來說，擁有特殊的吸引力。

兩人相識於情竇初開的年紀，天真單純而美好。他們之間的感情有過波折，但正是因為有考驗，才讓彼此確認自己的心。同理，你的愛人或許沒那麼完美，不過只要有心，相愛的人終究會在一起。

常言道：「善惡終有報」，這也是這套書的一個小小宗旨，那些不安好心的人，在書中都得到了應有的報應，各有各的下場。

此書完成時，作者的心情十分複雜。那些人物對讀者來說或許只是個符號，然而對作者本人而言，卻像家人或朋友一樣，如此生動而鮮活。

我想，他們或許真的存在，只不過與我們在不同的世界；故事的結局不代表結束，他們的日子仍在繼續，書中的主角，會一直幸福地生活下去。

感謝晉江版權編輯殊沐與狗屋出版社搭起橋梁，不然不會有《千金好酷》這套書；也感謝狗屋編輯的指導，讓小說不合理的地方得到改正。當然，最應該感謝的是讀者，因為有你們的支持，作者才有寫下去的信心。

天道酬勤，凡是想要的，經過努力都會有回報，希望自己能寫出更好的故事，加油！

第一章　身陷泥沼

四月的汝州，美得像一幅畫。河面飄蕩的落葉、岸邊飄下的柳絮，無不透著詩情畫意。汝州安陽城前兩日豔陽高照，天氣暖和不少，不料今日卻又下起濛濛細雨，為淮河對岸的入雲閣蒙上了一層白紗。

守門的小廝正打著瞌睡，冷不防地頭一點，瞬間醒了過來，見沒人注意到自己，他才鬆了一口氣。這幾日，閣裡的嬤嬤心情不好，要是被她看見他在打瞌睡，指不定會挨一頓打。

正如小廝所想，秦如香確實煩躁得很，想到某個小祖宗，她更是氣得擰了擰手中的繡帕，正惱怒著，門口突然傳來焦急的聲音。

「秦嬤嬤、秦嬤嬤，玉函姑娘偷偷給歡姑娘送吃的，被賴三哥抓住了！」

秦如香聽到這話，當即雙眉一豎，一雙丹鳳眼閃過一絲不滿，她冷著臉出了屋子，逕自往後院走去。

剛到院子，秦如香就瞧見穿著一身粉衣、身姿纖細的玉函被人抓著，玉函一見到她，霎時泫然欲泣。

「別說我沒有警告妳，妳這是明知故犯！」秦如香冷哼了一聲道：「別當著我的面作出這番模樣，給我回自個兒屋裡待著去。」

玉函一聽見她說的話，臉上的表情愈加惹人憐惜，只聽她回道：「嬤嬤，清歡已經一天一夜沒有進食了，您就發發善心，讓她吃點東西吧！」

聽到那個名字，秦如香臉一沈，手中的繡帕險些被她給撕碎，她瞪了玉函一眼道：「難不成我這入雲閣是善堂不成？玉函，妳是不是閒得慌？要是閒，就送妳去周大人那裡！」

話落，她對一旁的小廝生氣地說道：「愣著幹什麼，還不將姑娘送回屋裡去！」

小廝連連應聲，手一用力，拉著玉函就往另一邊走。

玉函自然不願意，和小廝拉扯起來。不過她一直嬌養在閣裡，哪裡是小廝的對手，不過一會兒，便被帶走了。

見玉函被拉走，秦如香指著在閣樓上看熱鬧的人罵了一圈：「看什麼看！你們一個個的是不是閒得慌？」

看熱鬧的人連忙收回了頭，秦如香的火氣總算是小了些，不過看到左手邊半掩著的屋子時，她的臉色又是一沈。

她問了守門的人幾句話，想了想，推開門往裡面走去。

屋子裡除了一面光禿禿的紅木桌，便只有一張雕花軟榻，顯得有些寒酸。

入雲閣乃是安陽城內、淮河岸邊的第一花樓，無處不透著精緻，這樣的地方，實在與周遭環境格格不入。

不過這屋子可是大有作用，這是閣裡專門用來教訓不聽話的姑娘之處所。

屋子只在靠門處有一扇窗，顯得有些陰暗，然而軟榻上坐著的女子，卻是硬生生地將屋子照得亮堂起來。

那女子穿著一襲青衣，一頭青絲挽了一個髮髻，髮間只插著一支木簪，再無其他飾物，明明素雅得不行，卻美得讓人無法逼視。

好歹是自己帶出來的姑娘，秦如香在見到人的那一刻，瞬間軟下了心，出口叫道：「清歡。」

軟榻上的人一頓，輕輕回了一聲：「嬤嬤。」

這位姑娘生得貌美，一張俏臉堪稱絕色，說話的聲音更是令人聽了酥軟入骨，只聞其聲便已被勾了魂。不愧是城裡花樓中的翹楚，若是平時，秦如香難免自得，畢竟這苗子可是自己親手調教出來的。

可正是因為太了解這個姑娘，秦如香見她這樣，就知道她還跟自己拗著。這麼一想，秦如香心中不暢快極了。看來這些年對她太好了些！

秦如香眼神冷了下來，面無表情地說道：「妳當真不聽我的安排？」

因為長時間滴水未進，清歡覺得身子有些發軟，嗓子也乾到不行，她蹙了蹙眉，片刻之後才說道：「嬤嬤，您又何苦逼我……」

「逼妳？我怎麼逼妳了？」秦如香不怒反笑：「這些年我是怎麼對妳的？妳清高，不接待客人，我允了；妳覺得人家粗鄙、看不上眼，要挑客人，我也允了，這才慣得妳自以為是！妳覺得自己當上了汝州花魁，就能爬在我頭上耀武揚威了是不是?!

「想得倒美，我才是入雲閣的主人！」

最後一句話帶著怒氣。要是往日，秦如香定然不會這樣對待閣裡的頭牌，可是時間越來越緊，她不得不慌啊。

清歡聽著這些粗言穢語，臉上閃過一絲難堪，她知道秦如香後面還有更難聽的話。

果然，秦如香開了口就沒打算停下，她舌頭靈活，險些說出花來。

「將妳當小姐養著，妳還給我甩臉，要不是當初我將妳買下來，妳早就不知道被賣到哪裡去了！

「當時妳病成那個樣子，糊塗得連人都記不得一個，老娘給妳請大夫治病，讓妳過上好日子，妳就是這樣回報我的？

「真是不知道好歹，怪不得人家說婊子無情，戲子無義！」

清歡垂下眼，手忍不住捏成了拳頭，在心裡冷笑起來。

秦如香罵得起勁，見對方沒什麼反應，頓覺乏味，此時她像是想到了什麼，冷哼一聲道：「難不成，妳還存著為自己贖身後，找個老實漢子嫁了的心思？」

話落，秦如香自己忍不住笑了出來，說道：「清歡，妳覺得憑妳這樣的身分，有人願意要妳嗎？就算是妳是花魁，賣藝不賣身，可是外人也只會當妳是個骯髒地方出來的破貨！」

便是知道秦如香一張嘴不饒人，聽了這話，清歡還是不由得身子一抖。

粉唇抿得緊緊的，清歡淡淡說了一句：「嬤嬤，您何必用這話來糟蹋我？」

秦如香見她面色冷淡的樣子，頓時怒火四起，她掃了面前的清歡一眼，神情有些複雜。

她自然疼這個頭牌，費了那麼多心思才培養起來的，能不心疼嗎？從清歡入閣以來，自己從來沒有像對待其他姑娘一樣對她，可沒想到這丫頭此時竟然起了反骨！

想著想著，秦如香不禁又抱怨起來：「妳以為我不知道妳偷偷攢銀子？可是妳也不想想，有哪個老實人家願意娶妳？指不定是看中了妳的銀子！

「要是遇到個家窮的，妳都錦衣玉食慣了，那苦妳受得了嗎？」

「嬤嬤。」清歡叫了一聲，接著說道：「可是這錦衣玉食，也要看妳有沒有命享啊！」

此話一出，秦如香臉上的表情一僵，怒道：「難道我還會將妳往火坑裡推不成？我這是為了妳好！」

為了我好？

清歡眼中閃過一抹諷刺，忍不住回道：「那葉大人不過是出了五千兩銀子，您說說，我自十四歲出臺，給您掙了多少個五千兩？」

「妳……」秦如香只覺胸口一梗，接著便冷道：「好啊妳，我看妳就是存心和我作對！」

兩人此番生了嫌隙，事出有因。幾個月前，鄰國進犯卞州，朝廷派了軍隊平亂，如今大軍得勝歸來，領頭的將軍在回朝路程中暫歇汝州，整備軍務。

那將軍不過二十出頭，卻頗得聖心，如今平亂有功，怕是更得皇上恩寵，汝州刺史怎麼會放棄這個巴結的機會？

刺史葉大人特地為那將軍辦了慶功宴，清歡奉邀前去，沒想到隔日，那葉大人竟要為她贖身，將她獻給那年輕將軍！

在秦如香看來，這自然是件大大的好事，可清歡卻不願意。戰場上殺敵的將軍可是好相與的？

秦如香不知道清歡到底在想什麼？不過她根本不在乎，若是心慈，她哪裡會當老鴇?!此刻秦如香臉色微沈。若不是怕身上留下印子不好看，她就用別的法子了，這逼良為娼的勾當，她做得還少了？

但想到眼前的利弊，她還是得低下頭去，畢竟若是清歡不情願，卻硬將人送去，不小心得罪貴人可就不好了。

秦如香的語氣軟了下來：「清歡，妳如今也十八，那將軍是頂好的歸宿，妳長得美，必定能抓住他的心。

「聽說那將軍生得俊得很，你們配在一起，豈不妙哉？再說了，妳來閣裡後一直嬌養著，跟了他，繼續過舒坦的日子不好嗎？

「那將軍還未娶妻，妳若是能趕在那之前生下個一兒半女，那可是天大的福分啊！」

秦如香分明是畫了一個大餅給清歡，至於那餅有沒有毒，卻是得要她自己去嘗。

聽到最後一句話，清歡眼中閃過一絲惱意道：「嬤嬤，我這種人哪裡配得上那樣的貴人？大戶人家的後宅可簡單？還妄想生兒育女，怕是到時被人生吞活剝都不知道是怎麼回事！」

當初閣裡的一位姑娘，不過是嫁了一個小官當妾，結果落得一屍兩命，更別說將軍家了。她就是生得再美，以色事人能有什麼好下場？不過是從一個火坑跳進另一個火坑罷了！

秦如香怎會聽不出清歡是在拿自己之前說的話打臉，她並不是什麼好相與的人，被再三頂撞，心中的火氣再也控制不住。
沒想到這丫頭竟然如此執拗！
「賴三，給我進來！」秦如香出聲叫道。
沒多久，一個身穿灰衣的男子跑了進來，問道：「秦嬤嬤？」
秦如香看了清歡一眼，隨後面無表情地說：「把她給我扔到後面的荷花池裡去！」
賴三只愣了一瞬便有了動作。然而他剛剛上前，就被清歡推了一把，她看向秦如香，開口問道：「嬤嬤，您當真要這樣？」
秦如香冷哼了一聲，沒有回答，而是看向屋裡的另一個人說：「賴三，還不趕緊去！」
賴三回過神，隨即喚了兩個人進來，清歡則是冷著臉看他們。
秦如香用眼尾餘光瞄了她一眼，等著她認錯，結果見她臉上沒有一絲害怕的神情，頓時怒火中燒。
難道她以為自己說著玩？
「還不快點，你們難不成是憐香惜玉？快點快點！」
幾個人一聽連忙上前，清歡掙扎了幾下無果，被人扛在肩上直奔荷花池而去。
因為許久沒有進食，胃本就難受得緊，此時被扛在肩上，更是頭暈目眩。清歡的臉色有些蒼白，卻咬緊牙關沒有求饒。
無論如何，她都不能被送給那位將軍！

人。

她只在宴席上掃了那將軍一眼，連相貌也未看清，卻能感受到那人周身的氣勢格外懾人。

天子寵臣、名門貴胄，怎麼會看上她這樣的人？

就算她僥倖入了他的眼，大門大戶的後宅往往是最骯髒的地方，她這樣的身分，沒有人容得下她，到時候怕是怎麼死的都不知道！

總之，萬萬不能鬆口！

正這麼想著，清歡突然覺得身子懸空，隨後傳來「撲通」一聲。

清歡只覺得身子一震，冰涼刺骨的池水便朝她襲來，縱然是做好了準備，就這麼被人扔進池裡，她還是嗆了幾口水。

在水裡掙扎了一會兒，清歡終於摸到廊橋立在水裡的柱子，穩住了身子。

她個子不矮，卻依舊觸不到池底，好在她諳水性，不至於溺水，可是身子泡在水中的感覺實在難受。

頭髮和衣裳全被打濕，貼在身上有些難受。清歡白著一張臉，看向走到池邊的秦如香。

池裡的人十分狼狽，然而打濕的髮絲貼在臉頰上，卻顯得她更楚楚可憐，這副模樣要激起旁人的同情心，再簡單不過。

就連做慣了這種事的賴三也有些於心不忍，出聲說道：「秦嬤嬤，歡姑娘身子弱，今日天氣又涼，這麼一折騰，怕會生病。」

秦如香氣得刮了他一眼道：「你倒是管得寬，給老娘守著，若是她離了水，老娘唯你是問！」

話落，秦如香看向水裡的清歡，她的眼睛微微一眯，說道：「清歡，妳在這裡好好考慮，什麼時候願意了，就什麼時候讓妳上來。」

清歡臉色微微一白，看著秦如香離去，池水冷，凍得她打了個哆嗦。她知道，秦嬤嬤是想讓她難受，可又怕她身上留下傷痕，所以才用了這個法子。

賴三注意到了清歡打顫，連忙勸了兩句：「歡姑娘，秦嬤嬤要怎麼做，妳就照著她說的做唄，跟她拗，哪能討得了好？」

這賴三慣常聽秦嬤嬤的話做事，清歡只看了他一眼，沒有說話。

賴三見她這樣，挑了挑眉，不再說什麼，反倒是一臉興致地看著水裡的人。

這歡姑娘可是閣裡的頭牌，能當上她入幕之賓的無不是汝州的名人，她本就長得美，此時衣裳貼著身子，露出精緻的鎖骨，一張臉縱然未施粉黛，卻一如既往的豔麗，看著面前的景色，賴三忍不住咽了咽口水。

他的視線再明顯不過，清歡有些不自在，不禁微微蹙了蹙眉，而接下來的狀況，讓她無暇顧及其他。

身子浸在池水久了，周身的溫度越來越低，清歡臉上血色盡失，忍不住顫抖起來。

不過，清歡卻咬著牙不肯求饒。若是此時認輸，之前的堅持就白費了。

屋漏偏逢連夜雨，過了大概半刻鐘，耳邊響起淅淅瀝瀝的雨聲，一滴滴水珠打在身上，冷進了清歡的心裡。

賴三暗叫一聲不好，見清歡白著臉不停地發抖，他趕緊出聲勸她。然而說了好些話，清歡卻不發一語，他嘴裡罵了一句，忙去找秦如香。

沒一會兒，賴三走了回來，一臉土色地開口說道：「歡姑娘，妳就給秦嬤嬤服個軟吧，妳不冷，我還冷呢！」

清歡聽他這麼說，俏臉微微一沈。她知道，若是今日自己不鬆口，秦嬤嬤不會放過她，但是……

她咬了咬牙，臉上閃過一絲堅定。

時間慢慢過去，雖然打定主意不肯認輸，清歡還是忍不住將身子儘量露出水面，只盼著稍稍好受一些。

賴三見了，不知從哪裡拿出一根竹竿向她伸過去。

「歡姑娘，秦嬤嬤可是交代了，不能讓妳離開水！」

清歡只覺得肩上一痛，接著便往水裡沈去，直到水浸到她的頸部，那竹竿才收了回去。

賴三抹了一把臉，見清歡仍舊不肯鬆口，搖了搖頭，索性靠著圍欄嗑起了瓜子。

清歡擦了擦臉上的雨水，伸手掐了自己一下。明明之前還冷得打顫，此時她卻覺得有些發熱，身子開始變得僵硬了。

漸漸地，清歡的神思有點恍惚了。她抱著水裡的柱子，將頭往上面磕，想讓自己清醒一些。

想起過往種種，她心中不由得升起一股怨氣。

怨已經從記憶中消失的爹娘生而不養，還將自己賣了；怨人牙子將她賣入青樓；怨秦如香貪心不足，恨不得將自己榨個乾淨；怨要買下她送給將軍的汝州刺史。

她甚至忍不住怨起那素不相識的將軍。若不是他，秦如香就不會為了要巴結刺史而如此逼迫她。

當上了花魁之後，有些人為了見上她一面，甚至願意一擲千金，她已經攢了好些銀子，只要錢夠了，她便可以為自己贖身。

運氣好一些，遇到不嫌棄她身分的人，她可能會成親，然後生兒育女；若是運氣不好，也可能孤獨終老。可不管怎麼樣，終究比待在入雲閣強。

不過這些奢望，可能再沒機會實現了……

清歡的身子不停地打顫，連嘴唇都開始控制不住地哆嗦起來，她腦中突然想起了第一次見到秦如香的情形。

那時她已燒得不記事，人牙子見她病重，時常罵她，最後將她賣給了秦如香。

她還記得秦如香第一次開口對她說的話是：「妳爹娘已經將妳賣給了人牙子，我從人牙子手中將妳買下，還為妳請了大夫，日後妳就要聽我的了。」

雖然已經不記得爹娘是誰，可即便是現在，清歡還感受得到當時心中的絕望。

清歡覺得身子越來越軟，漸漸使不上力抱柱子，腦子也越來越糊塗，接著手就在不知不覺間鬆開了。

賴三忽然聽見旁邊響起輕微的咕嚕聲，他臉上露出一絲疑惑，以為是自己的錯覺，不以為意地嗑了幾顆瓜子之後，猛然想起自己的差事，往水裡一看，哪裡還有那個人的身影！

他臉色大變，出聲喊道：「來人啊！快來人啊！」

第二章　還魂重生

周遭一下子沈寂下來，不知道過了多久，清歡耳邊響起了一道聲音，聽上去悶悶的，她使勁聽，才聽清了話裡的內容。

「小姐身子還有些發熱，只要出了汗就好，夫人不用擔心。」說話的人是個男的，嗓音略微有些嘶啞。

清歡感覺身子有些難受，眼皮像是有千斤重一般，怎麼也睜不開，可耳邊的說話聲卻再清晰不過。

想到之前發生的事情，清歡心中不禁升起一絲煩躁。這肯定是秦如香為她請的大夫！然而接下來響起的一道女聲，卻讓清歡一怔，因為她對那聲音絲毫沒有印象。

那道女聲溫柔似水，話裡帶著幾分擔憂：「大夫，您可瞧好了，別讓孩子遭罪！」

「夫人，您放心吧，小姑娘沒事，我寫一副方子，待會兒去煎點藥來喝就好。」

「那就麻煩大夫了。夏柳，快跟著大夫去抓藥。」

「是，夫人。」

清歡聽了許久也沒有聽見熟悉的聲音，終究發現了有些不對勁。

難不成她被秦如香送到刺史府上了？

清歡的心猛地一沈，這一急，竟是睜開了眼，入眼是淺色的幔帳。

果然不是原本的地方！

清歡的手臂一用力，半坐起身來，就見到一個陌生女子。那女子年齡大概二十六左右，姿容秀麗，面色柔和，不過眼神看上去有些銳利。

身為花魁，清歡接觸的人也算多了，直覺告訴她，面前這人並不如她外表看來那般好相處。

她張了張嘴，準備問這是何處時，女子的一句話卻將她震得說不出話來。

「煙然醒了？」女子一臉驚喜，笑著朝她走過來說：「快告訴母親有沒有哪裡不舒服？」

清歡一時恍若身在夢中，當她微微低下頭，視線落在自己身上時，臉色瞬間一白——小手小腳，這根本不是她，分明是個小姑娘！

郭氏見她臉色突然發白，臉上閃過一絲詫異，連忙上前噓寒問暖，神情滿是擔憂。

然而清歡此時陷於震驚當中，沒有回應她。

她明明記得之前自己泡在水池裡，後來體力不支墜入水中，怎麼醒來就變成這副模樣？眼前發生的事情再真實不過，清歡立刻想到某種可能性，表情頓時一滯。

在入雲閣，她偶爾會看看話本打發時間，那些話本的內容十分荒唐，像是大戶人家的小姐與小廝私奔；或是愚笨之人突然變得聰明，最後位列人臣；甚至有借屍還魂、受了冤屈之人回到過去的故事。

從前她只覺得荒誕不經，但她此時的狀況用話本裡的情境來形容，再適合不過！

她的爹娘將她賣給人牙子，想來家境貧寒，可面前這人一看就是大戶人家！既然她不是回到了過去，那麼她……她是不是借屍還魂了？

清歡看了身旁的女子一眼，臉色不由得更白了。若是被她發現自己占了她女兒的身子，她會不會被當成邪物？

郭氏見她似乎回過神，鬆了口氣道：「煙然，是不是哪裡不舒服？母親讓大夫來看看。」

清歡咽了咽口水，到底有些心虛，她怕大夫看出破綻，連忙道：「不用了，只是有些頭疼。」

眼前的女子大不了自己多少，再加上「母親」這個稱呼幾乎和她絕緣，清歡在心中猶豫了一下，還是叫不出口。

郭氏沒勉強她，伸手摸了摸她的額頭，語氣婉轉：「還有些燙，再喝幾次藥應當就能好了。」

「妳呀妳，下次可別再和隔壁那兩個小子貪玩，妳爹這次可是真生氣了！」郭氏嘆一口氣，又埋怨起自己。「這事也怪我，要不是我平時太慣著妳，妳也不會落水！」

清歡聽她說的話，猜了個大概。原來是小姑娘貪玩落水遭遇不測，而被自己占了身子。發生這樣的事情，清歡心情有些複雜，聽完女子的話，只含糊地回了幾句。

她從未被這般關心過，覺得很不自在，掙扎了許久，她咬牙喊了一聲「娘」，隨後說道：「我還想睡一會兒。」

娘?!

郭氏訝異不已，表情險些沒有繃住，她胡亂地點了點頭，應了一句：「煙然，那妳好好休息，有事就叫人，我先出去了。」

話落，她腳步凌亂地出了屋子，而那個說要睡覺的人，卻是睜大了一雙眼睛。清歡覺得她娘剛剛有些奇怪，想著想著，她眼睛轉了轉，在不遠處見到一面銅鏡，頓時將她現在的娘拋到了一邊。

她下床走到鏡前，只見鏡子裡是個大概八歲左右、梳著丱髮的小姑娘，皮膚白皙，一雙眼睛黑溜溜的格外有神，就是臉有些胖嘟嘟的。

她不由在心中感嘆。看上去是個有福氣的姑娘，怎麼會發生這樣的事情呢？

清歡瞧著鏡子，覺得這小姑娘似乎有些眼熟，但她隨即自嘲地笑了笑，覺得自己當真是昏頭了。

想了想，她伸手掐了自己一把，白皙的臉頰上頓時留下幾道指印。

「不是作夢。」清歡有些恍神地坐到了一旁的紅木椅上。

若不是親身經歷，她萬萬不會相信世間竟然會有這般離奇的事情！

「現在該怎麼辦？」清歡小聲呢喃，隨後觀察起房間。

房裡擺著一張紅木雕花大床，花紋繁複精美，床上的被子一看就知道是上好的綢布，一旁的長條案上，擺著幾件襯景的瓷器，其他家具也是樣樣齊全。

雖然是用這樣的方式，但她想不到自己竟然能離開入雲閣，可是占著人家的身子，終究是名不正、言不順，清歡實在是靜不下心來。

不過她到底經歷過不少事，很快的，便冷靜下來。這個叫煙然的小姑娘顯然不在了，她要做的，就是將自己當作小姑娘好好活下去，不能讓別人知道她的來歷。

清歡摸了摸自己的額頭，覺得微微有些發燙——罷了，身子還有些虛弱，等休息好了再做打算也不遲。

不過是個總角之年的小姑娘，這時又生了病，性子安靜些不會出錯，她再小心一些，應該能唬弄過去。

從現在起，她就是這個叫煙然的小姑娘了。

清歡迷迷糊糊地想著，最後實在支撐不住，爬回床上睡了過去。

轉眼過了一個多時辰，之前大夫吩咐的藥也煎好了。

身著豆青色上衣、淺色下裙的夏柳端著一盅藥到了煙然的屋子。她年齡十八上下，長相平常，性格不急不躁，做事態度沈穩，頗得郭氏信任。

屋裡的兩個丫頭見到她來了，連忙起身接待，齊聲喊道：「柳姊姊！」

兩個丫頭穿著同樣的服飾，一個叫荔枝，一個叫葡萄；叫荔枝的大一些，十四歲左右，叫葡萄的小了幾歲。

夏柳掃了她們兩眼，出聲問道：「大小姐可醒了？」

荔枝和葡萄連忙搖了搖頭。

夏柳想了想，說道：「那就快些將大小姐叫起來，這藥得趁熱喝。」

「這……」荔枝想到自家小姐的性子，不禁有些為難。若是此時將她吵醒，怕是要發火，不過她見夏柳的臉色變得有些難看，只得輕輕應了一聲，轉身往內室走去。

「小姐……小姐？」荔枝低聲叫了兩遍，聲音小到幾乎只有她自己才能聽見，見床上的人沒有動靜，她只得咬了咬牙走了過去。

床上的人睡得正香，看上去很乖巧，和醒來時一副小霸王的模樣相去甚遠。

荔枝撇了撇嘴，做好被罵的打算，出聲喚道：「小姐、小姐……」

耳邊響起模模糊糊的聲音，清歡……不，煙然一下子便醒了過來。

見到面前的丫鬟，煙然立刻反應過來，她一邊起身，一邊問道：「什麼事？」

荔枝本以為自己吵醒小姐會被罵，沒想到，平時脾氣那麼壞的人，竟然沒有發火的跡象。難道這次落水，轉性了？

被丫鬟直愣愣地看著，煙然忍不住摸了摸自己的臉道：「怎麼了？」

荔枝這才發現，自己傻乎乎地看著她，雙頰不由得一紅，連忙出聲說道：「小姐，您、您該吃藥了。」

煙然看了這個丫鬟一眼，點了點頭說：「將藥拿進來吧。」隨後她理了理身上的衣裳，起身坐到了木椅上。

端藥進來的人是葡萄。她身型嬌小，手裡端著一盅藥小心翼翼地走著，煙然盯著她瞧，生怕她將藥給灑了。

看葡萄有些搖搖晃晃，煙然忍不住出聲說道：「小心些。」

誰知聽到自家小姐的提醒，葡萄的手竟是一抖，結果「砰」的一聲，那盅藥落在地上，藥渣撒了一地。

煙然正準備出聲說「沒事」，丫鬟卻已經有了動作。

葡萄臉一白，顧不得腳有些被燙到，馬上跪在一旁的地上說：「小、小姐，奴婢不是故意的，真的不是故意的！」

煙然無言地看著葡萄的舉動，不明白她為何要這麼緊張？

房外兩個人聽見裡面的響動便走了進來，夏柳一見眼前的情形，表情一變，說道：「怎麼這點事情也做不好，要是將大小姐燙著了，夫人不賞妳一頓板子！」

她一邊說著，一邊打探了煙然一番，見她沒有哪裡被燙著，這才鬆了口氣，隨後對一旁同樣白了臉的荔枝說道：「快去將夫人請來！」

煙然一怔，開口說道：「不用，藥撒了，再另外煎就行。」

夏柳似乎沒有料到她會說這種話，臉上閃過一絲驚訝。

煙然自然注意到了夏柳的神情，她微微凝眉看向她，語氣有些疑惑：「怎麼，難道沒藥了？」

夏柳一怔，表情有些奇怪，她想了想，說道：「大小姐，這事還是等夫人來了再說吧。」隨後她對荔枝說道：「荔枝，快去請夫人吧。」

荔枝忙應了一聲「是」，接著便往外跑去，跪在地上的葡萄忍不住發出一聲嗚咽。

煙然看了夏柳一眼，微微瞇了瞇眼睛。

明明是件小事，她也說了不用在意，結果這丫鬟卻執意如此，難道她的話這麼不管用？屋內的氣氛一時之間有些凝滯。

夏柳被她掃了一眼，不禁有些不自在，過了一會兒，她扛不住了，開口說道：「大小姐，夫人一向最疼您，若是不告訴她這件事，萬一被她知道了，奴婢會受罰的。」

煙然聽了只是挑了挑眉，並未多說。

一會兒，郭氏就急急忙忙地趕到煙然的屋子。

雖然只離開了兩個時辰，她卻換了一身衣裳，松花配桃紅色，看上去格外嬌豔，一頭青絲挽成了百合髻，另外配上一對精緻的珠花，有了這副裝扮，再加上保養得當，看上去年輕了好幾歲。

不過在煙然眼裡，她覺得這個現成娘親長得一般。

她能當上汝州花魁，相貌占了很大的優勢，不是她自負，這位現成娘親在她面前一半也抵不上。

話說回來，她長年處在女人堆中，見過各式各樣的美人，能得到她評為「一般」的長相，其實也算不錯了。

郭氏自然不知道煙然心中在想什麼，她進屋子後先看了煙然兩眼，臉上的擔心這才煙消雲散。

她看向跪在地上的人，語氣嚴肅地說道：「這點事情都做不好，留著妳幹什麼？叫門房的人讓王婆子來領人！」

王婆子乃是此地的官牙子，葡萄有所耳聞，如今她年齡不過十歲左右，還差幾個月才到十一，一聽郭氏這麼說，當即嚇得哭了起來。

「夫人，奴婢知道錯了！求您不要將奴婢賣了！」葡萄一邊哭喊著，一邊不停地磕著頭說：「奴婢以後做事一定小心，夫人！」

煙然聽了葡萄的話，才反應過來那王婆子是什麼身分，想起過去的遭遇，她心中一沈。其實這只是一件極小的事情，根本沒有必要這麼做。

於是她出聲說道：「娘，是我將葡萄嚇著了，藥盅才會打碎的。」

聽到那聲稱呼，郭氏又是一陣不自在，她看了煙然一眼，語重心長地說道：「煙然，母親是為了妳好，她是妳的貼身丫鬟，連這點小事都做不好，怎麼能好好照顧妳？絕對不能因為事情小就饒了她！」

煙然本來以為自己開口求情，這丫頭就會沒事，沒想到竟得到這樣幾句話。

她想了想，繼續說道：「可是我並沒有受傷——」

「就算妳沒有受傷，這丫頭也該罰！」郭氏直接打斷她的話，覺得她似乎和平時有些不一樣，忍不住多看了她兩眼。

煙然被她這樣的眼神看得胸口一顫，想到這般大的小姑娘向娘親撒嬌的模樣，她眼珠一轉，開始鬧脾氣：「不嘛、不嘛，我要葡萄陪我玩！」

她從未這般撒過嬌，只覺得彆扭不已，話一出口，她不禁打了個哆嗦。

煙然渾身不舒服，然而郭氏見她這個樣子卻是見怪不怪；相反的，見煙然發脾氣，她的心情似乎不錯，只聽她滿是驕傲地說道：「煙然，妳可是我們陸家的大小姐，委屈誰都可以，就是不能委屈妳！」

原來姓陸啊……陸煙然。

此時陸煙然得出一個結論：小姑娘的脾氣應當不是很好，想來因為有人寵著吧。

因為有她求情，郭氏這才看向在地上跪著的丫鬟道：「妳可聽見了？這次是大小姐心慈，就饒了妳，若是下次再這麼不小心，絕不輕饒！」

葡萄反應過來，頓時感激涕零：「謝謝夫人、謝謝夫人！」

郭氏眼神掃到地上的藥渣，隨即吩咐一旁的丫鬟再去煎藥，接著關心的視線又落在陸煙然身上：「煙然，待會兒藥煎好了，記得乖乖喝，母親還有點事，待會兒再來看妳，好不好？」

陸煙然連忙點了點頭。

郭氏滿意地頷首，又訓了照顧陸煙然的兩個丫鬟幾句話，便風風火火地離開了屋子。

才出了屋子，夏柳就問出了心中的疑惑：「夫人，那丫頭就讓她留在大小姐房裡了？」

郭氏腳步一頓，嘴角彎了彎，說道：「沒事，那兩個丫頭本身就不機靈，留著吧，倒省得再去挑人了。」

她們人一走，房間裡頓時又安靜下來，想著方才那莫名其妙的一場戲，陸煙然臉上的表情若有所思。

荔枝怯生生地看了自家小姐一眼，猶豫了好一陣子才說道：「小、小姐，讓葡萄起來吧？」

陸煙然正在想事情，被打斷思緒後不由得皺了皺眉，荔枝見狀立刻跪下。

看到眼前的景象，陸煙然深吸了一口氣才繃住自己的表情，她掃了在地上跪著的人兩眼，語氣有些好奇：「妳們很怕我嗎？」

荔枝和葡萄萬萬沒有想到，她竟然冒出這麼一句話，齊齊搖起了頭，然而她們的身子卻很誠實，頭埋得非常低，看也不敢看她一眼。

陸煙然本來想套些話，見她們這樣也沒了心思，只道：「妳們去忙自己的吧。」

跪在地上的兩人對視一眼，見陸煙然是認真的，這才收拾起剛才被弄髒的地面。

陸煙然只當屋裡沒別人，東翻翻、西找找，心中那股不對勁的感覺更加強烈。

按理說，這小姑娘八歲了，應當學點東西，可書桌上竟是沒看見一支筆、一張紙，上面擺著的東西盡是些小孩子的玩物，而大戶人家小姐要學的女紅，更是沒瞧見半點相關物品。

再怎麼寵，也不至於這樣吧？陸煙然忍不住瞇了瞇眼睛。

如今的生活是真如表面上這般美好，還是暗潮洶湧？

第三章　拿捏分寸

接下來的日子，陸煙然沒閒著，終於藉著自己兩個丫鬟的口，摸清了小姑娘的情況。

這位叫陸煙然的小姑娘豈止是她以為的家世好，她的父親竟是虞州的刺史大人！

虞州雖然比不上有「富庶之地、魚米之鄉」之稱的汝州，可也是水路通達、商業興盛，此州刺史自然不比尋常。

沒想到她一覺醒來竟成了官家之女，且陸家似乎還有其他身分。怕引起丫鬟的懷疑，她壓抑住了心中的好奇，打算之後有機會再套話。

不過更讓陸煙然震驚的是，她竟是回到了康元十一年的暮春時節，上一世她十八歲時是康元二十一年。

也就是說，她不僅僅是借屍還魂，而且還回到了十年前！那這個時候的她呢？還在這個世上嗎？

正當陸煙然想著這個問題時，荔枝突然出聲道：「藥煎好了！」

「小姐，該喝藥了！」

陸煙然回過神來，便見葡萄端著藥來到了庭院。她的身子雖沒有剛開始那般難受，可是畢竟生病了，藥還是得喝。

荔枝已經做好了哄人的打算，沒想到她一恍神，陸煙然已經將那盅藥給喝完了。

見兩個丫鬟驚訝地看著自己，陸煙然哼了哼，轉身進屋。荔枝和葡萄以為她要休息，連走路也變得小心翼翼。

陸煙然自然沒有休息，回屋之後，她沈思起來。

這個小姑娘性格似乎有些霸道、愛發火。也是，有一個那麼寵人的娘，有點小孩子脾氣很正常。

原本陸煙然以為當個小姑娘很容易，沒想到第一步上就遇上了麻煩。

這小姑娘正是天真活潑、單純可愛的年紀，然而這些恰恰是她從未擁有過的，所以她覺得自己扮起來有些不倫不類。

說到底，她無法真正將自己當作這個叫陸煙然的人。

這樣不行。陸煙然在心中勸起自己，畢竟她可能永遠回不去了，所以她必須以現在的身分活下去。

不知想到什麼，她的心情陡然一鬆，像是突然想通了。

「這般離奇的事怕是沒有人會想到，即便是性格有些變了，也很合乎情理。」陸煙然嘴裡嘟囔道：「我只需要小心一些，慢慢轉變性子就成，想必不會有人注意。」

她暫時放下心中的猶疑，準備好好當一個官家小姐。

因為前幾日落水，現成的娘不放心再讓她出門，對陸煙然來說這是正中下懷，她還不熟悉環境，樂得待在家裡。

她住的地方叫作梧桐苑，有兩個貼身丫鬟、兩個粗掃嬤嬤，再加上她自己，一共五個人。

因為不能出門，荔枝和葡萄想著小姐貪玩的性子就頭疼，沒想到她竟是乖乖地待在苑裡。

兩個丫鬟並沒有多想，只以為自家小姐是被這次落水的事嚇著了。

陸煙然扮起小姑娘也越來越得心應手，這會兒她正躺在竹椅上曬太陽，整個人懶洋洋的。

荔枝看了看天色，已經快到午膳的時間，於是出聲說道：「小姐，奴婢去大廚房取午膳了。」

陸煙然一聽忍不住撇了撇嘴，語氣有些不耐煩：「去吧去吧。」

見她這個樣子，荔枝不由得笑了，朝葡萄吩咐兩句後便出了庭院。

想到荔枝說的午膳，陸煙然就覺得有些煩心，但她不是嫌午膳不好，而是太好了。

以往在入雲閣時，她每天吃什麼、吃多少，都有定數。這會兒沒人管了，她當即敞開了嘴，而且郭氏每日都讓人熬滋補的湯送來苑裡，這才幾天，她的臉就圓了一圈。

想到郭氏，陸煙然勾了勾唇。

這個現成的娘每天都會來關心她一番，每次坐不了一會兒就走，然而有什麼好吃的、好玩的，都會使勁地往這裡送，對她更是噓寒問暖，關懷備至。

陸煙然到底不是小孩子，又察言觀色慣了，總覺得有些不對勁，可琢磨了一陣子沒結果，只好當自己想多了。

荔枝很快就將午膳取回來，身後還跟著郭氏的大丫鬟夏柳。見到她，陸煙然並不驚訝，想必她又是代郭氏表示「關心」來了。

夏柳手裡提著一個食盒，她看了煙然一眼，笑著說道：「大小姐，這是夫人特地讓人為您熬的甲魚湯，可鮮了，您得多喝點！」

甲魚湯？

即便是有了猜想，煙然還是忍不住小聲埋怨道：「昨天是豬蹄湯，前天是烏雞湯，今天還要喝啊？再喝我就要變成一顆球了！」

一行人走到了屋裡，陸煙然順勢坐在桌旁的凳子上，夏柳將食盒裡的湯盅取出放在桌上，悄悄看了她一眼。

小姑娘穿著一身藕色的對襟襦裙，稱得肌膚雪白，一雙眼睛亮晶晶的，肉乎乎的臉讓人想伸手掐一把。

即便她是郭氏的丫鬟，也不得不承認陸煙然看著頗討喜。

夏柳神色一黯，笑著說道：「大小姐，那些湯喝了對身體好，這可是夫人對您的一番心意啊！」

說著，她用青花纏枝蓮紋碗盛了半碗湯放到陸煙然面前，勸道：「大小姐，快嚐嚐！」

陸煙然看了她一眼，取了白瓷勺嚐了兩口，別的不說，這湯還真的挺鮮的。

見她露出一絲滿意的神情，夏柳連忙說道：「大小姐，喜歡的話就多喝一些。」

陸煙然最後不負所望，喝了兩碗湯，還吃了半碗飯。

「夫人看您吃得這麼香，肯定會很高興的！」夏柳說道。

陸煙然一聽，當即嘟起嘴道：「可是娘都不陪我吃飯。」

夏柳沒想到她會冒出這句話，臉上的表情微微一僵，回道：「大小姐，二小姐這幾日有些風寒，您身子才剛好，夫人是擔心您過了病氣！」

陸煙然聽了，只「喔」了一聲，表情還是不太高興。

夏柳只得又勸了兩句，隨後朝荔枝使了個眼色說：「好好照顧大小姐。」話落，她收了食盒，和煙然說了一聲就退下。

陸煙然看著夏柳的背影，挑了挑眉。

郭氏看似對她無微不至，樣樣都順著她，可是她本人卻一次也沒在梧桐苑用過膳，而她的現成爹跟妹妹、弟弟，她更是見都沒見過。

她爹是刺史大人，公務繁忙，聽說已經好些天沒有回家，這倒還好說，可是弟弟妹妹明明在同一個府上，怎麼沒見面呢？

陸煙然雖然好奇，卻沒有傻乎乎地開口詢問。想必不用多久，她就會知道原因了。

虞州分別與汝州、景州、酈州、崇州接壤，地處要勢。不過因為虞州面積小了些，乃為下州，所以就算是刺史大人，陸鶴鳴的官階也只是從五品。如今他已經在虞州任職四年，眼看任期將滿，還不知何去何從？

陸鶴鳴已經連續幾日沒有回府，這麼做也是想給監察大人留下一點好印象，不過那老頭子一板一眼、個性嚴肅，從他臉上根本看不出什麼。

這讓陸鶴鳴有些生氣，不過即便如此，他也是好看的。

他如今二十有八，生得劍眉星目、斯文俊朗，看上去不像為官者，反倒像風度翩翩的才子。不過他畢竟當了幾年官，皺起眉的樣子氣勢十足，自然是一般文人不能比的。

一旁的賀司馬見狀，忍不住咽了咽口水，想著幾天前發生的事情，開口問道：「陸大人，令嬡可好些了？」

司馬大人心中忐忑。自家兩個小子調皮，刺史大人家的大小姐也不遑多讓，兩家府上挨得近，結果調皮的猴兒湊到了一起，便是讓人注意看著，還是出了紕漏。

陸鶴鳴一愣，竟是想了想才反應過來賀司馬為何突然說這些話，他皺起一雙劍眉道：「司馬大人不必介懷，小女已經好了。」

雖然賀司馬的夫人已經上門探訪過，可是此時聽了郭鶴鳴的話，他才真正鬆了口氣。

兩人又閒談了幾句，賀司馬便告退離去。

忽然聽人提起大女兒，陸鶴鳴的表情有些複雜。他坐在紅木製成的圈椅上沈思了許久，最後拿了一張紙，提筆在紙上寫著。

片刻之後，他將信封好放進懷裡，準備回府。

隨身的小廝知道陸鶴鳴要回府，連忙回去通報。府衙離陸府不遠，大概半刻鐘的路程，得知這個消息的郭氏臉上一喜。

此時郭氏正陪著一雙兒女寫功課，她立刻對他們說道：「你們爹要回府上了，娘回屋一會兒，你們兩個可不要偷懶！」

陸婉寧見她娘轉眼間便不見人影，笑著對弟弟說道：「娘肯定又要打扮了！」她生著尖下巴、翹鼻梁，配上一雙圓溜溜的杏眼，模樣秀麗嬌俏。

一旁的陸睿宗正認真地寫著字，聽了她的話，只回道：「姊姊快寫吧，等會兒娘見妳沒寫好，妳又要挨罵了！」

陸婉寧不禁嘟了嘟嘴，哼了一聲。

陸鶴鳴回府後直奔雨荷苑，見到一雙兒女正坐在桌前認真地寫字，不由得露出欣慰的表情，然而不見大女兒的身影，讓他的臉色瞬間變得有些難看。

陸婉寧先看到他。父女倆已經幾日沒有見面，著實想念得很，她將手裡的筆放到一旁，起身到他面前說道：「爹，您總算是回來了！」

陸鶴鳴身材高大，陸婉寧還不到他的胸膛，看著嬌俏可人的二女兒，他不禁摸了摸她的頭問道：「婉寧可是在練字？」

陸婉寧連忙點頭說：「是啊，爹，先生教了一首詩，讓我們練幾遍，明日就要交上去呢。」

陸鶴鳴和二女兒說了幾句話後便去看兒子，見他寫的字很端正，滿意地點了點頭；再見二女兒的字雖然力道稍顯不足，卻娟秀順暢，立即誇了兩句。

此時陸鶴鳴想到大女兒，便問道：「你們大姊這幾日可有去先生那裡？」

陸婉寧見她爹問到陸煙然，心中有些不高興，嘴上卻乖乖回道：「娘說大姊病還沒好，要休息呢。」

陸鶴鳴有些不悅，只當大女兒又貪玩，想著待會兒見了面一定要說說她，交代兒女兩句後，他便舉步回去住處。

郭氏已換好了衣裳，白色裡衣配上淺紫色的褙子，下著淺色的長裙，整個人顯得柔和溫婉。

「梓彤。」陸鶴鳴剛進內室，見到她這副模樣，情不自禁地喚了一聲。

郭氏正低著頭整理袖子，突然聽到熟悉的聲音，心中一喜，抬起頭喊道：「表哥！」

陸鶴鳴微微一怔。自從兩人成了夫妻之後，她已經許久沒這麼叫他了。

見他發愣，郭氏不由得笑著走向陸鶴鳴，問道：「怎麼了？」

陸鶴鳴反應過來後搖了搖頭，坐在一旁的椅子上，隨後吐出兩個字：「沒事。」

雖然他嘴上說沒事，郭氏卻不能當真，上前便是一陣噓寒問暖。她這般溫柔體貼的模樣對陸鶴鳴最是受用，之前他有些繃著的神色，不知不覺間緩和了下來。

「這幾日忙著政務，辛苦老爺了，虞州百姓能過上好日子，可得感謝您這個刺史大人！」郭氏笑著說了幾句，一雙保養得當的手捏著陸鶴鳴的肩膀，力道剛剛好，讓他舒服地哼了哼。

過了一陣子，郭氏問道：「老爺，李大人那兒怎麼樣了？」

李大人便是那監察大人，負責臨近幾個州的官員考核，陸鶴鳴任期將滿，此人的評價對他尤其重要。

陸鶴鳴聽郭氏提起那個老呆板，表情有些不快，說道：「李大人頗有些油鹽不進。」

郭氏察覺到陸鶴鳴心情不好，勸他寬心。

陸鶴鳴點了點頭，說到了大女兒身上。「梓彤，妳對煙然著實寵溺了些，再過一陣子她就九歲了，字卻還不識幾個，這怎麼行！」

郭氏手上動作一頓，語氣軟了下來。「可是煙然聽先生的課就頭疼，她聰明著呢，大一些再學也不遲！」

「頭疼？她就是貪玩！」陸鶴鳴的語氣很不好。聽課就頭疼？想到這個大女兒，他才頭疼！

見他這樣，郭氏自然是溫言軟語地勸解了幾句。

陸鶴鳴看了妻子一眼，神情鬆了些，想了想，他說道：「不能再任她貪玩下去了，若是回了晉康，她這不是惹別人家笑話嗎？堂堂鎮國侯府的大小姐，竟沒有一點大家閨秀的樣子！」

「哪裡有您說得那麼嚴重，我看煙然挺好的。」

陸鶴鳴無奈道：「就是妳這個母親太疼她了。」

郭氏哼了聲道：「那是，雖然煙然不是我親生的，可是到了虞州後就在我身邊養著，我一直當她是親生女兒，您說她不好，我自然不依！」

陸鶴鳴聽她這麼說，眼中閃過一抹異色，轉瞬即逝。他頓了一下，將懷裡的信掏出來遞給郭氏。

「梓彤，這封信妳讓府裡的人早些送去晉康。」

郭氏疑惑地將信接過去，在看到信封上寫的字時有些不可置信。她嘴角僵硬，語氣幽怨：「老爺，都怪我娘家沒有本事，幫不了您……」

兩人當夫妻也近十年了，又是自幼相識，陸鶴鳴自然明白妻子不高興。他看了郭氏一眼，語氣有些無奈：「梓彤，我知道妳心中介懷，可是鎮國侯府的爵位到我身上，便是最後一代了。」

後面的話陸鶴鳴沒有說完，可郭氏卻再清楚不過。

陸家的爵位是陸鶴鳴的祖父用半隻手臂換來的，爵位順利地傳到上一代侯爺身上，可是老侯爺並沒有什麼建樹，日子過得渾渾噩噩，當鎮國侯府的爵位落到陸鶴鳴頭上時，不過是個空殼子。

雖說瘦死的駱駝比馬大，可是鎮國侯府和其他世家卻比不得，偏偏陸鶴鳴這個人又有野心。他如今才二十八，便在虞州任職四年，若是有人提拔，肯定還能更進一步。

郭氏在心中思量了一番，便回道：「老爺，您就放心吧，我一定讓府上的人盡快將信送回去。」

丈夫顯然不滿足於目前的處境，她何必討他不高興？何況他若是升了官位，不僅自己有面子，也有益於一雙兒女，再好不過了。

陸鶴鳴見妻子如此識大體，滿意地點了點頭，想了想後又說道：「過一會兒讓煙然一道用晚膳吧。」

荔枝送走遞消息的人後回來，看見自家小姐皺著眉坐在軟榻上，她瞄了葡萄一眼，小聲問道：「小姐怎麼了？」

葡萄搖了搖頭，回了一句：「剛剛柳姊姊來過之後就這樣了。」

荔枝的腦子雖然不怎麼靈活，可是思索一下後還是懂了，見煙然愁成那個樣子，她連忙上前說道：「小姐，您別愁了，指不定這次老爺高興，忘記訓您呢。」

陸煙然自從得知現成的爹回來，就想著該用什麼樣的態度面對他？此時聽到荔枝說的話，立刻在心中感嘆了一聲「瞌睡來了就有人送枕頭」，隨後開始打探情況。

她狀似無意地提了兩句，荔枝根本不知道自己被套話了，不一會兒，陸煙然就獲得自己想知道的訊息，最後得出一個結論——他們父女倆感情不怎麼樣。

陸煙然鬆了一口氣。這樣就好辦了。

酉時不到，郭氏身邊的丫鬟又來催了一遍，荔枝將人送走回到內室，便見到自家小姐換了一身衣裳。

陸煙然正對著銅鏡整理衣襟。小姑娘年幼，一張臉還帶著嬰兒肥，可是五官精緻，肌膚白皙水靈，底子相當不錯。

若是大些、抽高些，和她上輩子的容貌相比，怕是不遑多讓……陸煙然盯著鏡子瞧了瞧，說起來，這張臉和記憶中自己的模樣，還真有點神似呢。

一旁的葡萄一直盯著她看，忍不住出聲問道：「小姐怎麼又換了身衣裳？」

陸煙然沒回話，只彎了彎嘴角。和現成的爹第一次見面，自然要讓他留個好印象。

「走吧。」待一切整理完畢，陸煙然出聲說道。

見她興致頗高，兩個丫鬟的心中有些忐忑，畢竟他們父女倆的關係並不好，也不知道這次見面會發生什麼事……

第四章　初見父親

刺史掌管一州要務，刺史府自然不是平常的宅邸能相比的。

出了梧桐苑，陸煙然走在兩個丫鬟中間，默默地記著路，稍一恍神，她想起了上一世。

陸煙然的表情有些複雜，眼見到了郭氏的住處，她連忙斂起戚色，往裡面走去。

紅木製成的圓形餐桌上，陸鶴鳴坐在正中間，郭氏和陸婉寧分別坐在他兩旁。陸睿宗坐在陸婉寧旁邊，他年齡還小，雖然能獨自用食，背後還是站著一個專門伺候他的丫鬟。

眼見一道道菜端上桌，大女兒卻還未到，陸鶴鳴皺起了劍眉，語氣不滿：「大小姐怎麼還沒到？快去催催！」

郭氏忙按了按他的手臂道：「老爺可是餓了？要不您先吃點東西墊墊肚子，我們等著就行。」一說著，她將一個白瓷碗放到他面前，準備替他夾菜。

陸鶴鳴臉色一垮道：「難不成我不在家時你們也這麼等著？說了要妳別太寵她，讓長輩等她用飯，成何體統？你們吃，不用等她了！」

面前的丫鬟剛剛掀起布簾，陸煙然便聽到了這番話。她不動聲色地將案桌前的人都掃了一眼，隨後視線落在中間那個男人身上。

男人穿著一身雪青色的圓領外袍，相貌俊美，氣質卓然，就是神色有些嚴肅。

雖然從自己的相貌來看，就能猜出當爹的人長得不差，可是見到男人相貌如此出眾，陸煙然還是有些驚訝，一旁溫婉秀美的郭氏，完全被他的光芒掩蓋住了。

想起剛剛聽到的話，陸煙然微微扯了扯嘴角，嘟嘴說道：「爹，我這幾日可都在自己屋裡用膳呢，沒讓母親等。」

她剛開始一口一聲「娘」，後來察覺到郭氏一直自稱「母親」，雖然不知道原因為何，她也跟著改了過來。

陸鶴鳴沒想到自己剛才說的話不巧被大女兒聽見，表情頓時有些不自在。

郭氏不知道陸鶴鳴在想什麼，她怕他誤會，連忙解釋道：「婉寧前兩日染了風寒，煙然好不容易好了，我怕她染上病氣……」

話還沒說完，陸鶴鳴就說道：「還是妳想得周到。煙然，快坐下吧。」

郭氏聽了，親熱地將人喚到自己身旁，陸煙然順勢坐下，接受她的噓寒問暖。

陸婉寧看到這個情形，嘴角垮了下來，她趁父母沒注意時，瞪了對面的陸煙然一眼。

在場的人並不多，陸煙然正在觀察情況，突然被對面的小姑娘瞪了一下，她當即心中一動，卻未有反應。

到了這會兒，她確認父女倆之間並不親熱，甚至跟弟妹的感情也不怎麼樣，所以此時宜靜不宜動。

陸鶴鳴以為，大女兒是聽到了自己方才說的話而不高興，於是他臉色微沈道：「煙然，平時妳貪玩也就罷，可這一桌子的人都在等妳用膳，難道妳覺得自己沒錯嗎？」

陸煙然的內心畢竟是大人了，這麼被人訓當然有些不高興，何況郭氏通知她用膳的時間是酉時，這會兒時辰還未到呢。不過訓話的人是她現在的爹，她便沒有回嘴。

坐在陸鶴鳴一旁的陸婉寧見狀，軟軟地冒出一句：「爹，反正我們都不餓，等大姊一會兒也沒什麼啊。」

陸煙然有些驚訝。那個小姑娘剛才明明還在瞪自己，這會兒竟替自己說起話來了？

陸鶴鳴看到二女兒乖巧的樣子，情緒稍稍緩和一些，然而這麼一比較，那頑劣的大女兒就更讓他不悅。「妳看妳，比婉寧大了半歲，還沒她懂事！」

這話落在別人的耳裡沒什麼，在陸煙然聽來卻是如同驚天巨雷。

她只比陸婉寧大半歲？

一旁的郭氏見她臉色變得不好，以為她是被訓了所以不開心，連忙開始和稀泥。

陸鶴鳴回了一句：「都是妳這個母親太寵她了！」

郭氏笑著說了陸鶴鳴幾句，轉頭對陸煙然又是一陣關心，接下來大家開始用膳，話題便算揭了過去。

面對一桌子珍饈，陸煙然卻食不知味。

陸婉寧只比她小了半歲，這說明了什麼？代表她們的娘不是同一個啊！難道只有她才是郭氏親生的？

陸煙然瞥了對面的陸婉寧和陸睿宗一眼。他們的長相有兩分相似，神態柔和，與郭氏的氣質如出一轍。

這個時候陸煙然想騙自己也騙不過去了，很明顯她才不是郭氏的親生女兒啊！

陸煙然心中有些不是滋味。本來以為這輩子有了爹娘，她只需要安安心心地當大小姐就行，沒想到竟然來了這麼一齣。

這爹……該不會也是別人家的吧？

陸煙然這麼想著，忍不住看了現成的爹一眼，下一刻就鬆了口氣。

雖然她臉上還帶著嬰兒肥，可是和陸鶴鳴一對照，還是能看出兩人眉眼間有些相似。

心中有些憋悶，陸煙然低頭一看，郭氏已經將她面前的白瓷碗堆成了一座小山。

郭氏生怕她夾不著菜，手上的動作不停，嘴上還說道：「煙然，妳這幾日沒吃上什麼好的，得多吃點，快吃吧，有什麼想吃的，母親夾給妳！」

想到自己幾乎圓了一圈的臉，陸煙然有些心虛，她朝郭氏勉強一笑，隨後開始吃飯。

原來郭氏不是她娘，那麼她之前覺得不對勁的地方一下子就能說通了。

吃得半飽時，陸煙然放下了筷子，郭氏立刻出聲關心，讓陸煙然頓時「佩服」不已。

郭氏不是小姑娘的親娘卻能做到這般地步，要麼真的心善，要麼就是心思歹毒！

用膳完畢，一旁伺候的人遞上茶水讓他們簡單漱個口，接著眾人離席，由下人收拾餐桌。

陸鶴鳴將一家人叫到了偏廳，陸煙然悄悄地看了她爹一眼，結果兩人的視線偏巧撞在一起。

在陸鶴鳴眼中，他覺得大女兒這是心虛，想到前幾天發生的事情，他眉毛一豎，說道：「陸煙然，今後妳不許再和司馬家的兩個公子一起胡鬧了，明天開始到先生那裡學習認字！」

陸煙然沒想到他突然提起這個，有些驚訝，正準備說話，陸鶴鳴已經把焦點轉向陸婉寧，她便沒有開口。

七歲多的陸婉寧模樣生得乖巧，嘴角還帶著淺淺的梨渦，她不知想到什麼，兩道眉微微皺著，看上去似乎有些煩惱。

陸鶴鳴自然注意到，問道：「婉寧，妳有話說？」

陸婉寧看了陸煙然一眼，咬牙說道：「先生已經教了我們許多字，可是大姊一次課也沒有完整聽過，要是去了，跟不上怎麼辦？」

小姑娘嘴上說著擔心她的話，陸煙然卻是暗叫一聲「糟了」，果然下一刻便挨了陸鶴鳴一頓訓。

一旁的郭氏看不下去，連忙勸道：「老爺，煙然不願意去就別去，您不要逼她啊，若是她又頭疼怎麼辦？」

「頭疼？」陸鶴鳴冷哼了一聲道：「她就是貪玩！」

他話一講完，陸煙然突然說道：「爹，我明日去就是了。」

郭氏一驚，埋怨了陸鶴鳴兩句，隨後走到陸煙然面前，說道：「煙然啊，妳不是說聽先生講課頭疼嗎？可別逼自己，要是到時候頭疼，母親又要心疼了！」

她嘴上關心著，心裡卻不知道在想什麼？

陸煙然回道：「母親，妹妹和弟弟不是也聽先生講課嗎？爹不讓我出去玩，我就只能去聽課了。」

郭氏還準備回話，陸鶴鳴已經說道：「梓彤，妳別寵著她，就這麼說定了！」

看了陸鶴鳴一眼，郭氏知道他已經作了決定，她再說也沒用，於是陸煙然去聽課的事情就這麼定下。

眼見時候不早，郭氏便讓孩子們回屋休息。

陸睿宗年齡尚幼，還沒有分出去住，於是郭氏讓丫鬟送陸煙然和陸婉寧出去。兩人一道出了屋子，郭氏像是不放心，起身親自將她們送到院門口。

郭氏對著陸煙然又是一陣溫言軟語的關心，還對她說若是實在不想上課，不去也罷。

陸煙然眼中閃過一抹複雜的神色，將這件事推到現成的爹身上，說是她無權反對。

郭氏又說道：「煙然，妳身子才剛好，母親想帶妳出門散散心，妳前些日子不是說想去逛廟會嗎？」

一旁的陸婉寧嘟了嘟嘴道：「娘，大姊不去，您就帶我去吧！」

郭氏微不可查地皺了皺眉，她見陸煙然沒興趣，只得作罷，轉而囑咐道：「回去後早些休息。」

兩人應了一聲「是」，便相偕離開。

陸煙然一邊走，一邊琢磨著郭氏之前說的話，此時身旁突然響起一道冷哼，她當即有些好奇地望了過去。

陸婉寧雖然只比她小半歲，可是個子卻比她矮不少，想到兩人同父異母，她心中微微有些複雜。陸婉寧見陸煙然看著自己，嘴角不屑地撇了撇，又哼了一聲。

陸煙然怎麼會沒有發現陸婉寧陰陽怪氣，正準備開口，那小姑娘竟吐出兩個字，讓她臉色一冷。

陸婉寧面無表情地說道：「乞丐。」

乞丐?!陸煙然眯著眼睛看了陸婉寧一眼道：「妳什麼意思？」

陸婉寧揚起尖尖的下巴道：「妳自己的娘親不要妳了，就來搶我的娘，不是乞丐是什麼？妳就是個沒娘要的乞丐！」

想到上輩子的遭遇，陸煙然心頭一痛，她低聲回了句：「那是母親自願的，說明我討母親喜歡。」

陸婉寧被她這話氣得跺了跺腳，哼了一聲就離開，陸煙然則面色難看地站在原地。

荔枝注意到她的臉色不好，連忙勸道：「小姐，二小姐一向這個樣子，您不要和她計較。」

之所以這麼勸陸煙然，不過是荔枝怕這位小姐又朝她們下人出氣——雖然最近她的脾氣好了不少。

陸煙然應了一聲，腦中浮現出小姑娘剛剛說的話。

她娘不要她？難道她娘還在?!

陸煙然立刻向自己的丫鬟套話，結果卻一問三不知，她猜陸婉寧也許是從郭氏那裡聽到的也不一定。

因為知道自己不是郭氏所生，陸煙然便將之前想不通的地方換了個角度思考。

郭氏對她看似親熱，實則不過是表面上的關心。她樣樣都依著她，什麼好吃的、好喝的都給她，不過是為了一個「賢妻良母」的名聲，偏偏她又做不到盡善盡美。

根據她打探來的消息，陸煙然身邊的丫鬟已經換過許多次，只要丫鬟惹她哪裡不高興，郭氏便會替她換人，以至於府上的丫鬟都不想到她身邊當差。

陸煙然覺得，這是郭氏不想讓她身邊有個知心人。照郭氏的養法，小姑娘的性子必定嬌蠻任性。

想著郭氏以往的作態，陸煙然不由得心中一凜——這是捧殺啊！

思緒翻騰之間，很快就到了梧桐苑，主僕三人一道進了內室。

這個時候還不算晚，可成為小姑娘之後，覺也變多了，陸煙然忍不住打了一個哈欠。

荔枝見狀，連忙讓葡萄去叫粗使嬤嬤送水過來。

陸煙然在荔枝的伺候下洗漱，隨後爬上了床，她裹在被窩裡，忍不住發出一聲舒服的嘆息。

雖然如今前途不明，她的身上也圍繞著好些祕密，可是與當清歡時相比，這裡再舒適不過，所以她決定了，只要郭氏不過分，她都依著她。

目前她還年幼，郭氏卻是掌管後宅的主母，更是她的母親，她何必違逆她的意思？不過若是郭氏像秦嬤嬤那般過分，她必定不依！

陸煙然模模糊糊地想著，就這麼睡著了。

荔枝不知道什麼時候進房，將蓮花燭檯上的燭火滅了，隨後將床上的幔帳放了下來。

卯時時，突然下起了雨，淅淅瀝瀝的雨聲響起，落在瓦上吵得人心煩。

荔枝睡在外間，聽到聲音披著衣服起身進了內室，見窗戶果然半掩著，便走過去將窗戶掩上。

感覺到房內有人，床上的陸煙然不願睜開眼睛，語氣慵懶地問道：「荔枝，現在什麼時辰了啊？」

她的聲音軟膩，就像情人在耳邊呢喃，不禁讓人覺得耳根一酥。

話一出口，陸煙然便意識到自己的語氣有些不對，她連忙咳了咳，用正常的語氣又問了一遍。

荔枝只以為她這才清醒過來，並未多想，答道：「小姐，現在才卯時三刻，您再睡一會兒吧。」

卯時三刻？「那我再睡一下，妳過兩刻鐘記得叫我。」

荔枝有些驚訝。再過兩刻鐘時間也還早，小姐平日可都是辰時起床的，她有些好奇地問道：「小姐，您那麼早起來做什麼？」

雖然雨聲不小，可是陸煙然還是聽清楚了荔枝的話，她回了一句：「我今天得去聽課啊。」

荔枝搖了搖頭，對自家小姐說要去聽課不以為然，何況今日還下著雨。

兩刻鐘左右過後，雨便停了，荔枝想了想，還是準備叫醒小姐，沒料到一進房，陸煙然已經換好了衣裳。

「小姐，難道您真要去聽課啊？」荔枝有些驚訝。

「怎麼？」陸煙然理了理自己的衣裳，回道：「我不能去嗎？」

荔枝意識到自己說錯話，趕緊說道：「奴婢是怕小姐頭疼啊，以往您不是沒有去過，可每次待不了半刻鐘，就喊頭疼。」

話落，荔枝覺得自己這麼說更不妥，連忙解釋起來，可是越解釋越亂，頓時急紅了臉。

陸煙然忍不住淡淡一笑。用過早膳後，她便讓荔枝陪自己去先生那裡。

這會兒雨雖然停了，可是一陣風吹來，帶著一絲絲冷意，荔枝便為陸煙然披上披風。

陸煙然沒有拒絕。雖然虞州靠著汝州，時令也相同，卻比不得汝州暖和，她一開始還有些不習慣。

陸家的教書先生是專門請的，住在外院，陸煙然到的時候，屋裡只有先生一人，她並不知道先生姓名，於是只說了一聲「先生好」。

其實她之所以來上課，也是因為一直待在梧桐苑實在有些無聊，來念書的話，她可以和其他人多接觸接觸，也能多了解一下陸家。

先生是個四十左右的男子，下巴上長著淺淺的鬍鬚，他見到陸煙然，有些冷淡地說了一句：「這學堂可是妳想來就來，想走就走的？」

陸煙然心裡一聲「咯噔」。

先生的話讓陸煙然想起了這個小姑娘很調皮，見先生臉色難看，她連忙欠了欠身，開始道歉。

「先生，我知道錯了，今後我一定不會再這樣了。」

先生顯然沒有想到陸煙然竟然會道歉，震驚了片刻，他有些不自在地咳了咳，低聲道：「坐下吧。」

陸煙然如釋重負，找了個位置坐下，書桌上東西齊全，筆墨紙硯樣樣不缺，她簡單地收拾了一下，便等著先生上課。

第五章　格格不入

沒一會兒，陸婉寧和陸睿宗也到了，姊弟倆見到陸煙然，十分驚訝。

陸婉寧忍不住說道：「妳還真來了？」

想到昨天小姑娘對她的態度，陸煙然不由得挑了挑眉，正準備回她一句，先生便開口讓兩人將昨日交代的功課交上去。

陸婉寧臉上閃過一絲得意，瞥了陸煙然一眼，交出手中的功課。

先生認真地看了看，誇獎了兩句便讓他們坐到座位上，隨後開始授課。他念書時帶著一種特別的韻味，陸煙然聽得津津有味，時間就這樣過去了。

一堂課罷。

先生對於陸煙然這次能在教室裡聽這麼久十分訝異，想了想，他將她叫到講臺邊，說道：「這本字帖拿去練練。」

陸煙然翻了翻，一時之間有些無言，見先生看著自己，連忙回道：「先生，我知道了。」

重新回到座位上的陸煙然看著手裡的字帖，有些哭笑不得。要當上花魁，可不是那麼容易，相貌生得好只是第一步，還得會琴棋書畫、詩詞歌賦。

前一世她的詩詞歌賦不突出，只會唱點小曲，自然得在其他方面多下些工夫，她尤其擅長書法，寫得一手眾多汝州才子都稱讚不已的好字。

不論是以大刀闊斧之勢出名的韓公體，或是前朝孫夫人那秀麗端莊的篆花體，抑或是康元十三年時流行的簡易流暢、易於書寫的行草，她都能信手拈來，沒想到現竟又要從臨摹字帖開始。

陸煙然捋了捋袖子，開始練字。原本她以為很容易，沒想到手腕意外地僵硬，寫在紙上的字歪歪扭扭，像是蚯蚓一樣，簡直讓她不敢置信。

此時，耳邊響起了一道笑聲。

陸煙然抬頭看去，除了陸婉寧，還能有誰？

陸婉寧說道：「大姊，妳寫的這個是什麼？還是別寫了，找司馬家的公子玩去吧。」

小丫頭不是頭一次語帶譏諷了，陸煙然若真的是小姑娘，兩人怕是得吵起來。

懶懶地瞥了陸婉寧一眼，陸煙然繼續寫字。

陸婉寧見她這個樣子頓時心生不滿，眼睛一轉，便伸手去拉桌上放著的硯臺。

「砰」的一聲，不僅硯臺打碎了，陸婉寧淺色的襦裙上也染上了黑墨。

陸煙然立刻站起身來，說道：「妳做什麼？」

孰料她話音剛落，陸婉寧便帶著哭腔道：「大姊，我不就是說妳的字寫得不好嗎？妳怎麼能、怎麼能……嗚嗚嗚……」

在女人堆裡混了好些年，陸煙然哪裡看不出陸婉寧的把戲，她將手上的筆扔到一邊，看她到底想做什麼？

聽到哭聲，先生連忙走下講臺，他皺眉看了陸煙然一眼，便向陸婉寧詢問究竟是怎麼回事？

陸煙然面無表情地看著陸婉寧胡說八道，偏偏先生還信了，於是，這個看上去睿智的先生在陸煙然心中的形象，頓時一落千丈。

先生見陸煙然一臉不思悔改的模樣，語氣十分痛心：「本以為妳是認真來上課的，想不到妳還是如往常一般頑劣！」

話落，他喚了小廝進來，吩咐道：「快去請夫人過來。」

頑劣?!陸煙然一句話也沒說，索性坐回座位上等郭氏來。她也想看看，面對這樣的情形，郭氏會怎麼做？

不到半刻鐘，郭氏後面跟著兩個丫鬟，匆匆忙忙地趕到了。

郭氏的臉上帶著焦急，一進屋便掃了陸煙然兩眼，滿是擔心地問道：「煙然可是又頭疼了？母親都說了讓妳不要來，妳偏偏要來，這下受苦了吧。」

陸煙然一時語塞，而嘴裡還含著話的先生也是一臉尷尬。

郭氏此時察覺到了不對勁，神色斂了斂，問道：「這……發生什麼事了？」

先生清了清嗓子細細道來，郭氏聽了他的話，表情一變，視線落在女兒身上，果然見到她淺色的裙子上有一大團黑墨。

陸婉寧本來只是假哭，可是想到郭氏到了這裡卻問也沒問她一句，直接關心陸煙然去了，頓時悲從中來，她心頭一酸，淚如雨下。

陸煙然咬了咬舌尖，看了陸婉寧一眼，並未解釋。

郭氏見女兒哭成這個樣子，手不由得微微捏緊，嘴上卻說道：「婉寧，妳怎麼這麼不懂事，煙然一定不是故意的，這衣服讓人洗了便是，若是洗不了，娘讓人再給妳做一件！」

隨後她又轉過頭對煙然說道：「煙然，妹妹不懂事，別和她計較，妳今日有沒有頭疼？」

親女兒都哭成這樣，她這時候還偏著自己？難道郭氏是真的疼她？

陸煙然百思不得其解，只回道：「母親，我不會和妹妹計較的。」說著她瞥了陸婉寧一眼，話中的意思，對方自然清楚。

陸婉寧聽了這話哭聲一頓，忍不住給陸煙然一個白眼。

郭氏假裝沒有看見，她又關切了陸煙然一陣子，便告訴先生要帶女兒回去換衣裳，先生應了一聲「是」。

囑咐了陸煙然和陸睿宗兩句，郭氏就帶著陸婉寧離開。

發生這樣的事情，先生也沒什麼心情，隨便講了一些道理，便早早下了課。先生離去後，就有人來收拾之前被墨水弄髒的地面。

陸睿宗長得虎頭虎腦，比起陸婉寧，他更像陸鶴鳴，一雙眼睛黑溜溜的，像兩顆葡萄。見小廝收拾著自己的東西，他想了想，跑到了陸煙然面前。

陸煙然看了他一眼，說道：「怎麼，要替你姊姊報仇？」

陸睿宗雖然才五歲，可是已經啟蒙，該懂的自然都懂，聽了這話，他臉上露出一絲尷尬。

只見他撓了撓自己的頭，帶著疑惑問道：「妳剛剛為什麼不說是她自己弄的？」

陸煙然挑了挑眉，吐出一句話：「問你姊姊去。」

得到這個回答，陸睿宗嘴角一撇就轉頭跑開，陸煙然則隨著荔枝回了梧桐苑。

接下來幾日，陸煙然除了去先生那裡上課，其餘時間也沒閒著，和先生給的字帖較起了勁。

當初為了練字，她不知道吃了多少苦，一開始手腕還不靈活，只練了兩天，以前的手感便回來了。不過到底力量不足，字型雖然已經有了自己的結構，卻有些飄。

練了一會兒，陸煙然有些累，她走到窗邊透透氣，結果聽見葡萄和兩個粗使嬤嬤嘰嘰喳喳地在講些什麼。

陸煙然蹙了蹙眉，當即將兩個丫鬟叫進屋裡。

「葡萄，妳剛剛在和嬤嬤講什麼？」陸煙然坐在軟榻上問道。

葡萄的臉微微有些泛紅，她忍不住用腳尖蹭了蹭地面，低聲回了一句：「小姐，我們沒說什麼，就是說說閒話而已。」

荔枝不知道發生了什麼事，聽了葡萄的話，臉上的表情一滯。兩人是一起來梧桐苑當值的，葡萄比她略小幾歲，她一直將葡萄當作妹妹，哪裡不知道她沒說實話；再看自家小姐表情若有所思，她心中不由得一驚。

自從小姐上次落水醒來之後，性子好了些，卻變得沒以前容易哄了，肯定知道葡萄沒從實招來；況且夫人一向寵她，若是她在夫人面前念兩句，那就糟了。

想到這裡，荔枝推了推葡萄，出聲訓道：「葡萄，還不快跟小姐說實話！」

葡萄看向陸煙然，胡說了兩句，便心虛地低下頭。

她表現得這麼明顯，陸煙然都不想再問，只說了一句話：「葡萄，妳要是不說，我可就要告訴母親了。」

郭氏的名號果然好用，葡萄臉一白，連忙說道：「小姐，奴婢說就是了！」

「妳可不准騙我。」陸煙然語帶威脅。

葡萄點點頭，說道：「今日有人在傳，老爺任期滿後會回晉康。」

晉康地處中州，乃是皇城，陸鶴鳴是中州晉康人士，四年前來虞州任職，任期一滿，自然要回去。

陸煙然微微一怔，問道：「可知道這話是哪裡傳出來的？」

搖了搖頭，葡萄說道：「小姐，這話好些人都在說，聽說老爺已經給侯府報信了。」

葡萄是陸家來到虞州之後才買的丫鬟，她也是剛剛才知道自家老爺竟是侯爺。

陸煙然眼中閃過一絲震驚，她飛快地掩下內心的情緒波動，嘴裡卻忍不住念了一句：「侯府？」

荔枝見她神情有些憂慮，並未多想，只說道：「小姐，我知道您捨不得這裡，可是終究有一天得回侯府的。」

她是陸家的家生子，四年前離開家鄉來到虞州，若是能回去，她自然開心。

陸煙然心思翻騰不已，她深吸了口氣，抿了抿唇說：「我知道。」接著她頓了一下，輕聲低喃道：「到時候再說吧。」

好不容易適應了現在的環境與身分，沒想到她竟然出身侯府，那麼將來回晉康要面對的一切，可不是她耍賴胡鬧就能蒙混過去的……

眼看快到用膳的時間，為了避免再發生上次的事情，陸煙然整理好心情，帶著荔枝提前往正院去。

陸煙然的記性好，雖然沒來過幾次，卻輕輕鬆鬆到了正廳，然而此刻廳內的情形，讓她覺得自己像是一個破壞氣氛的惡人。

陸鶴鳴穿著一身淺色圓領外袍，上面繡著青色絲線繡的翠竹，看起來俊朗瀟灑。他面前的陸睿宗似乎正對著他背書，陸婉寧笑嘻嘻地挽著他的手臂撒嬌，郭氏則帶著溫婉的笑看著他們，嘴裡說著什麼。

幾個人見到她出現，不約而同地噤了聲。

陸煙然突然覺得有些悶，因為自己與這和樂融融的一家人實在格格不入，可是這種情緒明明不該屬於她啊。

郭氏最先反應過來，她斂了斂嘴邊的笑意，起身招呼陸煙然過去。

陸煙然應了一聲，走過去坐在一張椅子上。

陸鶴鳴看著她，眼中閃過一抹複雜情緒，他示意陸煙然坐下，隨後竟關心起了她。

陸煙然有些驚訝。加上這回，這些日子以來，她不過見這個現成爹兩次，上回兩人之間還有些劍拔弩張，這次他怎麼轉性了？

她雖然心中疑惑，可是嘴上卻沒含糊，一一回答了他的問題。

陸鶴鳴點了點頭說：「聽先生說妳現在乖了不少，這才對，要有大家閨秀的樣子。」

他這副模樣讓陸煙然有些不習慣，只覺得自己雞皮疙瘩都快掉滿地。

陸鶴鳴絲毫不知道大女兒的想法，片刻之後，終於說到了正事上，就是他任期屆滿，全家將回晉康之事。

其實他完全不必告訴大女兒這件事，不過想到她的個性，陸鶴鳴覺得還是先說一聲比較好，免得到時她鬧脾氣。

他簡單地說明，又叮囑陸煙然記得吩咐丫鬟將她的東西收拾好。

「又不是明天就要走。」陸煙然忍不住冒出一句話。

雖然剛成為這個小姑娘沒多久，可是目前的住處都是她的氣息，突然又要搬去一個陌生的地方，她終究有些不高興。

陸鶴鳴察覺到她話裡的不滿，眉頭一皺道：「妳若是不將東西收拾好，到時候被扔了，可別怪別人。」

他在大女兒面前冷臉慣了，此時聽她頂嘴，語氣瞬間強硬起來。

陸煙然當小姑娘越來越得心應手，她瞥了現成爹一眼，不顧形象地朝他做了個鬼臉。一開始她也不是沒想過要緩和兩人間的關係，可是人家根本不給機會。她成為陸煙然到現在，父女倆才見第二次面，可見他們的感情有多寡淡。

陸鶴鳴見她這樣，臉一黑，又將她訓了一頓，郭氏連忙打圓場，好在下人們很快就將飯菜端上桌，用膳時大家都安靜了下來。

陸煙然在郭氏的照顧下吃了個七分飽，隨後只待一會兒就回自己的住處。

見陸煙然離去，陸鶴鳴不禁吐出一口氣道：「妳看看她，現在是越來越沒樣子了！」

郭氏緩頰道：「老爺，煙然還小，再大一些自然就懂事了。」

不料陸鶴鳴聽到這話更生氣，比了比大女兒與二女兒，陸煙然頑劣的性子在他心中越發坐實了。

陸婉寧得到了父親的誇獎，自是高興不已。

到了晚上，在丫鬟的伺候下，洗漱之後，陸鶴鳴與郭氏兩人進了內室。

因為最近陸鶴鳴公務繁忙，夫妻倆已經好些時日沒有親熱，加上郭氏刻意撩撥，陸鶴鳴眸色一黯，就抱著她往雕花大床走去。

錦被翻滾，風光無限。

事罷，陸鶴鳴摟了摟懷裡的人，郭氏順勢軟軟叫了聲「表哥」，他淡淡應了一下。

「表哥。」郭氏忍不住又叫了一次，問道：「確定要回晉康了？」

「想必過不了幾日便有回信了。」陸鶴鳴看了她一眼，繼續說道：「這幾日我陸續交接政務給下任刺史了，最遲後日便可卸任。娘年歲大了，睿宗也要進學，回晉康再好不過。」

晉康乃是天子腳下，繁華昌盛不是別處可比的，郭氏也知道回晉康最好，可是想到家中的婆婆和兩個姨娘，她不由得皺起了眉頭。

陸鶴鳴注意到她的表情，有些好奇地問道：「怎麼了？」

郭氏眸色一閃。她知道陸鶴鳴喜歡溫柔體貼的女子，心中所想萬萬不能讓他知道。她一時不知如何答話，當即替陸鶴鳴捏起手臂轉移他的注意力，就這一瞬，她明白該說什麼了。

郭氏道：「老爺，回晉康的話，煙然那兒會不會有麻煩？」

陸鶴鳴俊臉一沈道：「麻煩？有什麼麻煩？再怎麼樣，她都是我鎮國侯府的女兒！」

自從確定要回晉康之後，府上的人漸漸開始忙碌起來。

陸鶴鳴帶著妻子跟兒女來到虞州四年了，家中置了不少東西，下人將重要物品整理裝箱準備運回晉康，有些已經先上路了。

荔枝是陸煙然的貼身丫鬟，梧桐苑的差事落到了她身上，此時她看著自家小姐，卻是愁得不行。

軟榻上的人穿著立領的對襟上衣與團花下裙，梳著丱髮，肌膚白嫩，一張圓潤小臉討喜極了，她正悠閒地吃著果脯，一臉悠閒。

察覺到丫鬟的目光，陸煙然將嘴裡的果脯咽下後說道：「荔枝，妳不是要收東西嗎，這麼看著我做什麼？」

荔枝哭笑不得地說：「小姐，您倒是告訴奴婢，哪些東西要帶走啊？」

陸煙然在心中哀嘆了一聲。她也不知這小姑娘以前喜歡什麼東西，想了想，她說道：「要不全部收起來？」

荔枝一愣，回道：「我的小姐啊，若是將您的東西全部收起來，怕是幾車都拉不完！」

「那妳就看著辦！」陸煙然扔下這句讓人頭疼的話，就跑進了內室。

無奈之下，但凡覺得值錢的東西，荔枝都收了起來。

時間就這麼慢慢過去，陸鶴鳴在虞州任職這段時間結交不少朋友，臨走前，他於府上設宴，邀請大夥兒前來聯絡感情，郭氏負責招待那些官家夫人。陸鶴鳴的職位本來就最高，如今要回晉康，更是前程似錦，眾夫人都不斷恭賀她。

趁著這次機會，陸煙然見到了司馬家那兩位公子，不知是不是司馬大人授意，他們特地來向她請罪。

兩位少年郎生得機靈，陸煙然不由得想到，小姑娘以往與他們出門玩耍的模樣。

她接受了他們的道歉，心下卻一陣悵然。除了她，根本無人知道小姑娘不在了，明明是大戶人家的小姐，卻和她這個被父母丟棄的人一樣可憐。

陸煙然心中升起一股同情，可許久之後憶起自己此時的想法，不禁覺得可笑。

第六章　前路迷茫

轉眼間，陸鶴鳴已經交接完畢，隨時可以啟程返回晉康，臨行之際卻又起風波。

此時陸煙然正站在桌前練字，手上綁著一個小沙包。

當初在入雲閣時，秦嬤嬤可是每天讓她綁著沙包足足練兩個時辰，才會讓她吃東西，所以綁一個小沙包對陸煙然來說，實在是小菜一碟。

不過練了幾日，她的手便不像之前那般容易發抖，已初見成效。

在宣紙上落下「靜」字的最後一筆，門外突然響起荔枝有些焦急的聲音。

「小姐！小姐！」

陸煙然被嚇了一跳，手一抖，在紙上留下一道重重的筆跡。

荔枝是個老實的丫頭，性子也比較沈穩，她這般著急，肯定發生了什麼事。

陸煙然這麼想著，將手上的筆放到一旁，往外頭走去。剛走到房門口，陸煙然就見到紅著臉、氣喘吁吁的荔枝，她問道：「出了什麼事？」

荔枝的胸口劇烈地起伏了幾下，她吞了口口水才說道：「小姐……葡萄，夫人要將葡萄賣了！」

「什麼？」陸煙然眼中閃過一絲不確定，疑惑道：「真的？」

荔枝忙不迭地點頭道：「小姐，是真的，官牙子都在外院了！」

陸煙然抿了抿嘴唇，輕聲說：「我們去看看。」

去外院的路上，陸煙然沒忘記問荔枝到底是怎麼回事，荔枝連忙將事情的原委道來。原來府上的僕人眾多，回晉康此行甚遠，人多不方便，於是郭氏準備賣掉府上一些丫鬟，其中包括不是家生子的葡萄。

陸煙然聽了不再說話，在腦中思考起來。

葡萄和荔枝一樣，雖然不靈活，卻聽話老實，最重要的是，在整個陸府，和她親近一些的只有她們兩個，眼看就要回晉康，未來的情況不明，葡萄一定要留下來，否則除了荔枝，她就一個可用之人都沒了。

兩人很快就到了外院，郭氏的大丫鬟夏柳正和一位穿著灰色褙子的婦人說話，郭氏站在簷下，院子裡則有好些要被轉手的下人。

陸煙然一眼便望見了人群中的葡萄，她眸色一黯，整了整臉色向郭氏走去。

郭氏自然也看到她，連忙露出笑容，關心地問道：「煙然怎麼來了？」

「母親。」陸煙然叫了一聲，指了指葡萄道：「葡萄是不是又做錯了什麼事，您為什麼要將她賣了？」

陸煙然這番直率的話顯然讓郭氏一愣，她看了那小丫鬟一眼，臉上沒什麼變化，心裡卻是犯起了嘀咕。

那個叫葡萄的丫鬟看上去就不靈光，這位大小姐卻特地來找她，難道她有什麼過人之處？

陸煙然見郭氏表現得有些冷淡，就抱著她的手臂撒起了嬌：「母親，將葡萄留下吧，她走了就沒人陪我玩了。」

對於陸煙然的親近，郭氏明顯感到有些不自在，過了一會兒才聽她說道：「煙然，明日就要啟程了，到了晉康，母親再為妳安排兩個丫頭就是。」

陸煙然動作一頓，不放棄地繼續撒著嬌。

郭氏被她鬧得有些心煩，但還是耐心地解釋：「煙然啊，晉康的家中有的是丫頭，到時候自然有人陪妳玩，府裡的丫鬟都有定額，多了可不行！」

陸煙然不依地回道：：「可是就多葡萄一個啊！」

然而，以往對陸煙然百依百順的郭氏卻是搖了搖頭，沒有鬆口。

陸煙然也發現了郭氏的強硬，她佯裝生氣地哼了一聲，隨後走到官牙子面前道：「妳將她賣給我，多少銀子？」

王婆子面露難色道：「小姐……」

他們和刺史府也不是第一次做生意了，可是府上的主母不開口，她哪裡敢說話。

陸煙然眨了眨眼，偷偷在自己手臂上狠狠掐了一把，淚眼汪汪道：「嗚嗚嗚，你們欺負我……你們都是壞人！」

郭氏哪裡料到她一下子就哭了起來，連忙上前一陣安慰，陸煙然卻像是沒有聽見一樣，嘴上不停哭喊著，眼淚流得更凶了。

院子裡頓時變得鬧哄哄，下人們竊竊私語，都在看熱鬧。荔枝看著眼前的情景目瞪口呆，她的臉色有些發白，十分後悔將這件事告訴小姐。

郭氏的表情變得很難看，哄了陸煙然一會兒不見效果，她只得道：「好好好，煙然別哭了，都依妳！」

「真的？」陸煙然抹了把臉，一邊抽噎，一邊問道。

「真的。」郭氏怕她又要鬧，朝夏柳使了一個眼色。

夏柳忙將葡萄叫了出來，葡萄身子一抖，跪在地上道：「謝謝夫人、謝謝小姐！」

郭氏掃了葡萄兩眼，沒看出什麼特別的，正準備鬆口氣時，一聽到陸煙然接下來說的話，又皺起了眉頭。

「母親，將葡萄的賣身契給我。」陸煙然說道。

郭氏回道：「妳要那沒用的東西做什麼？母親收著呢。」

陸煙然帶著哭腔說道：「不行，您給我吧，不然下次您又要將葡萄給賣了！」

郭氏沒想到她竟然想到這點上，自然不太願意，稍稍遲疑了一下，大小姐又哭了起來。

見院子裡的下人都看著自己，郭氏眉眼間閃過一絲惱意，有些咬牙切齒地說：「夏柳，快將那丫頭的賣身契拿給大小姐。」不過是一個傻丫頭，真以為她瞧得上？

陸煙然的哭聲戛然而止，她接過賣身契，看也沒看就攏進懷裡，笑著說：「母親您對我真好！」

見郭氏有些受不了，陸煙然忍不住在心裡偷笑一聲，很自動地帶著自己兩個丫鬟走了。

見她們離去，夏柳走到郭氏身邊，有些感嘆地說：「夫人，本來還以為大小姐性子好了不少，沒想到她還是這麼胡鬧。」

夏柳這話踰越了，然而郭氏卻沒有任何反應，此時她的表情有些奇怪，不像是生氣，倒像是高興。

郭氏的嘴角微微彎起，語氣耐人尋味：「她可是大小姐，自然要寵著些。」

回到梧桐苑後，荔枝十分內疚，低聲道：「小姐，奴婢……奴婢錯了。」

葡萄聞言，也紅著眼眶認錯。

陸煙然淡淡一笑，說道：「何錯之有？妳們沒錯。」

今天最大的收穫，不是將葡萄的賣身契握到自己手裡，而是在郭氏面前演了一場戲。

郭氏怎麼會不高興？自己越是刁蠻任性，她才越滿意呢！

啟程當天一早，陸煙然搓了搓自己肉乎乎的臉讓自己清醒些，然後在荔枝的伺候下，洗漱穿衣；外面的葡萄也沒閒著，見陸煙然起床，她連忙進屋收拾剩下的東西。

待一切整理完畢，讓府裡的小廝將東西全部搬走，已經是一個多時辰後。

整個梧桐苑一下子變得空蕩蕩，離開時，陸煙然忍不住回頭看了一眼，隨後主僕三人便往大宅外走去。

庭院的花草上還掛著晨露，晚開的垂絲海棠風貌正盛，留住了一抹春色。

刺史府的大門口停著數架紅漆馬車，毛髮生得油光水滑的馬兒不停地晃著尾巴。

郭氏正在指揮下人們清點東西，見到陸煙然過來，上前關心了一番。過了一會兒，郭氏提議讓陸煙然和她坐一輛馬車，方便照顧。

陸煙然自然不想，直接拒絕了。「母親還是和爹坐一起吧，我要和葡萄玩。」

一天到晚就知道玩！郭氏在心裡哼了一聲，露出妥協的笑容道：「行行行，那妳就自己坐一輛馬車。」隨後又對兩個丫鬟說道：「妳們可要照看好大小姐了！」

荔枝和葡萄連忙應了一聲「是」，隨後主僕三人被郭氏安排上了第二輛馬車。

馬車內五臟俱全，裡面鋪著褥毯，座位上也鋪著軟軟的褥子，車廂夠大，即便中間安著黃木小桌，也不顯擁擠。

剛一坐下，馬車的布簾就被掀開了，夏柳站在外面說道：「大小姐，桌下的抽屜裡放著點心，要是餓了，記得吃一點填填肚子。」

見布簾被放下，葡萄看了自家小姐一眼，將抽屜拉開，發現裡面果然有好多吃食。

陸煙然確實有些餓了，便讓葡萄取了一些出來，主僕共同吃了一點。

喝了荔枝遞來的水，腹中也有了飽腹感，想到面面俱到的郭氏，陸煙然內心不由得又發出一聲感嘆。

大戶人家的主母，都不是省油的燈啊！若她真是個八歲的小姑娘，怕是早已陷進這無微不至的溫柔陷阱，將她當自己的親娘了。

才剛發出感嘆，馬車外陸然熱鬧起來。

陸煙然掀開窗邊的簾子偷偷瞧了瞧，原來是陸鶴鳴和一雙兒女到了。她挑了挑眉，將簾子放下，懶懶地靠著車壁，等著出發。

陸鶴鳴瞧了瞧四周，沒見到大女兒，眉毛一皺道：「難不成煙然還沒到？」

郭氏瞥了他一眼，語氣有些埋怨，臉上卻堆滿溫婉的笑容。「煙然上馬車坐好了，就等著你們呢！」

陸鶴鳴咳了咳，沒有接話。

一刻鐘之後，眾人全都坐上馬車，浩浩蕩蕩地出發了。

回晉康要向北前進，雖然虞州與中州只隔了一個崇州，路途卻很遙遠，若只靠乘坐馬車，怕是要大半個月才能到，偏偏陸家還拖家帶口，且又是婦人又是幼童，路上少不得休息，需要的時間只會更多。

好在先皇在世時，疏通了汝中大運河，陸家只要趕到與虞州、汝州、中州三州交界處的信陽乘船，所花的天數就會大大縮短。

不過此時已進入四月下旬，即便乘船減少了時間，到達晉康時應當也是五月了。

自從陸煙然被人牙子賣到入雲閣後，從未離開過汝州，不過其他地方的人卻是接觸了不少。

但男人在女子面前免不了吹噓一番，即便是達官貴人也不例外。皇城晉康，她從別人嘴中聽說了無數遍，如今終於能親自去看一看。

儘管陸煙然一開始有些興致，然而這一路上走走停停，興奮之情終是一點一點消散，她只盼著早些到達，然後好好在床上睡一覺。

這過程確實累人，即便是陸鶴鳴也有些受不住，但郭氏一路上卻是一如既往的賢慧，讓他的心暖暖的。

數日之後，陸家一行人終於到了信陽，下人們連忙採買物品，主子們則乘機休息。

渡口邊，來往的人絡繹不絕，陸煙然看著眼前欣欣向榮的景象，忍不住彎起了眼睛。

眾人收拾齊整後，原本準備繼續趕路，沒想到卻出了意外狀況。

陸府在虞州的管事是一位四十左右的中年男子，在鎮國侯府待了很久。他的下巴長著淺淺的鬍鬚，看上去面相斯文，此時他正一臉懊惱地站在陸鶴鳴面前說話。

「你說什麼？」陸鶴鳴黑著一張臉看了謝管事一眼，像是在確認他說的是不是真的？

明明今天不特別熱，謝管事的額頭上卻急出了一層細汗，他的嘴蠕動了幾下後說道：「老爺，聽渡口的把式說，我們訂的那艘船在汝州出了點狀況，沒能來。」

陸鶴鳴好看的眉毛皺在一起，他的語氣嚴肅。「沒能來？那就趕緊訂其他的船啊！」

謝管事很是為難地說道：「近些日子前往晉康的人多，人家早早便訂了位置，最快得等到三日後了。」

三日後?!

陸鶴鳴的薄唇抿成了一條直線，他看著謝管事說道：「這可不行，我已回覆戶部，七日後回京述職，若是今天不能出發，會誤了日子。」

謝管事聽陸鶴鳴這麼一說，臉色大變，他自然也知道這是大事，不能耽擱。

「老爺，老奴再去看看有沒有其他辦法？」說完，謝管事便往渡口邊走去。

陸鶴鳴微沈著臉回到不遠處的茶棚下，他緊皺著眉頭的模樣落入陸煙然眼中，她有些疑惑，不知道發生了什麼事？

琢磨了一陣子沒得出結論，她索性將這問題拋到一邊。反正天塌了，自有高個兒頂著。

這一耽擱就是半刻鐘，謝管事又回到了茶棚邊，依舊一臉為難，顯然沒找到解決的辦法。

郭氏見陸鶴鳴心情不悅，便讓謝管事再想想法子，自己則走到陸鶴鳴身旁坐下。

她說了幾句寬慰的話之後，陸鶴鳴的表情終於舒緩了些，此時剛離開的謝管事突然慌慌張張地跑了回來。

謝管事的性格一向沈穩，郭氏見他慌成這個樣子，頓時嚇得花容失色，以為出了什麼大事。

「謝管事，怎麼了？」陸鶴鳴連忙出聲問道。

謝管事見兩個主子的臉色都不太好，這才反應過來自己讓人誤會了，他喘了口氣，在陸鶴鳴耳邊說了幾句話。

「當真?!」陸鶴鳴驚喜地站起身，喜悅之情溢於言表。

陸鶴鳴這麼高興是有原因的。

謝管事之所以這麼急迫，是因為看到了一個熟悉的人，他猜想對方也要回晉康，更重要的是，對方坐的是自家的船舫，若是他們能搭上這艘船，便不用等到三日後了。

郭氏聽了眼睛一亮，淺笑著說道：「那謝管事就和對方商量一下吧。」

可是謝管事聽了卻面露難色。他哪有這個資格啊……

陸鶴鳴顯然也想到了這點，他思索一下之後說道：「我和你一起去吧。」

郭氏有些驚訝，陸鶴鳴見狀，在她耳邊吐出幾個字：「那是晉康護國公府的船。」

護國公府姜家和鎮國侯府雖然同樣擁有皇家賜的爵位，可是兩家的地位卻萬萬不能相比，護國公府幾代皆是天子近臣，乃是晉康頂級的世家貴冑。

郭氏當即睜大了一雙眼睛，隨後看著陸鶴鳴和謝管事往渡口邊走去。

一到岸邊，陸鶴鳴便看到謝管事說的那個人。他雖然已經四年未回到晉康，卻還是一眼認出那是護國公府的二管家。

陸鶴鳴整了整臉色，朝他走了過去。

姜民安此時正站在渡口邊吹風，同時吩咐小廝採買船上需要的東西，他正說著話，突然聽到有道陌生的聲音在叫自己。

「姜管家。」

姜民安一轉過身，便看到了一個有些眼熟的人。他記性極好，只要見過面的人都能記住，不過一瞬，他便憶起來者是誰，當即露出笑容道：「陸侯爺！」

陸鶴鳴也笑著說道：「早就聽聞姜管家過目不忘，今日總算見識到了。」

姜民安笑著搖了搖頭說：「侯爺這話可是誇我了，您是晉康的名人，當年的晉康四大公子之一，我就是忘了誰也不能忘了您啊！」

陸鶴鳴的表情頓時一滯，他覺得對方意有所指，可是仔細一瞧，姜民安一臉真誠，並不像是在揶揄他。

正思考著，陸鶴鳴就聽見姜民安問道：「不知侯爺有什麼事？」

陸鶴鳴直接說明來意，姜民安聽了以後臉上露出一絲遲疑——船上可還有個祖宗呢。若是旁人有這種反應，陸鶴鳴怕是要心生不滿，然而此時他卻絲毫沒有這種心思，相反的，他還耐心地解釋道：「姜管家，實在是事出突然，一家人都在渡口邊上等著，小的小、弱的弱，我實在不忍他們受罪。」

姜民安想了想，回道：「請侯爺稍等一會兒，我讓人去問問。」說著他喚了一個小廝過來，小廝應了一聲後就往船舫跑去。

第七章　大小郭氏

船舫極大，足足有三層，小廝到了第二層，便往某個船艙走去。敲了敲門，待裡面的人應了一聲，他便連忙將管家吩咐的事說了出來。

話落，裡面響起一道聲音：「直接拒了。」

「可是……」小廝原本還有些猶豫，可是想了一想，就準備離開。

「他們有多少人？」裡面的人忽然開口說話，雖然音質嘶啞，但還是能分辨出是位少年郎的聲音。

他的語調帶著一絲清冷，卻被公鴨般的嗓音壞了氣勢。

門外的小廝思考了一下，說道：「大概二十餘人。」

「行，若是他們要乘船，便一人收二十兩的乘船費。」

小廝一愣，過了好一會兒才反應過來，隨後應了一聲下了船。

船艙內一位書僮打扮的人，看著自家主子哭笑不得道：「世子爺，您這麼做，人家還以為我們府上揭不開鍋了！」

坐在窗邊軟榻上的少年穿著一身淺色外衫，腰間繫著一塊雲紋玉珮，因為還不到束髮的時候，一頭黑髮只得半披半束。他的氣質卓然，險些讓人忽視他的年齡。

聽了小廝的話，他揚了揚有稜有角的下巴，一本正經地回道：「這和我們府上能不能揭開鍋沒有關係，有所求自然得有所出。」語氣一如方才那般清疏生冷。
小廝下船之後便將原話傳了回去，熱鬧的渡口邊，彷彿一下子安靜下來。
姜民安臉上閃過一絲尷尬，正準備說話，陸鶴鳴已經開口了：「請姜管事稍等一下，我馬上讓人送來。」
聽了陸鶴鳴的話，姜民安只覺得自己老臉一紅，低聲道：「侯爺，這怎麼好意思！」
他在心中感嘆：他們世子爺果然是個祖宗啊！
陸鶴鳴笑著應道：「這是應該的，我還要感謝世子和姜管事呢。」
一刻鐘後，陸家眾人上了船，小廝和下人帶著家當待在第一層，而幾位主子和貼身伺候的人則上了第三層。
姜管事為人挺和氣，讓他們有什麼需要儘管吩咐船上的人，這才離開。
陸煙然站在甲板上，覺得有些新鮮，在外頭待了一會兒，她就挑了一間船艙進去了。
郭氏照例關心了陸煙然一番後，就回了陸鶴鳴的房間。船艙內還算暖和，她褪下自己身上的褙子，開口問道：「老爺，我記得世子如今也有十一歲，要不要——」
她還未說完，陸鶴鳴就打斷她的話：「姜管家說世子喜靜，我們就別去打擾他了。」
郭氏睫毛顫了顫，忙掩下了心思。
此時另一個房間中，陸煙然躺在床上，臉上的笑容怎麼也止不住。
船艙內的裝飾和一般房間幾乎沒有差別，不過一些用具卻是死死嵌在木板裡，想來是怕船身不穩讓東西翻了。

荔枝和葡萄坐在不遠處的軟榻上休息，見她這般高興，不禁有些納悶。得知船舫的主人對陸府收一人二十兩乘船費後，陸煙然在腦海描繪出現成爹那吃癟的表情，忍不住又笑了出來。

陸煙然那眉眼彎彎的樣子，惹得荔枝和葡萄險些失神，頭一次覺得小臉肉乎乎的小姐竟然如此吸引人，不過她們最終還是不明白自家小姐到底在笑什麼？

半刻鐘之後，船朝晉康出發了。

到信陽前，一路上乘著馬車趕路，大家都累了，陸煙然要兩個丫鬟好好休息，恢復體力。荔枝和葡萄確實也倦了，應了一聲「好」，便在榻上歇下。

身下微微晃動著，陸煙然不禁生出睡意，不知不覺閉上眼睛，沒一會兒便進了夢鄉。

中州，晉康城。

作為大越國的都城，卯時剛過就開始有了人聲，隨著來往的人越來越多，城內彷彿油鍋裡下了麵團子，一下子沸騰起來。

緊靠著內城的地方坐落著朝中重臣的府邸，像是護國公府、文國公府、寧國公府等，世家貴胄，多不勝數。

此時文國公府門口不遠處停著一架馬車，車軲轆上還有著新鮮的泥印，馬車上先是跳下一個雙十年華的丫鬟，隨後又下來一位戴著帷帽的人。

那人手腳纖細，一看便知道是一位女子，因為衣服有些寬大，越加顯得身形瘦弱。

守門的人一開始只掃了兩眼，然而當他的視線落到那女子身上時，不禁一顫，隨後他想也不想便往宅子裡奔去。

先前下車的丫鬟忍不住笑著搖了搖頭，對身旁的人說道：「小姐，進去吧。」

文國公府的爵位世襲罔替，如今的文國公嚴邵不僅是兩朝元老，更是當今太尉，深受當今陛下尊重。

嚴家是武將出身，嚴邵卻棄武從文，因此文國公府的府邸處處透著文氣。

府上假山流水、小橋遊廊，庭園設計精緻秀美，一主一僕過了前頭的花園，逕自往後宅走去。

文國公夫人得到通報時，丫鬟正在替她插髮簪，只見她身軀一震，連忙往屋外走去，步履生風。

丫鬟嚇了一跳，將手中的髮簪放回妝奩後，便追在她後面跑了出去。

文國公夫人薛氏年近五十，鬢角已生華髮，雖然將府裡的內務交給了大兒媳，在下人心中卻是餘威尚存，不過此時她卻抱著一個消瘦的人兒，哭得泣不成聲：「妳可算是捨得回來了，我兒當真狠心啊！」

薛氏的丫鬟趕到後就看到，夫人摟著幾年前去承安寺帶髮修行的大小姐哭得傷心。

就在此時，戴著帷帽的女子掀開頭上的青紗，帽沿下一雙美目亦是盛滿了淚水。女子年約二十四，一張臉未施粉黛，卻顯得光彩奪目，她正是文國公府的大小姐嚴蕊。

臨走時，廟中大師特地囑咐自己心境要保持平和，然而嚴蕊看著哭泣的母親，還是忍不住流下眼淚。

母女倆哭了一會兒才緩過來。薛氏拿出手絹替女兒擦淚，隨後帶她回屋，進了內室。

嚴蕊看著生出白髮的母親，心中愧疚不已，進房後便跪在薛氏面前。

薛氏心疼得身子都有些顫抖，趕緊要將人扶起來，見女兒不依，她的嘴唇蠕動了幾下，輕聲說道：「蕊兒，想必過不了幾日，然然便會到晉康了。」

跪著的嚴蕊渾身一震，話裡帶著顫音：「母親，您說，她還記得我嗎？」

薛氏眼神一黯，在心底嘆了一聲。

此時她們兩人口中的陸煙然也不好受，因為她竟然暈船了。

頭兩天時，她便覺得身子有些不爽利，只以為是吹了風，結果接下來竟開始嘔吐。因為不舒服，她什麼也吃不下，根本沒東西能吐，一番折騰之後，陸煙然整個人幾乎瘦了一圈。

最後是姜民安看不下去，讓陸煙然搬到了第二層的船艙，雖然還是難受，情況卻好轉了一些。陸鶴鳴和郭氏自然免不了一陣道謝，可惜還是連人家主子的面也沒見上。

聽到葡萄一臉正經地說著這件事，陸煙然即便是身子難受，也笑出聲來。

荔枝朝自家小姐「噓」了一聲，指了指隔壁。陸煙然撇了撇嘴，躺回床上，繼續她的暈船人生。

幾日後，當船越靠近晉康地界時，船身越發平穩，陸煙然終於舒坦了許多，精神一好，她不由得對待在隔壁的世子有些好奇。

然而直到下船，陸煙然也沒能看清對方的臉。船在兆溪下帆，兩家在此分道揚鑣。陸煙然只來得及掃對方一眼，便被郭氏喚了過去。

看著瘦了一圈的陸煙然，郭氏滿臉心疼，陸鶴鳴見狀也關心了兩句，一旁的陸婉寧忍不住哼了哼。

一行人在兆溪的驛站住下。兆溪離晉康約四十里路，大半天的時間便能到，陸鶴鳴準備休息片刻再出發，而陸家人剛下船，謝管事便派人通知府裡。

送信的人很快便趕到鎮國侯府門前，馬上的人衣袍一掀下了馬，隨後將信遞給門房。

休息夠了之後，一行人再次上了馬車，陸煙然不由得發出一聲嘆息。

荔枝見她一張小臉上滿是憂愁，笑著說道：「這些日子可是辛苦小姐了！」

葡萄贊同地點了點頭說：「是啊，小姐的雙下巴都沒有了。」

陸煙然聽了葡萄的話，不禁摸了摸自己的下巴，隨後彎了彎嘴角道：「沒關係。」瘦了無妨，反正會有人幫她補回來的。

晉康在北邊，百姓豁達豪放，就連山水也比南方更加巍峨。雖是看慣了汝州的優美風景，陸煙然此時不禁又起了賞景的興致。

隨著車軲轆轉啊轉，他們離晉康的南城門越來越近了。

城門氣勢恢弘，上方站著數位穿著盔甲的將領，下方兩旁則有負責守衛的士兵，看管城門的同時，也監管進出城內的人。

陸家的馬車在城門處被攔下，謝管事連忙報上自家的身分，士兵聽到是鎮國侯府的家眷有些驚訝，不過依舊進行例行檢查後才放人。

陸煙然在窗後偷看，晉康城的風貌漸漸收入眼底，街道兩邊各式店鋪毗鄰而居，精美的樓閣林立，熱鬧非凡。

大越國崇文尚武，繁榮昌盛自然不是鄰國比得上的。

馬車在青石板路上行駛著，傳出一股別樣的韻律。不愧是晉康城，即便是一座石碑，也擁有特殊的含義。饒是上輩子見慣奢侈景象的陸煙然，心中也不免有些震撼，然而接下來她卻彆扭了起來。

晉康雖好，可是也有比不上安陽的地方，僅僅「淮河八豔」之名，晉康便無人能比。不過這終究不是什麼好名聲，陸煙然嘟了嘟嘴，承認自己看花眼了。

馬車離鎮國侯府越來越近，荔枝忍不住激動來，臉上的欣喜怎麼也掩飾不住。

陸煙然知道荔枝是家生子，直接說道：「荔枝，等會兒散了之後妳去和爹娘團聚吧，之後再來尋我。」

荔枝有些糾結，可知道小姐是體諒自己，當即應了一聲「是」，轉瞬落下了眼淚。葡萄笑著打趣了她幾句，荔枝頓時破涕為笑。

陸煙然見荔枝眼眶泛紅，心中微微有些感嘆。即便是重新活了過來，她也不知道自己的親生爹娘是誰，怕是永遠體會不到荔枝那種感覺了。

才這麼想著，車外的馬夫「籲」了一聲，馬車緩緩停下。

鎮國侯府到了。

荔枝掀開布簾那一瞬間，陸煙然打起了精神，剛探出頭，郭氏已經站在一旁，看到她後連忙喚道：「煙然，快下來吧，這一路可把妳累壞了。」

陸煙然的嘴角露出笑容，湊到郭氏面前說：「母親，路上多虧您照顧，辛苦您了。」

見自己的親近令郭氏嘴角一抽，陸煙然眼中閃過一絲詭計得逞的快意。

郭氏就是這麼奇怪，明明處處表現得對她極好，偏偏自己一靠近她，她又會不自在。

陸煙然上輩子察言觀色慣了，怎麼可能沒發現這點，於是她現在多了一項樂趣。

若是郭氏過來展現自己賢妻良母的一面，她便順勢黏著她，每次看見郭氏這樣的表情，陸煙然心中就樂得很。

這一幕在外人看來格外和諧，見陸婉寧又瞪著自己，陸煙然揚了揚下巴，纏著郭氏說：「母親，您看我瘦了好多。」

郭氏手臂一僵，笑著說道：「待府裡安頓好，便讓廚房做點好吃的為妳補補。」

這下陸煙然成功將陸婉寧氣得跺腳，陸睿宗見狀，連忙拉了拉她的手道：「姊姊，小心娘待會兒訓妳！」

可惜陸睿宗這話沒能討到好不說，反倒惹了一個白眼。

鎮國侯府門前熱鬧不已，下人們卸下馬車上的東西往府裡送去，就在此時，府裡走出一群人，當頭的便是鎮國侯府的老夫人郭穎。

即便郭梓彤如今是鎮國侯府的侯夫人，可有郭穎在，她便成了小郭氏。

大郭氏如今四十有六，年幼之時喪父，花信之年喪夫，只得陸鶴鳴一個依靠。近幾年兒子不在身前，她臉上皺紋橫生，看上去比同齡婦人老了好幾歲。

看到大郭氏那一刻，陸鶴鳴鼻子一酸，連忙朝她走了過去，隨後直直一跪，喊道：「母親，兒子不孝！」

大郭氏穿著淺灰色衣裳，外面套了一件素色褙子，見到兒子這樣哪還忍得住，她紅著眼眶將他扶了起來，說道：「回來就好、回來就好！」

陸鶴鳴整了整臉色才站起身，小郭氏抿了抿唇，也走到大郭氏的面前，開口道：「姑母，這幾年——」

話音還未落，大郭氏直接打斷她的話：「妳既然已經嫁到陸家，成了陸家的兒媳，哪還能這般叫人？這裡沒有妳的姑母！」

陸煙然驚得張了張嘴，看了過去。

這一路上，她雖然身子難受，卻沒忘記向荔枝套話，若是她沒記錯，這婆媳倆可是出自同一個郭家，怎麼大郭氏對小郭氏這麼不友好呢？

小郭氏自然不知道陸煙然有多震驚，她表情一僵，連忙改口叫了聲「娘」，欠了欠身後，便招呼兒女前來見祖母：「煙然、婉寧、睿宗，快叫祖母。」

陸煙然回過神，三人走到大郭氏面前，齊聲叫她「祖母」。

大郭氏看著這些孫輩，激動地應了一聲，表情相當欣喜，隨後她的視線落到面前的小姑娘身上。她穿著一身立領的對襟淺紫色刺繡上衣，下身穿著團花長裙，五官精緻，肌膚似雪，臉頰微微有肉，看上去十分討喜。

見老夫人看著自己，陸煙然眉眼一彎，再次喊了聲「祖母」。

大郭氏笑了，一口一個心肝：「我的煙然總算是回來了，都快長成大姑娘了！」

見她滿臉笑容，陸煙然暗暗鬆了口氣。聽說當初陸鶴鳴還未去虞州做官時，小姑娘曾在老夫人膝下養了兩年，看來是真的了。

大郭氏接著看向陸婉寧，見二孫女和小郭氏的眉眼幾乎像是一個模子刻出來的，笑容稍稍淡了淡，不過都是自己的孫女，她並沒有厚此薄彼，誇了她兩句後又看向陸睿宗。

見陸睿宗生得虎頭虎腦，她不由得笑道：「睿宗離開時才一歲，一回來就這麼大了！」有了孩子襯著，才知道四年究竟有多久，大郭氏的眼眶又開始泛紅。陸鶴鳴怕她傷神，勸她進府歇著。

小郭氏見陸煙然有些心不在焉，連忙上前關切，陸煙然嘴角一彎，順勢抱上她的手臂。

陸婉寧被她的動作氣得跺了跺腳，這樣的行徑在她看來無疑是不要臉，於是她嘴上無聲地對陸煙然吐出兩個字。

乞丐！

陸煙然挑了挑眉。成為小孩子之後，她的性子似乎漸漸變得幼稚，為了給陸婉寧好看，她當即纏著小郭氏開始撒嬌。

這一幕，同樣落在不遠處馬車內的人眼裡。

第八章 人事皆非

鎮國侯府斜對面此時停著一架馬車，窗邊坐著一個穿著淺色衣裳的丫鬟，她見鎮國侯府前的人都進去了，便放下布簾，想著那道粉色的身影，她對身旁的女子說道：「小姐，小小姐性子看上去還挺文靜的。」

嚴蕊的身子一僵，沒有說話，馬車內的氣氛頓時有些凝滯。

丫鬟名叫半雪，見自家小姐沒有回應自己，有些驚訝地看了過去。

嚴蕊依舊不施粉黛，一頭青絲用一根木簪束著，面無表情。

見她這般，半雪更加驚訝了，忍不住說道：「小姐，看到小小姐，您不高興嗎？」

文國公府上的人特地在四個城門守著，得了信，他們小姐便迫不及待地到了這裡，怎麼這會兒見到人反倒不高興了？

嚴蕊想著剛剛看到的情形，微紅了眼。

半雪急了。「小姐，看到了小小姐是好事啊！您別哭，要是想念小小姐得緊，等她安頓下來，讓大少夫人遞張帖子邀她回府，到時候讓您好好瞧瞧。」

嚴蕊回道：「那穿粉色衣裳的人不是煙然，穿紫色衣裳的才是。」

什麼?!

半雪腦中閃過之前那道紫色的身影，因為見她和郭氏親近，她一點也沒有往那兒想，此時她驚訝得張大了嘴：「怎麼會這樣？」

嚴蕊的臉色有些發白，低聲道：「她兩歲時我就拋下她，如今她將郭梓彤當作娘親，已經將我給忘了，我……我對不起她……」

見她情緒開始不穩，半雪上前攬住她的身子，嘴上不停勸道：「小姐，您不要亂想，當年那事怪不得您，您不要自責，這一切都是鎮國侯府做的孽，您可千萬別怪自己！」

然而，嚴蕊陷入了悲痛當中，根本聽不進這些話，只一瞬間便淚流滿面。

半雪連忙對外面的人說道：「阮叔，快回府！」

前頭的車夫一聽，手上的鞭子一甩，馬車便往文國公府的方向疾駛而去。

門口發生的事情，陸煙然毫不知情，鎮國侯府也不小，一群人這才來到了正院。

她眼睛尖，一眼便看見庭院裡站著幾個人，那些人見到他們十分激動，卻站在原地沒動；小郭氏也瞧見了，面上的笑容不由得斂了斂。

待他們走近，有兩名女子隨即欠身行禮，齊聲道：「侯爺、夫人！」

這兩位是陸鶴鳴的小妾，一位姓吳，一位姓張。

吳姨娘性格老實、面相溫和，陸鶴鳴被外放時她正懷著身孕，無法跟著一起去虞州；張姨娘生了一張鵝蛋臉，相貌雖然一般，卻有一股精氣神，她留在侯府幫忙打理內務，未一同前往。

陸鶴鳴在虞州任職、還未回到晉康時，陸家人稱他為「老爺」，回到鎮國侯府，稱呼自然是「侯爺」。

當家人回來了，吳姨娘露出了晃眼的笑容，連忙喚身後的兒子上前：「秉則，快來！」

陸秉則此名是陸鶴鳴取的，見到未曾謀面的兒子，他不由得笑了，本就英俊的相貌顯得更加耀眼。陸鶴鳴看了兒子兩眼，隨後一把將他抱了起來，問道：「你知道不知道我是誰啊？」

或許是剛剛有人教過他，陸秉則露出一口白晃晃的牙說道：「您是爹！」

陸鶴鳴開心地應了一聲。

第一次見面的父子倆氣氛融洽，小郭氏臉色不禁微沈。吳姨娘似乎注意到了，趕緊要兒子快叫母親。

陸秉則還算聽話，叫了一聲「母親」，先不提小郭氏心中在想什麼，她面上仍是一派柔和。

一旁的女子見狀出聲說道：「侯爺，夫人跟小姐們還有少爺一路上都累了，快別站著了，進屋歇息吧！」

說話的人是張姨娘。她一向頗得大郭氏喜歡，聽她這麼說，眾人便往廳堂走去。

陸鶴鳴一走便隔了四年才回家，大郭氏自然有無數的話要交代，拉著他說了好一陣子。

許久之後，待眾人緩過神，大郭氏便整了整臉色，準備講正事。

大郭氏說道：「知道你們要回來，亦柔就讓下人將府裡的院子收拾妥當，孩子們也不小了，各自分出院來，要住哪個院子自己挑。」

她口中的「亦柔」，便是張姨娘。

小郭氏聽了這番話，臉上閃過一絲猶豫，忍不住說道：「娘，睿宗才五歲，一個人住一個院子，會不會太早了些？」

大郭氏瞄了她一眼，語氣不鹹不淡：「五歲也不小了，晉康城內像他這麼大的哥兒早就分出院，還黏著娘是怎麼回事？」

此話一出，小郭氏的胸口頓時一滯，連忙應了聲「是」。

大郭氏微微頷首，接著看向陸煙然，朝她招了招手。

陸煙然神情一凜，雖然不知道有什麼事，還是朝她走了過去。

在大郭氏眼中，這個大孫女眉眼間頗有老侯爺的神韻，也是孫輩中長得最像兒子的，不過雖然長得像，卻有著專屬於女兒家的美。

看著大孫女，大郭氏嚴肅的臉色緩和下來，笑著說道：「煙然，妳去住玉竹院好不好？那兒離祖母的院子近。」

自從到了侯府，這位老夫人便對自己釋放出善意，陸煙然自然發現了這點。

她心中一動，面上卻有些猶豫，看了郭氏一眼後，就有些吞吞吐吐地說：「祖母，這當然好，可是母親……」

小郭氏心頭一驚，連忙說道：「娘，煙然這是捨不得我呢！」

大郭氏看了小郭氏一眼，回道：「都在一個府上，又不是到別處去，哪兒跟捨不捨得扯上關係了？」

小郭氏還準備回話，陸鶴鳴就清了清嗓，說道：「娘，不是說讓孩子們自己選嗎？讓煙然自己拿主意吧。」

陸煙然一聽，立刻表現得一臉糾結，她看了大郭氏一眼，又看了小郭氏一眼，做出難以抉擇的表情。

不過其實她早就作了決定，過了一會兒便說：「那我就聽祖母的，住在玉竹院好了。」

聽到這個回答，小郭氏明顯有些失望，大郭氏則相反，臉上的笑意更濃。

待幾個人都定下來以後，小郭氏便讓下人將各自的東西送去院子。

事情處理妥當後，大郭氏說道：「這幾年府上一直由亦柔管著，梓彤，妳休息個兩天後，記得和亦柔將府上事務交接清楚。」

小郭氏和張姨娘齊聲應了聲「是」，隨後大夥兒就散了。

小郭氏和陸鶴鳴一同回到他們住的攬風院，進了內室後，小郭氏就坐到一旁的軟榻上，嘴唇微抿，眉眼之間帶著幾分愁意，面沈似水。

陸鶴鳴淺笑著問道：「這是怎麼了？」

小郭氏本來還愁著，見他一張俊臉帶著淡笑，不禁一陣失神。

見她愣住的模樣，陸鶴鳴頓時笑出聲來，小郭氏秀眉一豎道：「還笑？一回來姑母就給了我一個下馬威，今後我還怎麼在下人面前說上話？」

她向來溫柔體貼，即便這會兒生氣，語氣感覺起來也不重，倒更像是在跟人撒嬌。

陸鶴鳴見她這副姿態，心不由得一軟，他無奈道：「妳也知道她就是那個性子，多擔待些。」

小郭氏聽他這麼說，更加委屈。「可是姑母的脾氣也太大了些，都這麼多年了，她還這樣不待見我。就說煙然吧，我和她好不容易親近了些，結果一回到府裡，姑母就讓她住進玉竹院，這不是要讓煙然和我離心嗎？」

鎮國侯府占地不小，攬風院和玉竹院不但離了幾個院子，還隔了一個大花園，偏偏玉竹院就緊挨著大郭氏的福祿院，這意思就是又要將陸煙然帶到身邊養！

聽她提起大女兒，陸鶴鳴的眼神有些複雜，只道：「妳不必介意此事，娘自會看管好她。」

小郭氏按了按太陽穴道：「也罷，我做好她的母親就夠了。」

陸鶴鳴見狀，當即坐到小郭氏身旁，將她攬在自己懷裡，小郭氏順勢靠著他的肩，兩人一副情深似海的模樣。

此時的陸煙然，才剛到大郭氏口中所說的玉竹院。

一進院子，便見庭院右邊牆角生著一叢翠竹，筆直修長，鬱鬱蔥蔥，倒是和院子的名字相呼應。竹林前還修了石桌、石凳，應當是暑熱時用來乘涼的。

只這麼幾眼，陸煙然便喜歡上了這個院子，進屋的腳步似乎也輕快了些。

屋裡已經收拾齊整，陸煙然進去內室時，葡萄正在替她整理她的東西。

陸煙然看了，連忙說道：「葡萄，妳累不累？要是累了，歇會兒再弄吧。」

葡萄回了一句「不累」，就專注手上的活，陸煙然也不勉強她。

現下無事，陸煙然便打量起了內室。不過一瞬，她就反應過來，大郭氏應當早已打定主意讓她住進這裡，因為室內的裝飾便是照小姑娘的喜好布置的。

雕花大床上掛著的幔帳帶了點粉色，一旁的梳妝檯上放著好些精緻的珠花，角落的茶几上放著一個花瓶，裡面還插著一枝花。

這就是自己今後的閨房了。

陸煙然在心中讚嘆了一聲，隨後坐到梳妝檯前，抬頭一看，銅鏡映照出來的長相讓她微微一怔。

一路上的折騰，讓陸煙然瘦了許多，雙下巴也不見了，這麼一瞧，她才發現，這張臉和上輩子那張臉越發像了。

看來自己和小姑娘有緣分啊。看著銅鏡裡的自己，陸煙然不由得皺緊了眉。

銅鏡裡的人做出了一樣的表情，然而因為五官精緻、肌膚白嫩，那皺著眉的樣子看上去就像是個瓷娃娃般，格外惹人心疼。

陸煙然不免想起過去。即便是花魁，任妳再清高孤傲，在貴人面前也得伏低做小，倔起性子的後果，便是將命丟了。

掐了掐自己的臉，陸煙然覺得還是之前肉乎乎的樣子更好看，她伸手遮住銅鏡，想著要將身上的肉都養回來。

就在此時，院子外面傳來聲響。

陸煙然正準備問話，葡萄的聲音就傳來了。「小姐，奴婢好像聽見柳姊姊的聲音了。」

陸煙然起身往外間走去，剛過槅門就見到夏柳從穿堂處放的大插屏後繞了過來，身後還跟著荔枝。

夏柳見到她，笑著問道：「大小姐怎麼沒有休息？」

陸煙然沒有接話，反而問她有什麼事？

夏柳忙回道：「夫人擔心回了府上以後，您沒有能使喚的丫頭，讓奴婢帶了幾個人讓您挑呢，大小姐要是得空就隨奴婢去看看吧，她們都在庭院裡。」

陸煙然表情平淡地說：「我身邊已經有葡萄和荔枝，不想再挑了。」

夏柳只當她是耍脾氣，笑了笑說道：「大小姐，按照府裡的規矩，您這院子還得添幾個人呢，如今只有兩個丫頭是不行的。」

陸煙然想了想後說道：「這件事母親應該已經拿了主意了吧。」她的語氣有些不耐煩。

夏柳眸光閃了閃。夫人確實已經有了交代，此番不過是走個過場罷了，不過儘管她心中這麼想，嘴上仍是說：「大小姐還是隨奴婢去看看吧。」

陸煙然瞥了她一眼，最後終究去了庭院。

庭院裡站了些人，夏柳說道：「照夫人的意思，還得給大小姐添兩個粗使丫頭和兩個粗使嬤嬤，還有，那位是夫人替您選的嬤嬤，專門照顧您的起居。」

當頭站著的便是夏柳口中的嬤嬤，她穿著深色短襖，下身配著馬面裙，外穿玄色的褙子，臉上表情溫和。

看上去倒是個好說話的人……陸煙然眸光閃了閃，心知這怕是小郭氏的人。

在她打量那個嬤嬤時，對方也在打量她。嬤嬤見她年齡雖小，一雙眸子卻亮晶晶的，心中不由得犯怵。

陸煙然自然不知道嬤嬤的想法，她想著，反正留誰都一樣，正準備點頭，結果這時院裡又來了人。

「唷，這裡怎麼這麼多人啊？」來人是張姨娘，她掃了庭院裡的人幾眼，明知故問：「這是在做什麼啊？」

張姨娘過去是大郭氏身旁的丫鬟，當初也是她做主抬她當姨娘，所以即便她沒有一兒半女，在府裡也說得上話。

夏柳見是張姨娘來了，神情微不可察地變了變，但一瞬後卻露出笑容對她解釋是怎麼回事。

張姨娘露出恍然大悟的表情，聽了夏柳的話，她沒有應聲，而是帶著笑朝陸煙然走去，說道：「之前沒有好好看看大小姐，這會兒總算是能仔細瞧瞧了，當初您在老夫人跟前時，我還經常抱您呢，可還記得？」

陸煙然哪裡記得這些，只回了句「忘記了」。

「我也真是的，您那時候才多大，記不得也是正常的。」張姨娘笑了笑，這才說起了正事。「大小姐，您可收拾好了？老夫人盼著您去她那兒坐坐呢，這不就讓我來接您了！」

陸煙然腦中頓時閃過大郭氏慈祥的模樣，她心下有了計較，回道：「我正好也要去找祖母呢。」

這下被忽視的夏柳急了，連忙說道：「大小姐，下人還沒選好呢！」

陸煙然朝她揮了揮手，在人群中隨便指了幾個人說：「就她們了。」

都這樣了，夏柳哪還能說什麼，她朝當頭的嬤嬤使了個眼色，嬤嬤立刻說道：「大小姐，老奴陪您一起去。」

張姨娘瞄了那嬤嬤一眼，沒說什麼，而陸煙然則是無所謂，任由她跟著自己。

陸煙然帶著葡萄和新任的嬤嬤，隨張姨娘往大郭氏的院子走去。張姨娘一路上都在和陸煙然套關係，然而陸煙然並不熱絡，只偶爾回個兩句。

一行人很快便到了福祿院。陸煙然對這裡沒有印象，自然是跟著張姨娘走，張姨娘笑著說了幾件她小時候在院子裡發生的趣事，她默默地記在心裡。

到了中堂，大郭氏正坐在案桌旁邊的圈椅上，見陸煙然到了，趕緊朝她招招手。

陸煙然走到她身邊，乖巧地喊道：「祖母！」

大郭氏的笑容更加燦爛，臉上的皺紋似乎都淺了些，隨後又問起陸煙然院子裡的情況。

陸煙然只說了幾句，大郭氏也沒細問，兩人正說著話，大郭氏忽然見到一個眼熟的人，她頓時皺起眉道：「趙立家的，妳怎麼也來了？」

人。

大郭氏口中「趙立家的」，是個四十歲上下的婦人，和丈夫趙立都是小郭氏的陪嫁下

見她問話，嬤嬤回道：「老夫人，夫人擔心大小姐年齡小，身邊的丫頭又不懂事，讓老奴照看大小姐。」

此話一出，大郭氏臉色一沈道：「誰讓她擅作主張的?!」稍稍動點腦筋，就知道小郭氏這麼安排，是想把手伸到大孫女的院子裡，她可還沒死呢！

第九章　前塵往事

誰也沒有想到，大郭氏會發這麼大的脾氣，她瞪著那嬤嬤的眼神，像是要將她給生吞活剝了一般。

趙立家的被這樣看著，嚇得立刻跪在地上。「老夫人，夫人沒有別的心思啊，就是怕丫頭年紀輕不懂事，照顧不好大小姐！」

大郭氏聽了卻是冷哼了一聲。「我還沒老糊塗呢！妳以為我不知道妳們夫人安的什麼心？」

張姨娘見她氣得厲害，連忙上前替她拍了拍胸膛，同時對在一旁站著的丫鬟說道：「站著做什麼？還不快去將夫人請過來！」

那丫鬟是在大郭氏身邊伺候的，馬上應了一聲，往屋外跑去。

陸煙然看著剛剛發生的事情，腦中還有些懵。

大郭氏似乎注意到了她的表情有些不對，低聲道：「煙然是不是被祖母嚇到了？」

陸煙然急忙搖了搖頭，接著說道：「祖母，您不要生氣，生氣對身體不好。」

從陸鶴鳴和小郭氏對大郭氏的態度來看，說明此人在家裡的地位不容置疑，再加上這個老夫人對她很是和善，於情於理她都應該和她親近。

陸煙然長得討喜，嘴巴稍甜一些，大郭氏就被她逗得合不攏嘴。

小郭氏趕到時，便看見這副情形。見這個姑母兼婆婆滿臉帶笑，她不由得鬆了口氣道：「娘，發生什麼事了？」

豈知大郭氏一見到她，頓時收起笑意，指著一旁的嬤嬤問道：「說，妳將她放到玉竹院是什麼意思？」

小郭氏拿著手絹的手一緊，嘴角浮起略微勉強的笑說道：「娘，您也知道她是我的陪嫁嬤嬤，她一向心細，我就想讓她到玉竹院照顧煙然的起居，這樣我也能放心些。」

中堂內沒什麼閒雜人等，大郭氏沒有顧忌，開口就訓斥。「妳在我面前裝什麼賢慧，難道我身邊一個嬤嬤都沒有，還用得著妳將妳的陪嫁嬤嬤也搭出來？」

這話無異於在小郭氏臉上打了一巴掌！

小郭氏眼眶一紅，淚如雨下道：「娘，我知道您一直不喜我，是因為我只是養在母親膝下的庶女，可我也是您哥哥的親生女兒，要叫您一聲姑母的，您說這話不是戳我的心窩嗎？」

張姨娘沒料到老夫人竟然說出這種話，見到主母在一旁哭得梨花帶雨，她是勸也不是，不勸也不是。

陸煙然也目瞪口呆，終於理清了兩人的關係，更讓她驚訝的是，老夫人竟然說小郭氏是裝賢慧？

這也太耿直了！

大郭氏可不管其餘兩人心中有多糾結，看著當初是姪女如今是兒媳婦的人，氣得噴出一口氣。「郭梓彤，妳犯不著在我面前裝模作樣，當初要不是妳……」
「行了，別說了！」陸鶴鳴不知道何時也到了。「娘，您怎麼還將那事記在梓彤身上？梓彤為我生兒育女、操持家務，哪裡抵不上她？您就別再提這事了！」
大郭氏只覺得心頭一梗，怒道：「走走走，我看你就是專門回來氣我的！」
陸鶴鳴掃了屋裡其他人兩眼，就帶著小郭氏走了。
四下一時靜謐無聲。
「祖母，你們說的『她』，是我娘嗎？」忽然間，一道稚氣的女聲在房裡響起。
大郭氏臉色一變。當初那件事是埋在她心裡的一根刺，她又不是能忍的人，所以不禁發了火，卻忘了大孫女不再是小丫頭，而是個懂事的姑娘了。
她嘴唇蠕動了幾下，隨後說道：「煙然，妳聽著。」
陸煙然抿了抿唇，有些疑惑地說：「祖母？」
大郭氏輕聲說道：「煙然啊，妳現在懂事了，所以祖母不瞞妳了，指不定妳哪天就會聽到什麼閒話。」
再三思索後，大郭氏繼續說道：「妳娘跟妳爹和離了，妳只要知道這個就夠。」
和離了？
陸煙然還沒來得及細問，大郭氏就按了按自己的太陽穴，露出一絲倦色道：「亦柔，妳送大小姐回院裡休息吧。」
看到這個情形，陸煙然知道大郭氏不會再說下去，只得告退，隨張姨娘往外走去，而葡萄早在大郭氏發火前離開了。

一路上，張姨娘見陸煙然繃著一張臉，就說些話逗她，然而她不是真正的小孩子，再逗也是徒勞無功。

剛到玉竹院門口，陸煙然就對張姨娘道了一聲謝：「姨娘，我到了，妳回去吧。」

張姨娘原本還打算進去坐坐，聽陸煙然這麼一說，訕笑道：「那行，大小姐回屋好好休息。」

見張姨娘扭著略微豐滿的腰肢離開，陸煙然這才轉頭進了屋子，隨後去了內室。

剛進內室，她便再也忍不住地跺了跺腳。真是太折磨人了！

明明老夫人已經提到小姑娘的親娘，偏偏用一句話便將她給打發了。

眼看就要真相大白，結果她不願意繼續說了，這種感覺就像是隔靴撓癢一般，讓人難受極了！

陸煙然在自個兒房裡難受，之前帶著小郭氏離開的陸鶴鳴去而復返，又來到了福祿院。

他直接往西堂走去。西堂是大郭氏白日小憩的地方，房內案桌上的鎏金銅香爐，正飄出一縷縷清香。

大郭氏半躺在軟榻邊，一個身穿藍色褙子的丫鬟正在替她捏腿。大郭氏半垂著眼，過了好一會兒，陸鶴鳴都等不到她搭理自己，便朝丫鬟揮了揮手，示意她先出去。

丫鬟見狀，趕緊離開西堂。

陸鶴鳴這才走到軟榻邊坐下，竟是像剛才的丫鬟一般替大郭氏捏起了腿。

他幼年喪父，是大郭氏將他拉拔大的，老侯爺那一輩分了家，一個年輕寡婦帶著幼子，自然被欺負。

從那時候起，陸鶴鳴便告訴自己要有出息，他本以為這幾年也算給家裡添光了，卻在看見他娘臉上的皺紋時，心頭一酸。

「娘。」

大郭氏聽見聲音，睜開眼道：「你眼中還有我這個娘？」

陸鶴鳴回道：「娘，您這是哪裡的話。」

大郭氏坐起身道：「我剛剛不過是說了她兩句，你就擺出那副樣子，真的還當我是你娘？」

其實剛開始，大郭氏對小郭氏並不像如今這樣，相反的，她還很憐惜她自幼沒了娘，小小年紀就在嫡母面前忍氣吞聲，可想不到這個姪女竟早已勾搭上自己的兒子！

大郭氏越想越氣，怒道：「當初你和嚴蕊和離都怪她，你也是糊塗！」

陸鶴鳴已經許久沒有聽見前妻的名字，不由得蹙眉道：「娘，這事都過去好些年，還說這些做什麼？」

大郭氏回道：「我就是氣！你說說，當初你要是沒有跟她和離，哪裡會被派去虞州！」

當初嚴蕊嫁到鎮國侯府實屬低嫁，她家世好，帶著嬌氣也是正常，只是夫妻之間免不了拌嘴，她卻從不願意低頭，認錯的人必定是陸鶴鳴。

這些大郭氏都看在眼裡。她不見得多喜歡前兒媳，不過文國公府那座大山立在那裡，她也就忍了下來，沒想到後來出了那事，讓人豔羨的一對就此勞燕分飛。

即便已經過了好幾年，大郭氏還是忍不住惋惜。「嚴蕊怎麼就不願意服軟呢？」

這話陸鶴鳴當初不知道聽了多少遍，臉上不為所動。

大郭氏氣得恨不得掐兒子一把，低喝。「你啊你！不成親家便成仇家，文國公府如今越發受聖恩眷寵，你還有什麼前途可言？」

陸鶴鳴未曾想到，他娘竟然在擔心這個，頓了一下才道：「娘，您大可不必擔心此事，兒也不是空架子；另外，只要您照看好了煙然，文國公府就不會找碴。」

「我自是曉得，雖說煙然是那家的外孫女，可也是我的親孫女！」大郭氏瞪了他一眼。「你還是回去敲打敲打你的『好』妻子吧！」

她話裡的諷意再明顯不過，陸鶴鳴卻沒有接話。

小郭氏或許有點小心思，可是在大事上還是有計較的，所以他十分放心。

不過他卻忘了，人都是善變的。

鎮國侯府的主母回來了，府上自然會有變動。

陸鶴鳴有自己的事，小郭氏也不閒，忙活了好幾日才與張姨娘交接清楚，就在她剛要喘口氣時，夏柳拿著幾疊帖子，腳步有些凌亂地走進了外間。

「夫人！」夏柳叫了她一聲。

身旁的小丫鬟正在替她捏肩膀，小郭氏見狀止住丫鬟的動作，隨後看向夏柳道：「這是怎麼了？難不成後面有人在追妳？」

因為事情忙完了，小郭氏整個人輕鬆不少，再加上夏柳是她的貼身丫鬟，她難得打趣了一句。

「綠蔭，妳先出去。」夏柳朝那小丫鬟使了個眼色，待她離開後，才走近小郭氏。

小郭氏不由得繃起臉道：「這是怎麼了？」

夏柳這個丫鬟性子一向頗為沈穩，此時神色慌張，定是有事。

「夫人，這是門房收下的帖子。」夏柳在手裡翻了翻，隨後遞了一張帖子到小郭氏面前。

帖子用銀條鑲邊，帖面上畫了幾朵小花作為點綴，小郭氏接過帖子，打開來一看，幾個大字頓時刺痛了她的眼——

文國公府。

小郭氏拿著帖子的手一緊，帖子當即被她捏皺了。

夏柳見她這樣，連忙叫了她一聲：「夫人。」

她如今十八，隨小郭氏進府時已經記事，再加上一直在小郭氏身邊伺候，她自然知道鎮國侯府與文國公府之間的牽扯。

見丫鬟滿臉擔憂，小郭氏有些勉強地彎了彎嘴角道：「無礙，妳出去等我，我換根簪子再去娘那裡。」

夏柳一走，小郭氏便轉身進了內室，步伐隱隱有些不穩。

往梳妝檯走去，小郭氏將帖子往桌上一扔，在一旁的妝奩裡翻找起來。片刻後，她手裡多了一支鑲著珠玉的玳瑁釵。

取下頭上的簪子，小郭氏插上新找出來的釵子，然而手抖了幾下，竟是耽擱了好一會兒，不僅如此，還扯到她的頭髮。

小郭氏發出一聲痛呼，氣得直接將手中的玳瑁釵往地上扔，釵子落地時發出一聲脆響，上面鑲著的珠玉也掉了出來。

她往鏡子看去，只見裡頭那人面無表情、臉色蒼白，哪裡有平時的溫婉動人？

「真難看！」小郭氏訓斥起鏡子裡的人，接著坐到一旁的凳子上，當她的眼尾餘光掃過那張文國公府的請帖時，心中又升起了一股鬱氣。

她的親娘生下她之後便過世了，所以她寄在嫡母底下，從小當作嫡女養著，她也這麼認定自己的身分。

小時候不懂，可是漸漸大了以後，她卻發現情況與自己想像中不同。嫡母會教長姊管家、學習女紅跟掌管下人，可是這些事跟她都沒有關係。由於心思敏銳，她早早便認清事實，開始尋找後路。

男子在比自己弱小之人面前最容易起憐愛之心，她模樣嬌弱，於是便利用這一點得到了表哥陸鶴鳴的憐惜。

可是表哥是個有抱負的人，不會娶她做正妻，她也不奢望這些，只要表哥的心在她身上就行。

之後表哥娶了文國公府的大小姐，她自是傷心，不過還是盼望表哥能早日接她進府。自古以來男人三妻四妾是常事，誰知那位大小姐卻怎麼也不願意讓步，最後甚至自請和離。

如今小郭氏還記得嚴家大小姐當初看她的眼神。

小郭氏回過神，看著鏡子，突然泛起笑，喃喃自語道：「嚴蕊啊嚴蕊，妳再硬氣又如何？整個晉康都知道妳是個下堂婦，而妳的女兒現在一口一口地叫我母親呢。」

她彎腰撿起地上那被摔壞的玳瑁釵，另外取了一根珠釵插到髮間。因為臉色有些泛白，她又拿了一旁的脂粉往臉頰兩側抹，氣色頓時好了許多。

小郭氏對著銅鏡露出一個溫婉的笑，隨後起身，帶著夏柳往大郭氏的福祿院走去。

雖然知道大郭氏厭煩自己，甚至免了她每日的請安，可是她知道，在這件事情上，大郭氏肯定會站在她這一邊。

嚴大小姐在大郭氏眼中，就是個善妒、拋夫棄女的前兒媳罷了。

到了福祿院，庭院裡的丫鬟見到她來了，連忙進屋內通報。

大郭氏沒攔著小郭氏進來，卻冷著一張臉不想搭理她，最後實在忍不下去，說了幾句冷言冷語。

小郭氏心中雖然有些忐忑，卻還是乖乖聽訓，待她回了幾句軟話之後，就將那帖子拿出來。

「娘，您說這個該怎麼回？」小郭氏將這個麻煩扔給了大郭氏。

接過那帖子的時候，大郭氏不由得瞥了她一眼。

雖然郭家沒落了，但過去也是書香世家，因此大郭氏識字，不過她年紀大了，眼睛有些花，她費了些力氣才看到帖子上面的內容。

嚴家和郭家為了大孫女的事情鬧過，若不是他們家也有爵位在，指不定大孫女就被拖走了，若真是如此，只怕陸家在晉康就成了個笑話。

如今嚴家想看人，可是大孫女才剛懂事，指不定會被人哄了去……

大郭氏腦中拐了幾個彎，過了片刻才對小郭氏說：「直接拒了，就說煙然有些水土不服，不宜出門。」

小郭氏早就猜測到這個結果，因此一點也不驚訝，不過她還是裝作一驚。「娘，這帖子可是文國公府的大少夫人親自寫的，這樣拒了好嗎？」

大郭氏乜了她一眼，哪裡不知道她的想法，但她沒點破，只道：「儘管拒了，他們就是再有本事，煙然也是記在我們族譜上的，跟文國公府沒有關係。」

小郭氏應了一聲，隨後一陣溫言軟語，上前準備伺候她。

大郭氏性子爽朗，見不得小郭氏這般惺惺作態，也不知道兒子為何喜歡她，不過她清楚小郭氏平常都是這副模樣，三言兩語便將她打發了。

小郭氏見她臉上雖無明顯的不滿，可是也知道自己再待下去，說不定哪裡又會惹到婆婆，只得笑著退下。

臨去前，大郭氏又提點了她一句：「妳忙活妳的去，別去煙然那兒添亂。」

小郭氏聽了這話腳下一頓，柔順地回道：「娘，我知道了。」

夏柳跟在小郭氏身後出了屋子，見她神色有些不對，心中「咯噔」了一下，離開院子後，忍不住多嘴問了一句。

小郭氏不願多說，路過玉竹院的時候心中卻不禁生出一股怨氣。

她對陸煙然當然不可能真心，可是卻沒犯過一點差錯，即便有些小心思，也是藏在心底，但大郭氏偏偏一直將她當作惡毒繼母。

小郭氏在心中冷哼了一聲。她才不想進這破院子呢，不過是一個小丫頭而已，能翻出什麼浪花不成？

第十章　公主府宴

小郭氏心情不佳，陸煙然也在吃癟。

「荔枝，妳將那糕點放哪兒去了？再給我吃點吧。」陸煙然看了看四周，見新來的嬤嬤不在，不禁鬆了口氣。

之前小郭氏派給她的嬤嬤被換掉了，改由大郭氏那邊的人出馬。

荔枝聽了這話，忙整了整臉色道：「小姐，您今天已經吃了好幾塊，崔嬤嬤說您不能多吃。」

她看了自家小姐一眼。經過這幾天的調養，小姐的臉終於圓潤了些，可是沒想到還沒養回以前那樣，新來的嬤嬤便開始控制小姐的飲食。

若是往常，陸煙然也就依了，可是一想到那桃花糕她就饞，當即軟聲向荔枝撒嬌。

她的聲音甜美，一張小臉嫩得幾乎能掐出水來，荔枝被這麼一鬧，頓時硬不下心。

陸煙然見荔枝有了動作，心中一喜，然而還沒來得及露出笑臉，表情就變了。

葡萄出現在門口，小聲地提醒她：「回來了！」她一邊說，一邊比劃著。

陸煙然瞬間就明白了她的意思，她準備阻止荔枝，但是來不及了。

荔枝不知道從哪裡找出了桃花糕，嘴裡念著：「小姐，這桃花糕有些甜，您可不能多吃，要是——」

話還沒說完，她看見出現在內室的人，臉色微變道：「崔嬤嬤！」

崔嬤嬤掃了兩個丫鬟幾眼，眼中露出一絲不滿道：「不是告訴妳們，這些東西不能讓小姐多吃嗎？」

她的年齡與大郭氏相仿，一張臉寫滿了嚴肅，來到玉竹院兩天，陸煙然就沒見她笑過。見荔枝因為自己受到牽連，陸煙然連忙向她使了個眼色。

真實的她已經十八歲了，不像小孩子一樣怕大人，就算現成的爹是個侯爺，她也沒有害怕的感覺，反倒是這位嬤嬤……

聽說她是從宮裡出來的，陸煙然看著崔嬤嬤，心裡發怵。

「將東西拿回去。」崔嬤嬤一開口，荔枝哪敢不動，她立刻轉過身，留給了陸煙然一道背影。

陸煙然並不是一個重口腹之欲的人，然而那糕點卻是格外對她胃口，眼看到嘴的鴨子飛了，她的雙眼頓時盈滿不捨。

明明是個小丫頭，卻是眼波流轉，一雙眼睛像是會說話般。

若是換了旁人，怕是早就軟下了心，不過崔嬤嬤卻繃著一張臉，冷聲訓斥道：「大小姐，和您說過多少遍了，眼風要正！」

陸煙然先是被嚇了一跳，隨後聽到「眼風要正」幾個字時，只覺得心頭一梗。

這就是大家閨秀和煙花女子最大的不同。

上輩子她病好之後，秦嬤嬤教她的第一件事情便是練眼風。先正對著鏡子練，練到眼珠靈活為止；再來是側對著鏡子練，達到顧盼生姿之效。偏偏她在這方面愚笨得很，不知道被餓了多少頓，足足練了兩年才讓秦嬤嬤滿意。

俗話說得好，女子一有媚態，三分姿色也抵得了七分。

上輩子她生得好，不用特地在臉上下工夫也美得很，然而終歸是當過花魁的人，即便是清倌，眉宇之間仍免不了帶著嬌媚。只不過大家閨秀要的是目不斜視、清而不媚，她還差了些。

陸煙然很清楚那些後宅婦人是怎麼罵人的，所以從變成小姑娘那一刻起便注意這點，沒想到如今卻被人察覺到了不對，這也正是陸煙然有些畏懼崔嬤嬤的原因。

崔嬤嬤當然不知道事情的原委，只聽老夫人說大小姐的身分比較特殊，侯夫人不便管教，瞧她的性子較為跳脫，想來是心思太過靈活導致。

不過崔嬤嬤相信，自己定能改正陸煙然的行為，畢竟是侯府小姐，該要有大家閨秀的樣子。

陸煙然大概能猜出這是大郭氏的意思，倒是沒有怨言，反而更加注意自己的舉止，生怕讓這位眼尖的嬤嬤捉到錯處。

正是因為崔嬤嬤，陸煙然每日去大郭氏的院子時就忍不住撒嬌，想讓她將人收回去，但是大郭氏自然不可能答應。

向崔嬤嬤認錯之後，陸煙然就帶著葡萄去了福祿院。求了大郭氏幾次沒成功之後，陸煙然就放棄了，轉而編些小孩子的趣事逗她開心。

人都有趨利避害的本能，陸煙然知道小郭氏不是真的對她好，也就沒特別與她交流。見眼前的大郭氏被逗得合不攏嘴，她頓了一下才反應過來，原來她早已下意識地在討好這個老人家了。

陸煙然本來還在說話，此時忽然停住，大郭氏當即停住了笑，說道：「煙然是不是累了？要不回院裡休息吧。」

她嘴上問著，自己反倒先露出倦色。

陸煙然知道大郭氏累了，便順著她的話說：「祖母也累了吧，我回院裡了，您好好歇息一會兒。」

大郭氏應了聲「好」，陸煙然便退下。

老夫人確實累了，見陸煙然一走，就躺在榻上，在門口守著的丫鬟趕緊進屋將一旁的被褥揭過來替她蓋上。

葡萄在門外等，陸煙然一出屋子，她連忙跟上，主僕兩人往玉竹院走去。

日升月落，今天恰好是鎮國侯府收到文國公府帖子的第五天，文國公府終於收到了回信。

文國公府的後宅如今由世子嚴謹之妻蔣思玥掌管，鎮國侯府的回帖自然送到了她手裡。她十六歲嫁入嚴家後已過了十年，當初小姑出嫁還是她丈夫親自揹出門的，兩家的恩怨，她再清楚不過。

蔣氏出身侯門，未出嫁時便是晉康有名的名門貴女，她樣樣都好，唯獨性子有些潑辣，看了鎮國侯府的回帖，當即氣得撕了個四分五裂。

「水土不合？陸家這是唬弄誰呢！」話落，蔣氏看著被撕碎的帖子，猛然回過神，見一旁的丫鬟正目瞪口呆地看著自己，不禁露出一絲訕笑。

蔣氏知道自己又衝動了，可是撕都撕了，能怎麼辦？最後她只得拿著被撕破的帖子去了婆婆的院子裡。

嚴家有不得納妾的規矩，文國公嚴邵只得一位正妻薛氏，兩人育有兩男兩女。如今嚴家的男兒皆已娶妻生子，嫡次子尚了端和公主，住在公主府；另外一位女兒也已經嫁人，所以整個文國公府雖大，但主子並不多。

想起前些日子回到府裡的小姑，蔣氏格外心疼。嚴家其餘子女婚事皆順，嚴蕊卻偏偏栽了個大跟頭，她免不了又在心裡將陸家的人給罵了一頓。

「老夫人和大小姐在哪兒？」繡花鞋還未踏上石階，蔣氏便出聲向站在門口的丫鬟問道。

丫鬟朝她欠了欠身子，回了一句「在右耳房」。目前右耳房被當作針線房，蔣氏聽到她們在那裡有些驚訝，提了提裙襬就往右耳房走去。

守在房門口的丫鬟準備進去通報，蔣氏揮了揮手示意不用，逕自進屋。剛剛過了槅門，她便聽見裡面傳來薛氏母女倆說話的聲音。

「蕊兒，妳就別弄這個了，傷眼睛，讓丫鬟們做就是。」這是她婆婆薛氏的聲音。

隨後又響起小姑嚴蕊的聲音：「娘，才做了這麼一會兒，哪兒傷眼睛。丫鬟們不知道然然穿多大的衣裳，我自己做就是了，她長到這麼大，我都沒替她做幾回衣裳呢。」說到後面，聲音就低了下去。

薛氏回道：「好端端的又提這個做什麼？等然然到了府裡，讓人來為她量量尺寸，多做幾身，保管穿起來又好看又舒服。」

蔣氏撩起布簾的手一僵，下意識地將帖子往袖子裡一藏，才掀開布簾走進去。

「娘、蕊兒。」因為袖子裡的帖子，蔣氏臉上的笑有些不自在，因為她知道小姑心心念念的事怕是不成了。

見到大兒媳，薛氏笑著說：「瀚兒今天沒鬧妳？」

嚴瀚是蔣氏的小兒子，如今才兩歲，正是黏娘的時候。

蔣氏說道：「娘，他這會兒正在睡覺呢，我就是趁他睡了才到您這裡來偷會兒懶。」

薛氏知道她是說笑，搖了搖頭，正準備說話，卻發現身旁的女兒突然放下了手中的針線。

嚴蕊輕聲說：「當初我離開陸家時，然然就像瀚兒這麼大，我記得那時候她也鬧得很，幾年過去，她都長成大姑娘了。」

蔣氏看著面前的小姑，見她素著一張臉，髮髻間只插了支雕花木簪，再無其他裝飾，全身上下沒有一抹亮色。

明明比自己小了兩歲，樣貌也沒什麼變，可是言語之間卻毫無生氣，就像歷經風霜的老太太一般。

蔣氏性格強勢，卻不是不講理的人，而且她這人有個缺點，就是感性，想到當初鮮衣怒馬的美人現在成了這副模樣，忍不住鼻子一酸。

嚴蕊未出閣之前與蔣氏有過交集，自然知道她這個毛病，見她眼眶微微泛紅，不禁淡淡一笑。

那件事已過去多年，從那個負心人要納妾起她便已死心，而且她在廟裡修身養性了幾年，能牽動她一顆心的如今只有至親了。

見嫂子來了，嚴蕊想起自己牽掛好幾天的事，於是出聲問道：「大嫂，可有回信了？」

蔣氏沒料到她會在此刻問起，嘴角微微一僵，嚴蕊見她的神色有些異樣，當即一副了然於胸的表情。

薛氏見姑嫂倆用眼神交流，有些著急地說：「思玥，妳倒是說說有沒有回信啊！」不只女兒想見自己的孩子，她這個外祖母也想見見外孫女。

嚴蕊低聲說道：「娘，煙然怕是來不了了。」

蔣氏見不得她這灰心的模樣，連忙道：「蕊兒，妳別慌，大嫂再多送幾張帖子去，若是還不行，咱們再另想法子。再不濟，他們陸家總有受邀赴會的時候，指不定哪天就會碰上了。」

這話更多的意思是安慰，但沒想到這事竟被蔣氏說中，那一天很快就到了。

五月中旬，在南邊遊歷的大長公主回到晉康，此時正逢她的生辰，公主府已經許久沒有熱鬧熱鬧，因此她特地宴請晉康世族大家前往，文國公府、鎮國侯府都在受邀之列。

大長公主是當今陛下的同胞姊姊，身分尊貴，收到請柬之後，小郭氏思索了半天也決定不了該送什麼禮？最後還是去了大郭氏的院子，順便帶上一雙兒女。

到了院子之後，她才發現陸煙然也在，小郭氏臉上一怔，喚了她一聲：「煙然。」

「母親。」陸煙然嘴角微彎，朝她欠了欠身。

一旁的大郭氏先是瞥了小郭氏一眼，隨後笑著喚陸睿宗和陸婉寧過去。

小郭氏見大郭氏滿臉笑意，知道她高興，心下稍安，當即問候起一旁的陸煙然，她帶著溫婉的笑說：「總算是養回來了些，煙然有沒有什麼想喝的湯，告訴母親，母親讓廚房的人做。」

陸煙然下意識摸了摸自己的下巴，還沒來得及說話，大郭氏便哼了一聲。

大郭氏說道：「妳和煙然說這些有的沒的做什麼？說吧，今兒來有什麼事？」

聞言，小郭氏擰了擰手中的繡帕，說明來意。

她話一落，大郭氏的臉色不禁微微一沈。這便是差距了，若是嚴蕊，哪裡會為了這點事情找她？

小郭氏心思敏感，見大郭氏神色有異，知道她恐怕又在嫌棄自己，不禁有些委屈。

大郭氏回道：「大長公主喜愛玉器，我的小庫房內有一對羊脂玉如意，待會兒我讓丫鬟拿來；另外，妳再從大庫房找兩件適宜的物品當賀禮便可。」

小郭氏點了點頭道：「娘，我知道了。」

她表面上恭敬，內心卻不平靜。進侯府的時候她沒有什麼嫁妝，即便到了現在，私庫裡也沒有什麼貴重的物品，好東西都在老夫人這兒，要是隨便送點什麼就能成，她也不願意來這裡惹人嫌。

陸煙然聽了兩人的談話，見跟自己沒有關係，便沒再注意。

小郭氏沒待一會兒就帶著孩子走了，臨去之前讓陸煙然常去她院裡走動。

陸煙然應了一聲「好」，至於去不去又是另一回事了。

轉眼就到了大長公主生辰那天。辰時剛到，在陛下身邊伺候的大太監已經將賞賜送到了公主府。

太陽漸漸升起，公主府前往來的人絡繹於途，馬車堵了足足兩條街。此時陸家的馬車也被卡在路上，陸煙然和大郭氏坐在一輛馬車裡，聽著她的囑咐。

大郭氏說道：「煙然，今天人多，妳可不要亂跑，遇到不認識的人，千萬不要和對方說話，聽見了沒？」

大孫女這段時間在她面前十分乖巧，並不像兒子說的那般頑皮，她覺得大孫女很懂事，應該會聽她的。

陸煙然聽了之後睫毛顫了顫。

她雖然不知道自己的生母是誰，可是能嫁入鎮國公府的人，家世背景肯定不差，今天這種場合，但凡晉康城內有點身分的人都會被邀請過來，老夫人這是不想讓她和外祖家接觸。然而往事塵封，她只得抑制住心中的好奇。

陸煙然腦子繞了一大圈，臉上卻沒表現出來，她朝老夫人點了點頭道：「祖母，我知道了。」

大郭氏很是滿意，對崔嬤嬤囑咐了兩句，讓她將人看好。

陸煙然見崔嬤嬤看了自己兩眼，不由得挺了挺自己的背，表現得像個大家閨秀。

到了公主府門外，外面的車夫提醒了一聲，丫鬟連忙扶著大郭氏下馬車，陸煙然也跟著下去。

小郭氏在後面一輛馬車，見到她們祖孫二人出來，便帶著陸婉寧與陸睿宗走了過去。

大郭氏關心了他們兩句後，婆媳倆就帶著三個小的往公主府走去，至於家中的姨娘，自然沒資格來。

在家裡，大郭氏對小郭氏很是冷淡，在外卻對她一派溫和，畢竟當初鬧出那麼大的風波，若是知情的人知道她的態度，指不定又會說出什麼閒話，事關鎮國侯府的顏面，她不得不做個樣子。

待身後的下人送上賀禮，又奉上禮金，由公主府上的禮官唱名記入禮冊後，他們便繼續往前走。

此時剛進府門的一位華服婦人，恰好聽到「鎮國侯府」幾個字，她嘴角微微一動，拉了拉與自己同行的婦人道：「鎮國侯府的人也來了？」

另一位打扮得光鮮亮麗的婦人，聽了這話一點也不驚訝，回道：「聽我家老爺說，鎮國侯前些日子回了晉康，怕是還要升職呢。」

之前那婦人撇了撇嘴。「文國公府的人脾氣也太好了些，這口氣咽得下去？」

嘴上這麼說，她心裡卻是幸災樂禍。嚴蕊還未出閣時，上門求親的人險些踏破了門檻，她丈夫也是其中一員，後來嚴、陸兩家撕破臉，她只當看了一場好戲。

雖然晉康的人都知道嚴家不能納妾的規矩，可是嚴蕊嫁到了陸家，就得遵守他們家的規矩，即便最後兩人和離，嚴蕊卻留下了善妒的名聲。

「快別說了，小心被文國公府的人知道，給家裡添麻煩。」

想到文國公是太尉，世子是吏部侍郎，次子又與天家結了親，婦人臉色微微一變，噤了聲。

公主府占地廣大，裡面有個很大的花園，花團錦簇、美不勝收，大長公主特地令人設座，讓客人方便在此賞花。

陸家幾人自然也來到了這裡。就座之後，便有人送上糕點吃食，眾家夫人坐在一起談天，好不熱鬧，大郭氏的手帕交還給了陸煙然一塊玉珮當作見面禮。

陸婉寧一直乖巧地坐在小郭氏一旁，見陸煙然得到禮物，那老夫人再來卻沒了動作，表情頓時垮了下來。

小郭氏見到自己一雙兒女被忽視，哪裡好受，她看了陸煙然一眼，隨後拿起一塊糕點放進女兒手裡道：「快吃。」

陸婉寧撇了撇嘴，不情願地咬了半塊，而她身旁的陸睿宗卻絲毫沒有感覺，自顧自地吃得起勁。

看了手裡的玉珮一眼，陸煙然便知道這東西價值不菲，她怕自己弄丟，索性拿給一旁的崔嬤嬤說：「嬤嬤，幫我收一下，回家再給我。」

崔嬤嬤稍稍一頓，便接了過去。

第十一章　撥雲見日

過了一會兒，突然有位夫人說道：「大長公主知道今日來的小輩多，事先讓人在西園那邊弄了許多好玩的，讓孩子們過去吧。」

此話一出，當即有人附和。

大郭氏心中有些顧慮，原本準備拒絕，可見大孫女一雙眼睛瞬間變得亮晶晶的，話便說不出口了。

一旁的小郭氏明白她的想法，說道：「娘，我送孩子們過去。」

大郭氏頓時放下心來，回道：「那好，看好孩子們，別衝撞了貴人。」

小郭氏帶著三個孩子與兩個丫鬟前往西園。雖然為了見面禮的事有些不高興，可是她依舊對陸煙然溫言軟語。

陸煙然見陸婉寧又在瞪自己，便作勢要去挽小郭氏的手臂，可她的手剛伸到半空中便收了回來，因為她發現小郭氏此時的臉色十分難看，她從未見過她這種表情。

小郭氏的神色隱忍，眼中的嫉恨卻怎麼也藏不住。

陸煙然順著小郭氏的眼神看了過去，只見不遠處有座涼亭，亭內坐著幾位年輕婦人，皆是錦衣華服、珠翠環繞。

她還未看清楚，身旁的小郭氏突然拉了拉她的手道：「煙然，走吧。」

小郭氏的表情不像方才那般駭人，但陸煙然發現，她拉著自己的手竟是隱隱有些顫抖，她還未來得及開口，小郭氏就扯著她準備離開。

陸煙然心中疑惑，被她拖著走了兩步，此時涼亭那邊忽然傳來一道吼聲。

「郭氏，妳給我站住！」

「走，不要理她！」小郭氏臉色一變。

出聲的不是別人，正是文國公府的世子夫人蔣氏，她見自己喊出了聲，小郭氏竟然充耳不聞，當即對守在涼亭下的丫鬟與嬤嬤說道：「快去把人攔住！」

好不容易等到了這一天，她豈能讓她們離開！

蔣氏那邊有兩個生得虎背熊腰的嬤嬤，還有三個丫鬟，小郭氏這裡的人有一半是孩子，三兩下就被擋住去西園的路。

小郭氏強撐著笑容，力求溫柔端莊，她說道：「世子夫人，今兒可是大長公主的生辰，我們是客人，妳喚自己的嬤嬤跟丫鬟攔人是什麼道理？」她端出大長公主的名號，不信文國公府沒有顧忌。

換成別人，這招或許有用，然而小郭氏現在遇到的卻是蔣思玥，她性子本就火爆，如今當了文國公府的主母，態度更是強硬。

蔣氏笑了兩聲道：「那可省力了，正好讓眾位夫人評評，到底是我喚人攔住妳沒理，還是鎮國侯府連我的外甥女回了府上，都不讓我們看看沒理！」

她話一落，小郭氏的神色繃不住了，一旁的陸煙然也嚇了一跳，她看向小郭氏口中所說的「世子夫人」。

那位婦人生了一張鵝蛋臉，蓁首蛾眉，身姿婀娜，氣勢逼人。

外甥女?! 陸煙然將這稱呼在嘴裡念了一遍，隨後那婦人向她走近兩步，招手喚道：「然然，快過來讓舅母看看！」

蔣氏不過掃了陸家幾人兩眼，便認出了自家外甥女。雖然她臉上帶著嬰兒肥，可是外表和小姑嚴蕊卻有幾分相似，已經初見美貌。

這突如其來的一幕，讓陸煙然有些不知所措。

大郭氏三番兩次讓她不要和生人說話，她不是真的小孩，自然知道這話裡的意思，況且她並不知外祖家對她的態度，只曉得她娘與陸鶴鳴和離，其他一無所知。

最重要的是，她知道自己不是真正的陸煙然，「名不正，言不順」這句話一直壓在她心頭。

不過她在陸家前途不明，若是有外祖家，指不定多了依靠，世子夫人……對面也是勛貴之家啊。

正當陸煙然心亂如麻的時候，那婦人又喚了一聲。

陸煙然心中有些意動，就在此時，她感到手臂一緊，一旁的小郭氏抓住了她的手。

小郭氏說道：「世子夫人，您只是舅母，煙然可是我們鎮國侯府的大小姐，她叫我母親。」

蔣氏聽了這番話，胸口劇烈起伏了幾下。她何嘗聽不出小郭氏的意思，竟是在諷刺她沒有資格？

小郭氏的相貌只能算是清秀，然而她氣質溫和，此時微微蹙起了眉，一副我見猶憐的模樣。

蔣氏看不慣她這個樣子，讓別人看見了，指不定以為文國公府仗勢欺人呢！她剛準備說話，一道聲音響了起來。

「侯夫人這話說得可真是理直氣壯。」那嗓音猶如珠落玉盤，悅耳動聽。

小郭氏一聽臉色大變，順著聲音傳來的方向看去。

那人身穿月白色的儒裙，身姿綽約，正一步步走了過來。

不是嚴蕊是誰！

雖然聽到聲音之後，小郭氏心中便有了底，然而在看到嚴蕊的那一刻，她眼中仍寫滿了不可思議。

她怎麼在這兒？為什麼不好好在山上的廟裡待著！

小郭氏看到那張臉就覺得刺眼，正是因為心緒不平，她沒有發現身旁的陸煙然腳步不穩地往後退了一步。

眼看那貌美女子越來越接近，陸煙然連忙掩下眸中的震驚，可心裡還是翻起了驚天巨浪。

沒有人知道她此時多麼訝異，因為那人和她太像了——不是陸煙然，而是身為清歡時的她。

若是清歡與陸鶴鳴有三分相似，那麼和面前這個女人便有五分，她過去的樣貌，就像是挑著這兩個人的樣子長的。

她心中不由得升起了一個荒唐的念頭，可是剛有這個想法，陸煙然就將它按了回去。不，不可能的。

她只是一個被親生爹娘賣掉的賤丫頭，和小姑娘的身分猶如雲泥之別，這一切肯定是個巧合！

陸煙然抿了抿嘴唇，看向那女子。

見女兒一雙黑黝黝的眼睛望著自己，嚴蕊心跳如雷。

為了見這孩子，她今日穿了一身新做的衣裳，也盤了個髮髻，更是戴上了許久未戴過的髮飾。

這幾年待在廟裡過著簡樸的生活，嚴蕊的兩頰有些消瘦，她特地塗了脂粉，就是怕女兒嫌她不夠美。她好想將女兒抱在懷裡，可是看著對方全然陌生的眼神，她的喉嚨就像是被什麼卡住一般。

眼眶一澀，明明有千言萬語，嚴蕊卻只能乾巴巴地說了一句：「然然，我是妳娘啊。」

陸煙然一張小臉繃得緊緊的，外人只當她沒反應過來，只有她自己知道她的思緒有多亂。

越看越像！

見女兒沒有反應，嚴蕊一慌，立刻向她走去。

小郭氏此時終於從震驚中回過神來，看見這副情景，她想也沒想就將陸煙然擋在身後，對嚴蕊說道：「嚴大小姐，妳嚇著我們家姑娘了。」

嚴蕊看了她一眼，在心裡冷笑了一聲，正準備說話，一旁的蔣氏忍不住說道：「郭氏，我送了帖子，妳回說然然水土不服不宜出門，現在既然她人在這裡，為什麼攔著？還不讓開！」

小郭氏覺得蔣氏咄咄逼人，正要回嘴，身後的人就拉了拉她道：「母親，我們走吧。」是陸煙然。

小郭氏眼中閃過一抹異色，馬上應了一聲「好」。

陸煙然的聲音不小，嚴蕊自然也聽見了，這對她來說無疑是嚴重的打擊——她親耳聽見女兒叫別人母親。

蔣氏也有些驚訝，見她們要離開，忙喊了聲：「然然。」

此時陸煙然心裡亂得很，根本不知道該用什麼態度面對她們，立刻佯裝害怕地往小郭氏身後躲了躲，她想快點離開，然後確認一件事情。

小郭氏心中暢快不已。方才她見嚴蕊的美貌絲毫不遜於幾年前，似乎過得很好的樣子，不禁心生嫉妒，可是現在陸煙然的反應，撫平了她不穩的情緒。

說了幾句還算有禮卻無關痛癢的話之後，小郭氏便帶著陸家的人離開，蔣氏想讓人將她們攔住，卻被嚴蕊制止了。

陸煙然走了幾步後，忍不住回頭看了一眼，隨後跟上小郭氏。

嚴蕊的臉色有些蒼白，女兒的眼神不停地在她腦中晃蕩。

見到小姑的表情，蔣氏便知道她大概在想什麼，當即說道：「蕊兒，妳不要胡思亂想，然然突然見到我們，肯定還不適應，再多見幾次就好了。」

嚴蕊輕聲道：「大嫂……」她叫了一聲，卻不知道該說什麼？

蔣氏見狀心裡也很難受，眼眶不禁一紅，想到剛剛外甥女的反應，連她看了都受不了，更別說當娘的了。

一想到陸鶴鳴，蔣氏頓時在心中一陣好罵。當初他上門求娶小姑時說得千好萬好，小姑也和他看對了眼，公婆以為女兒得了良配，便將人嫁了過去。

一開始兩人倒是過了一段琴瑟和鳴的日子，沒想到小姑懷著身孕的時候，那個負心漢居然要納妾！

別說小姑不願意，就是文國公府也不同意，可是誰都沒想到，陸鶴鳴竟直接將小郭氏帶進了府。

小姑那時懷有六個月的身孕，生生氣得暈了過去，恩愛夫妻就此成了怨偶。

不過這個小姑也不是好欺負的，鬧得陸家雞犬不寧不說，也想過和離，卻因為捨不得孩子而作不了決定。

文國公府哪能看著寶貝女兒遭罪，折騰了許久，還是讓小姑與陸鶴鳴分開了，可是外甥女卻帶不走。

至此親家成了仇家，不過因為有外甥女在，兩家的關係十分微妙。

蔣氏只得說幾句話寬慰小姑，此時嚴蕊回過了神，吩咐一旁的丫鬟道：「看看他們去哪兒了。」

見她打起了精神，蔣氏當即鬆了一口氣。

文國公府的姑嫂倆心情沈重，小郭氏卻是一派輕鬆，想到嚴蕊那受傷的眼神，她就高興！

她一開心，對陸煙然就更加溫柔，可是陸煙然此時哪裡有心情聽她說話，只敷衍地回了幾句。

談話間，眾人來到了西園，那裡果然備了好些逗小孩的玩意兒。

陸煙然注意到荷花池邊站了好幾個小姑娘，她們在餵魚，時不時發出驚呼。

陸睿宗看見不遠處有木馬，頓時眼睛都亮了。小郭氏見狀，便讓一旁的丫鬟領他過去，她則負責照看陸煙然和陸婉寧。

園子裡有幾位公主府的丫鬟，其中一位手臂上掛著個簍子，見她們剛到，便走過來說道：「夫人，若是小姐們無聊的話，就到池邊餵魚吧，我這裡有魚食。」

小郭氏詢問陸煙然的意見，見她點頭，忙讓丫鬟去接魚食。

她的心腹大丫鬟夏柳今日未來，看了照看兒子的那個丫鬟一眼，小郭氏有些不放心，走過去囑咐了幾句，接著便帶陸煙然與陸婉寧去餵魚。

到了池邊，小姑娘們見到她們三人，好奇地看了一眼，見是生人，又自顧自地餵起了魚。

陸煙然從丫鬟那兒抓了一把魚食扔出去，池子裡頓時游了好些錦鯉過來。

小郭氏見她完全沒有將之前的事情放在心上，不禁鬆了口氣。

陸煙然看似專注地餵著池裡的魚，實則心不在焉，過了一陣子，她靠近小郭氏，小聲說了兩句話。

小郭氏一頓，拍了拍手上的碎屑道：「我陪妳去吧。」

陸煙然有些不好意思地說：「不用，我自己去就可以了。」

小郭氏不過是擔心她又碰到嚴蕊，可是想到陸煙然之前的表現，她還有什麼不放心的，當即說道：「那好，記得小心些。」

自己的兒子跟女兒都待在這裡，小郭氏樂得讓別人陪陸煙然去。

她將公主府的丫鬟喚了過來，說道：「麻煩妳幫我們姑娘帶路，她想去打理儀容。」即便面對丫鬟，她仍舊表現得溫柔敦厚。

被叫過來的丫鬟欠了欠身道：「好的，夫人。」

陸煙然跟在丫鬟身後，沒一會兒便到了一處屋子，丫鬟準備陪她進去，陸煙然婉拒了。

「姊姊，我自己進去就行。」

丫鬟見她年齡還小，笑著說道：「那小姐快進去吧，內室最後邊是恭房，奴婢就在這兒等您。」

陸煙然有些羞澀地笑了笑，小聲道：「姊姊，妳能幫我找一面銅鏡嗎？」說著她抓了抓自己的頭髮說：「髮髻好像有些亂了。」

她今日梳著雙丫髻，配了兩朵珠花，看起來嬌俏動人。

丫鬟看了看，覺得她的頭髮並不亂，以為小姑娘是愛美，也不點破，只道：「小姐，內室裡有銅鏡呢！」

陸煙然眼睛一亮，道了一聲謝，加快腳步進了屋。

這屋子應當是專門供府上的客人休息更衣的，陸煙然繞過門口的大插屏往內室走去，一進去便發現，一旁的長案上放著幾面鏡子，她拿起一面，往恭房走去。

小姑娘親娘的出現，讓她心中產生了巨大的疑惑。雖然她之前因為小姑娘的長相神似清歡而有過懷疑，可是她覺得不可能，所以未曾深思，以至於今天受到了這麼大的刺激！

陸煙然動作迅速地將上裳從襦裙裡拉出來，然後將手繞到身後掀起衣裳，露出白皙嬌嫩的肌膚。

接著她將鏡子伸到背後，然後回過頭看鏡子。這個姿勢讓人有些難受，不一會兒，她的頸子便痠得不得了。

陸煙然瞪大了眼睛盯著鏡子，並未發現她印象中那樣東西，就在她鬆了口氣時，拿著鏡子的手忽然微微一頓。

鏡子照到的部位是她的脊溝，位置微微靠下，所以一時之間未能看到，此時脊溝中間一顆紅痣，刺痛了她的眼。

陸煙然只覺身子突然一軟，似乎連拿鏡子的力氣都沒有了。

上一世她的背上也有一顆紅痣，是專門伺候她的丫鬟告訴她的，位置有細微的差別，大概是因為大人與小孩身型不同的緣故。

怎麼會這樣?!

陸煙然白著臉小聲道：「不，這一定是巧合。」她嘴上這麼說著，心中卻明白是巧合的可能性微乎其微。

小姑娘和她生得像是巧合、她和對方爹娘生得像也是巧合、身上同一處有顆紅痣也是巧合。

這麼多巧合同時出現在一個人身上，就說明她很有可能是陸煙然。她不是借屍還魂，而是回到了自己小時候；她沒有奪取別人的身體，而是重生了！

如果她真的是陸煙然，那麼一切都說得通了。至於她在被人牙子賣掉時，為何對自己的身世沒有任何印象，或許是因為當初生病發高燒所致。

陸煙然身子一晃，忍不住閉了閉眼睛，好一會兒才穩住自己的情緒。

假若她是陸煙然，身為鎮國侯府的大小姐，爹娘皆出自世族大家，她怎麼會落入那般境地？

想到上輩子那些經歷，陸煙然的眼中不禁閃過一絲厭惡。她很想否定「清歡就是陸煙然」這個結論，然而根本說服不了自己。

她一直以為，自己是被窮人家賣掉的女兒，可這話卻是從別人口中聽來的，她根本不知道對方有沒有說謊？反倒是如今這些事實，在在證明她就是陸煙然。

唯一說不通的是，堂堂的侯門千金為何落入人牙子手中。是被拐賣、不慎走失、遭到強搶？抑或是其他原因？

她……她到底是誰？

陸煙然抿了抿唇，心想，還有一件事情能證明她到底是不是陸煙然？

目前她八歲，當初被賣到入雲閣時，正是這個年紀，如果她真的是陸煙然，接下來她便會因為某些原因落入人牙子手裡。

要是她的猜測正確，這次她能避免上輩子的遭遇嗎？

陸煙然心頭一顫，心情頓時變得有些沈重。

自從變成小姑娘之後，她一直沒有什麼歸屬感，無法真正當自己是陸煙然，這段時間以來一直得過且過的過日子。

雖然小郭氏的心思深沈，可是卻沒真正威脅到她，所以她沒放在心上。她以為自己會像普通的千金小姐一樣長大、嫁人、生兒育女，然後過完一輩子，可是老天爺卻開了她一個玩笑。

想到有可能再次被賣去青樓，陸煙然的內心有些崩潰，表情難看至極。

怎麼辦？她該怎麼辦！

第十二章　難以釋懷

「小姐，您是不是哪裡不舒服，怎麼還沒出來？」

就在陸煙然極度不知所措時，外間傳來了聲音，她猛然回過神，連忙說了聲「馬上出來」，然而因為過於震驚，她的聲音微微有些發顫。

陸煙然將手中的鏡子放到一旁，飛快整理好自己的衣裳，又對著鏡子檢查了一遍，見沒有哪裡不對，才往外走去。

丫鬟已經來到了恭房門口，見她沒事，鬆了口氣道：「小姐，您可嚇死奴婢了！」這些小姐個個都是嬌客，要是出了什麼事，她們這些丫鬟肯定受罰。

陸煙然見她臉上的擔心不似作假，趕緊道歉。

丫鬟嚇了一跳，連忙擺了擺手說：「小姐別這樣，奴婢承擔不起！」

話落，她拿起被放在一旁的鏡子，帶領陸煙然往內室走。

將鏡子放回長案上後，丫鬟說道：「小姐，我們快些回西園吧，要是再耽擱下去，夫人怕是要擔心了。」

陸煙然的神色有些複雜，應了一聲「好」。

話落，兩人往屋外走去，剛下石階，便見兩位婦人相偕而來，嘴上不停地說著話。

一位身材略豐滿的夫人激動地說：「我聽說文國公府的大小姐回府了，今兒還來了這裡！」

另外一位婦人身材瘦小，聽了這話，有些不相信地。「真的？她可是好幾年沒在晉康走動了，這怎麼可能？」

「唉呀，妳別不信，是真的！聽說剛才她碰上了女兒，可是女兒不認識她，直接跟鎮國侯府的夫人走了。要我說啊，她也是活該，這就是拋夫棄女的下場！」

「妳怎麼這麼說，要怪也得怪鎮國侯，都是他有了這麼一個如花似玉的媳婦兒還不滿足才這樣的！」

那豐滿的婦人笑了笑。「誰讓她容不下人，犯了七出呢？嚴蕊要不是文國公府的大小姐，怕是早就被休回家了，鎮國侯與她和離，已經是顧了她的面子了。」

「快別說了，文國公府豈是我們這樣的門第惹得起的。」一旁的瘦小婦人扯了扯她的袖子道。

那身材豐滿的婦人還想說話，卻見到一個小姑娘正目不轉睛地看著自己，婦人清了清嗓，到底覺得有些不自在，立刻加快腳步，拉著另一位婦人往屋裡走去。

陸煙然的臉色微微有些發白。她們剛剛說的話在她腦中迴盪，其中幾個字讓她失了心神。

拋夫棄女？

陸煙然默默地跟在丫鬟身後，心中琢磨著這四個字。她現下心情本就複雜，此時聽到那番話，更是思緒紊亂。

兩人走著，突然傳來一道滿是驚喜的聲音。

「小小姐！」半雪沒有想到，自己隨便轉轉，竟然讓她碰到了人。

陸煙然一開始還沒有意識到對方是在叫自己，直到那個丫鬟走到自己面前，她才反應了過來。

那丫鬟站在她面前說了好些話，陸煙然終於得知了對方的身分。丫鬟邀她去見自家小姐一面，而那位小姐……沒有意外的話，就是她娘，真正的娘。

不知為何，陸煙然的鼻子猛然一酸，她不想讓旁人看出來，微微偏開了頭。

公主府上的丫鬟怕有什麼差錯，連忙說：「小姐，我們快些回西園吧，不然夫人怕是要著急了！」

陸煙然靜默了一瞬，回道：「我想到別處走走，妳回去同她說一聲吧。」

丫鬟頓時驚道：「小姐，您要是不一起回去，奴婢怎麼和夫人交代啊？」她的視線落在半雪身上，帶著一絲警惕。

半雪看到對方的眼神，怕自己被誤會，當即說道：「我不是壞人，我……」

此時陸煙然出聲對公主府的丫鬟說：「今日能來府上的都是貴客，不會有壞人，不用擔心我。妳告訴我母親我等一下會回去就行，我認得路。」

她的條理清晰，很是讓人信服。

丫鬟想了想，她總不能將人拖回去吧，而且今日府上各處都有丫鬟，她便妥協了。「小姐，您要是有事，記得找其他人幫忙，公主府的丫鬟和奴婢穿著一樣的衣裳。」

陸煙然道了一聲謝，叮囑道：「姊姊，妳就跟我母親說，我是到別處看景去了，請她不用掛心。」

要是知道她跟文國公府的人走了，小郭氏怕是馬上就會尋過來，說是去看景，指不定還能拖一會兒。

她的語氣軟軟的，帶著點撒嬌的意味，丫鬟不知不覺間應了下來，直到兩人離開了，她才回過神來，只得搖了搖頭，往西園走去。

半雪此刻心情十分複雜。她本以為小小姐與小郭氏關係不親密，可是好像並不是那麼回事？

她想著想著，腳步就慢了下來，近乎停頓，此時一道軟軟的聲音在她耳邊響了起來。

「妳不是說要帶我去見她嗎？為什麼不帶路？」陸煙然抿了抿唇道。

半雪連忙停止胡思亂想，繼續帶領陸煙然前進。

兩人過了一道廊橋，來到一處水池邊，假山流水，自成一景。

半雪一邊走，一邊指著池邊的軒榭道：「小小姐，在那兒。」

陸煙然也注意到了那個身影，她腳步稍稍一頓，隨即走上前去。

半雪站在原地，心裡有些忐忑。雖然小小姐年紀尚幼，然而此番接觸，她卻發現小小姐有些早熟，如今她只希望她們母女倆能解開心結。

陸煙然看見嚴蕊的那一刻，嚴蕊也見到了她，她眸中閃過一抹驚喜，忙向她走去，身後的丫鬟則緊跟著她。

嚴蕊淡淡道：「退下吧。」

母女倆不約而同地停在假山處，陸煙然怔怔地看著幾步外的女子，有些茫然無措。

嚴蕊見女兒看著自己不說話的樣子，瞬間落下淚來。

她朝女兒走過去，只覺得腳下有千斤重，走近之後才發現，女兒已經長得很高了，她的眼淚頓時流得更凶。

「然然，我……是妳娘，是妳娘啊。」嚴蕊想伸手抱抱女兒，可是才剛剛伸出手，她就後退了一步。

嚴蕊見狀，立即泣不成聲。

陸煙然只覺得胸口有些發堵。美人垂淚也是賞心悅目的，不僅如此，那梨花帶雨的模樣更是惹人心疼。

看著那張和清歡頗為相似的面龐，陸煙然心想，她以前哭起來是不是也是這個樣子？

陸煙然不言不語的樣子看起來有些無措，讓嚴蕊心疼極了。

嚴蕊輕聲道：「然然，是娘對不起妳，當初無論如何都應該將妳帶走！」

這句話終於讓陸煙然有了反應，她心頭一顫，輕聲道：「那妳為什麼不帶我走？」

這簡單的一句話，讓嚴蕊悲痛欲絕。

當初陸鶴鳴不僅僅是和郭梓彤在一起，還欲將她以平妻之位接入府中。本以為自己的丈夫對自己一心一意，沒想到他心中早就有了其他女人。

她恨，恨他為何有了心上人，還要來招惹她！

這世道向來對女子不公，不管在家裡是多麼受寵的女兒，出嫁後只能從夫。當初她不答應丈夫三妻四妾，鬧得陸府家宅不寧，已落下口實。

若非她出身文國公府，以陸鶴鳴的無恥程度，她怕是早被鎮國侯府送入尼姑庵削髮為尼。

和離之際，她也想帶女兒離開鎮國侯府，可是女兒上了陸家族譜，哪裡是那麼容易帶走的，最後她只能放棄。

此時看著女兒，嚴蕊萬分後悔，當初她無論如何都該堅持己見。

嚴蕊低聲道：「然然，娘現在帶妳走好不好？」

陸煙然不知為何紅了眼眶，回道：「我已經長大了，現在帶我走有什麼用？」

其實她想說的不是這個。

她想說，若是妳將我帶走，我上一世便不會發生那樣的事情。可是這話只能埋在她心底，因為她根本無從說起。

堂堂侯府小姐成為青樓花魁，該是多麼荒唐啊。可是，她若真的是陸煙然，指不定會再次發生這種情形。

「然然……然然……」嚴蕊哭著將女兒摟進懷裡，哭得上氣不接下氣：「是……是娘對不起妳！」

陸煙然眸中閃過一抹悲痛，怒道：「妳不是我娘！」她掙脫嚴蕊的懷抱，眼神執拗地看著她，因為太過憤怒，她連尊稱都不用了。

沒人知道她上一世過著什麼樣的日子。

她是花魁，沒有接客不是秦嬤嬤心善，而是因為奇貨可居，得不到的才是最好的，這樣才能將那些男人吊著，讓他們心甘情願地掏錢。

明明是個人，她卻像是件貨物，一旦有人出了好價錢，她便會被賣出去。

入雲閣的人教她識字，書讀得多了，她便知道她的身分在旁人眼中是多麼骯髒不堪。

這讓她覺得羞恥，但她還是只能強顏歡笑，費盡心思讓男人為她牽腸掛肚，因為她若是沒有了價值，日子只會更慘。

然而眼前這一切都在告訴她，她本不該過那樣的生活。

陸煙然心中忍不住升起一股怨恨。恨嚴蕊，恨她拋下自己；恨陸鶴鳴對自己的女兒不管不顧，全都扔給了小郭氏。

抿了抿唇，陸煙然說道：「妳走吧，我想一個人待一會兒。」

「然然……」嚴蕊紅著眼眶看著女兒，微微抽噎著。

「妳走。」陸煙然吐出兩個字，轉瞬背過身去。

得不到女兒的諒解，嚴蕊雖然傷心，可是要她把人丟在這裡，她實在放心不下。

陸煙然凝神看著波光粼粼的池面，突然淡淡地說了一句：「妳要是不走，我就跳下去。」說著，她往池邊走了一步。

嚴蕊被她的動作嚇得臉都白了，女兒如今離池邊只有兩步的距離，她若要跳，她還真攔不住她。

「然然，妳……妳不要嚇娘！」

陸煙然見嚴蕊一張俏臉煞白，心中不知是何滋味，忍不住回了一句：「我只是想一個人獨處，不會有事的。」

嚴蕊連忙說道：「好、好，我走。」

陸煙然又說：「讓丫鬟也走，不要留在這裡。」

嚴蕊只能妥協，她眼中滿是不捨，卻不敢停留，立即帶了丫鬟離開。

只不過嚴蕊等人沒走遠，而是待在不遠處的一處亭子裡，以防有什麼狀況發生。

陸煙然見她們離去，一顆提著的心漸漸放下，最後忍不住蹲下身子，將頭埋在膝蓋處。

她在想，脊溝處那顆紅痣會不會是她看錯了？

可是剛這麼一想，腦中便清晰地出現方才那一幕。因為皮膚白皙，那紅痣再明顯不過，怎麼可能看錯？

陸煙然頓時頭疼不已。

當周遭的聲音終於消失時，身在假山間的姜禪忍不住鬆了一口氣。

他今年十一歲，出生後便由陛下封為世子，今日前來參加大長公主的壽宴。像他這樣的年紀，已經有自己的交際圈，然而他向來喜靜，加上處於變聲期，根本不想多與人交談。

由於他甚為熟悉大長公主府的環境，便尋了這處假山圖個清靜，沒想到才待沒多久，竟然碰上了認親的戲碼。他六歲習武，對環境的變化很敏銳，耳力極佳，一字沒漏地聽了。

姜禪正準備從鋪著雜草的石床上起身，豈料身子剛動，耳邊便響起細碎的哭聲。

那哭聲很小，像是從喉嚨裡發出來的嗚咽，明顯是忍不住了。

姜禪微微蹙眉，只覺得自己的心像是被什麼拉扯一般。

陸煙然也不知道自己為什麼要哭，她緊緊地咬住牙關，不讓自己哭出聲，然而淚水卻止不住地流淌。

秦嬤嬤曾說，她明明是個賤丫頭，性子卻莫名其妙的清高，她也一直感到不解，現在她總算知道是為什麼了。雖然沒有了記憶，可是有些東西卻是深入骨髓的。

如今回到十年前，知道自己就是陸煙然，她的心中竟然生出了一絲自卑，因為她始終記得上輩子的事。為什麼老天爺不讓她的記憶消失呢？

此刻陸煙然可說是心亂如麻。

「妳別哭了。」

一道有些嘶啞的聲音忽然在身前響起，陸煙然猶豫了一瞬後抬起頭，便見一位少年正站在幾步外。

他穿著雪青色的圓領外袍，腰間繫著一塊玉珮，足穿絲履，長相俊美，眉眼之間透著一抹冷清，小小年紀卻氣勢十足。

陸煙然有些疑惑，她並不認識面前這個人。

姜禪見她止住了哭聲，無聲地鬆了口氣，接著逗起了她。「妳為什麼哭？是因為妳娘嗎？那妳剛剛為什麼還要讓她走？」

他的聲音嘶啞，卻不難聽，看來正處於變聲期，比她大不了幾歲。

陸煙然看著他，微微蹙了蹙眉，接著便明白對方聽到了自己和嚴蕊之間的對話，她神色微微一沈道：「沒人告訴你不要多管閒事嗎？」

姜禪笑了。沒想到自己受不了她哭，陪她說說話，竟然還被嫌棄。

他並不愛管閒事，不過看著她眼眶泛紅，他卻不知為何非但沒有轉身離開，反而忍不住心中的好奇問道：「要是妳娘剛剛沒聽妳的，妳會不會真的往水裡跳？」

說著，他走到池邊看了看，當即撇了撇嘴。

陸煙然不禁捏起了拳頭，然而她還沒來得及說話，面前的少年突然悶哼一聲，隨後便墜入水池裡。

陸煙然發出一聲驚呼，一雙杏眼瞪得大大的，顯然沒反應過來是怎麼回事。

她不知道，姜禪卻很清楚。

他原本只是想看看水深不深，同時轉移一下小姑娘的注意力，可是背後卻突然一涼，像是有什麼在盯著他。他心生警惕，然而未來得及採取行動，一股力量便朝他背後襲來，讓他的身子猛然往前一衝，直接撲向水裡。

陸煙然起先以為那人是在逗自己，直到見他落水，她才發現事態嚴重，這時候她哪裡還有心思想其他的，連忙問道：「怎麼回事？你能上來嗎?!」

姜禪一直划著水，可是身子還是往下墜，他壓抑不住心中的恐懼，斷斷續續地說道：

「我……我不諳水性，快……快去叫人！」

因為張嘴說話，他被嗆了幾口水，在極度害怕的情況下，他拚命拍打水面，卻適得其反，整個人往水裡沈。

眼看著少年不斷下沈，陸煙然臉都嚇白了，可是她心裡很清楚，與其浪費時間叫人幫忙，不如自己動手！

陸煙然一咬牙，脫下身上的褙子，「撲通」一聲跳進了水裡。

雖是夏天，池水還是有些冰涼，她只覺得自己周身的溫度一下子就降低了，這讓她回想起前世的恐怖遭遇，可是此時她根本顧不了這些。

陸煙然深吸了一口氣便往水裡潛去，眼睛接觸池水帶來不適，可她仍是睜大了眼在池裡尋找。

突然間，她有了發現，雙腳一動便往某處游去，豈知那人已經暈過去了！

陸煙然死死地環住他的腰，另一隻手使勁地往上划水。也不知道是哪來的力氣，她小小的身軀竟然拖得動姜禪。

沒多久後，他們破水而出。

第十三章　初現端倪

陸煙然吐了口氣，借著水的浮力，讓姜禪的頭露出水面，她一邊往岸邊游去，一邊拍了拍他的臉，可是他竟然沒有反應。

她心頭一震，更加使勁地游，費了九牛二虎之力，終於將人送上岸，隨後自己也爬了上去。

這個過程看起來麻煩，但其實從姜禪落水到陸煙然救人，不過是一會兒的事情。

陸煙然將姜禪的身體放平擺正，然後雙手使勁地按他的胸膛，可是似乎沒有什麼效果。她也不耽擱，連忙將人半扶起來，靠著涼亭基部的牆面，隨後屈起腿用膝蓋擊向他的腹部。

「咳咳咳、咳咳咳！」

剛剛還不省人事的人劇烈地咳了起來，陸煙然見狀鬆了口氣，頓時覺得筋疲力盡，癱坐到一旁的地上。

到了這個時候，她才覺得有些害怕，暗自慶幸兩人沒有出意外。常人皆知，溺水者反應異常驚慌，很可能讓搭救者一起溺水，幸好方才這位少年直接暈過去了。

陸煙然喘了口氣，捏捏自己肉肉的手臂，看來平常那些補湯不是白喝的。

此時的姜禪已經清醒過來，他還在不停地咳著，因為全身無力，根本無法起身。

小時候溺過水，他對水一向心存敬畏，沒想到今天竟然出了差錯，背後傳來的疼痛，提醒他被算計的事實。

姜禪又咳了一聲，看向在一旁坐著的小姑娘。見對方身上還滴著水，模樣有些狼狽，他心念一動——是她救了他。

他正準備說話，一道女子的驚叫聲打斷了他。

半雪站在幾步外，看著渾身濕答答的陸煙然與姜禪，她第一個想法就是他們落水了。

嚴蕊等待陸煙然的涼亭，是離開那處園子的必經之處，等了好一會兒沒見到人，她終於忍不住讓半雪去看看。

半雪的大叫聲讓嚴蕊的臉色一白，她以為女兒出了什麼事，疾步而去，路上正好碰到趕來報信的半雪。

陸煙然看到那個丫鬟掉頭跑開，沒多久後她就帶著嚴蕊趕來現場，頓時覺得頭疼不已，隨後打了一個冷顫。

嚴蕊見到女兒可憐兮兮地坐在地上，趕緊跑上前去將她抱在懷裡。

陸煙然此時沒有力氣掙扎，任由嚴蕊抱著她，而半雪那聲驚叫，也引來了附近的人。

嚴蕊看了懷裡的女兒一眼，連忙讓丫鬟擋住來路，知道姜禪的身分之後，又讓人通知護國公府的人過來。

陸煙然半躺在嚴蕊溫暖的懷裡，不知不覺地閉上了眼睛……

因為嚴蕊封鎖了消息，這件事只有少數人知道，不過知情者俱是震怒，尤其是護國公姜寧宴。

姜禪是姜寧宴的嫡長子，頗得他喜愛，此番出了意外，他連問都不用問，便知道是有人算計兒子。他身居要位，難免得罪人，不過這還是頭一次有人把主意打到他兒子身上，他當即命人進行調查。

陸鶴鳴自然也知道了這事。因為大女兒落水，他有些惱怒，怕大長公主府的人覺得大女兒擾了壽宴，畢竟有人在府上落水，怎麼說都不是好事。

正當陸鶴鳴愁眉不展時，護國公竟來向他道謝，他才知道，大女兒原來不是單純落水，而是為了救護國公府的世子。他眼睛微微一亮，和護國公攀談起來。

這些事情陸煙然都不知道，她醒來之後，才發現自己已經在床榻上了。她覺得身子發熱，神思有些恍惚，不過還是認出了床簷上掛著的幔帳——是她自己的房間。

荔枝和葡萄正小聲地說著話，陸煙然這時才想起來，原來的她好像水性不佳，可她今日卻能跳進池中救人，這該怎麼向別人解釋呢？

本來荔枝和葡萄就是守在在這裡等陸煙然醒來，見床上的被子動了，她們隨即反應過來。

荔枝放下手裡的針線，快步走到床邊道：「小姐，您醒了！」

陸煙然應了一聲，想爬起來，身子卻一陣發軟，她不禁問道：「我這是怎麼了？」

荔枝嘆了口氣道：「小姐，您著涼了。下次可別再這樣，真是嚇死我們了。」

葡萄也在一旁搭話：「就是啊小姐，您的水性本來就不好，上次便是因為落水才生病，奴婢和荔枝姊姊都快擔心死了。」

看樣子沒人起疑。陸煙然微不可察地鬆了口氣，忍不住對著兩個丫鬟微微一笑。由於身子發熱，她便將手伸出來擱在被褥上，好讓自己涼快一些。

荔枝見狀，又開始嘮叨：「我的小姐啊，趕緊蓋好被子。」

陸煙然有些不情願，可還是聽話地將手收了回去，不一會兒，侯府其他人也知道她醒了。

此時陸鶴鳴與小郭氏正在大郭氏的院裡，她知道大孫女醒來之後，當即準備過去看看。

小郭氏連忙說道：「娘，您還是別去了，怕過了病氣，我去就行。」

大郭氏臉色一垮，一看就知道不高興。

陸鶴鳴看了妻子一眼，對大郭氏說道：「娘，我和梓彤去就好。」

大郭氏的神色終於緩了緩，點頭道：「對，你就該去，當爹的應該好好關心女兒。」

小郭氏聽了以後，抿了抿嘴唇，沒有說話。

夫妻倆離開大郭氏的福祿院後，便去了玉竹院。這是回鎮國侯府後，陸鶴鳴第一次來大女兒的院子，他忍不住四處張望。

崔嬤嬤見到他們，連忙進內室通報。「小姐，侯爺和夫人來看您了。」

聞言，陸煙然叫荔枝在她床頭板前放上墊子，半坐起身靠著。

案上的青銅香爐燃著香，輕煙繚繞。陸煙然透過軒窗看了看天色，問道：「現在什麼時辰了？」

荔枝回道：「小姐，未時快過了。」

已經過去好幾個時辰了……陸煙然有些遺憾自己錯過了大長公主的壽宴。

主僕兩人說話間，陸鶴鳴與小郭氏到了內室。

聽聞耳邊珠簾響動，陸煙然眼中閃過一抹異色，轉瞬即逝。

小郭氏一進房便露出一臉心疼的表情，快步走到床邊道：「煙然可好些了？母親可是擔心死了！」

陸煙然微微眯了眯眼，不著痕跡地打量起了小郭氏。

若是她日後會發生意外，很有可能和這個人脫不了關係。不過這只是她的猜想，她不願意無故冤枉誰，只是從此刻起，必須得有所警覺了。

之前她一直覺得不踏實，如今知道自己大概就是陸煙然，一顆心終於安定下來。雖然目前還有很大的隱患，可是她卻覺得自己的腦袋靈活了不少。

陸鶴鳴見她沒有回答，忍不住說了一句：「煙然，妳母親在和妳說話呢。」

此時的陸鶴鳴心情也是複雜萬分。他自然得知前妻和大女兒見面的事情，隱隱有些不痛快，可是想到大女兒救了護國公府的世子，他的語氣便不由得放輕了些。

護國公姜寧宴是陛下眼前的紅人，手握大權，若是能藉著這個機會和護國公府搭上線，那他哪裡還用顧忌文國公府。

陸煙然還未來得及反應，小郭氏的眼神便一黯，隨即幫陸煙然找藉口：「侯爺，煙然才剛剛醒過來，可能不舒服呢。」

陸煙然聽了，立刻露出可憐兮兮的眼神，伸手拉了拉陸鶴鳴的衣袖道：「爹，我好難受，不是故意不理母親的。」

然而讓她意外的是，她才拉住陸鶴鳴，他卻像是被她這個動作嚇到了一般，直接將袖子抽了回去。

陸煙然的手當即一僵，陸鶴鳴卻沒注意到這點，此時他心中有些不自在，因為大女兒從未對自己這般撒過嬌。

看著和前妻長得相似的大女兒，他不由得想起一些往事。當初他也喜歡過嚴蕊，要不然，也不會稍稍和青梅竹馬的表妹拉開距離。

嚴蕊長相明媚，性格端莊大方，又是文國公府的嫡女，能娶到她，著實給自己長了臉，可是越是相處得久，他越覺得對方高高在上。

夫妻之間難免會出現矛盾，可是每次嚴蕊都不願低頭，他又有身為男人的自尊心，這種情形一多，自然厭煩。因緣巧合之下，他與表妹重逢，比對兩個女人的態度，他又陷入了表妹的溫柔體貼之中。

後來嚴蕊有了孩子，陸鶴鳴以為自己掌握住她了，再也壓抑不住想將表妹接入府中的心思，結果他沒想到，嚴蕊竟然不願意妥協。

陸鶴鳴對此相當不耐煩，即便是之後兩人和離，他也不後悔。

大女兒與前妻有幾分相似，所以陸鶴鳴始終親近不了她，大女兒也不黏著他，反倒更樂意接近小郭氏。

陸鶴鳴對此很滿意。只要大女兒還在陸家一天，文國公府便不敢對他怎麼樣，反倒會處處照顧他，他這次之所以能回晉康，也是寫信請文國公府幫忙的緣故。

察覺到父女兩人之間不對勁，郭氏趕緊說些話轉移注意力，不外乎是讓她好好休息、下次遇見這樣的事情不要衝動，記得叫人之類的。

陸煙然一臉不高興地說：「要是我去叫人的話，那人早就不知道沈到哪裡去了。」話落，她整個人往被子裡一縮，隨後轉過身去。

陸鶴鳴聽了，在心中認可大女兒說的話。要是花時間去叫人，那位世子也許就會出事，這麼看來，大女兒受了涼也不是什麼壞事。

回想起來，雖然在虞州時，大女兒曾因為落水差點送掉小命，可如今他竟慶幸當初她跟那兩個小子學會了鳧水。

陸煙然當然不知道陸鶴鳴竟然生出了這種想法，她背過身去後就假裝睡著了。

小郭氏見陸鶴鳴還想說話，忙說道：「侯爺，煙然想必累了，就讓她好好休息吧。」

雖然是自己的親生女兒，可是現在她都快九歲，是該避嫌，陸鶴鳴本就沒準備在大女兒的閨房多待，當即同意。

吩咐了在外間候著的丫鬟幾句後，小郭氏就和陸鶴鳴離開，兩人行至院門處，陸鶴鳴突然說了一句：「將煙然看緊些。」

小郭氏眸光一閃，應了一聲「是」。

她知道丈夫這話的意思。將陸煙然看緊些，自然是為了不讓她們母女倆有機會接觸。

夫妻倆心照不宣地對視了一眼，相偕離去。

「小姐，侯爺和夫人走了！」荔枝從外間邊走進內室邊說話，一見自家小姐躺在床上，不由得放輕了腳步。

陸煙然聽見荔枝的聲音，手一撐，準備起身，然而身子一軟，竟偏向了一邊。

荔枝趕忙過來攙扶她，說道：「小姐，您還在發熱呢，好好歇息吧！」

陸煙然動了動身子，靠著背後的墊子坐好，回道：「我想坐一會兒。」

崔嬤嬤此時也進了房，看見這個狀況，免不了說了兩句，見陸煙然乖乖地聽訓，她緩了緩臉上嚴肅的表情，說道：「老夫人派人來問了好幾次，老奴要去福祿院一趟。」

聽到崔嬤嬤提到大郭氏，陸煙然抿了抿唇說：「讓祖母擔心了。」

見崔嬤嬤要走，她連忙又加一句：「嬤嬤，代我向祖母問一聲好。」和大郭氏相處了這些日子，她知道大郭氏是真心疼她。

崔嬤嬤應下了，又囑咐荔枝兩句才離去，荔枝見她出去，鬆了一口氣。

房門外的葡萄將腦袋伸進來說：「荔枝姊姊，我去為小姐煎藥了。」

陸煙然說道：「荔枝，妳也去吧。」

荔枝頭搖得跟撥浪鼓一樣，回道：「那這裡就沒人候著了，還是奴婢去煎藥吧，讓葡萄守著。」

葡萄的年齡比小姐只大了兩、三歲，她怕葡萄做不好這個差事。

陸煙然見荔枝一臉不放心，當即說道：「我有事再叫妳們就是，有人在房裡，我反而睡不著。」

荔枝拗不過她，只得說：「那小姐您再睡一會兒，有事就叫奴婢。」

待她們都出去後，房裡一下子安靜下來，只有淺淺的呼吸聲。

陸煙然哪裡睡得著，她忍不住嘆一口氣。

當初以為自己占了別人的身體，陸鶴鳴這個爹又對她很是冷淡，她便順水推舟和對方保持距離。

現在她發現，陸鶴鳴可能真的是她爹，回想起在青樓成長的經歷，她不禁對他心存怨恨，可是如今她才九歲不到，還得依靠他。

然而剛才陸鶴鳴立刻抽回袖子的情景還歷歷在目，他之所以會有那種反應，是因為她的生母嗎？

陸煙然忍不住抿了抿唇。不管原因為何，她都得改善父女倆的關係。大郭氏雖然疼愛她，可是終究是個深宅婦人，陸鶴鳴才是能掌控一切的一家之主。

陸煙然還沒想到辦法，事情便有了轉機。

陸鶴鳴當初任職虞州刺史，官職為從五品，任職期滿回到晉康已經半個多月，可是吏部卻尚未正式下達任命，他只能暫時在工部任職。

京城裡的職位，說是一個蘿蔔一個坑也不為過，偏偏文國公府世子嚴謹是吏部侍郎，事情便在這裡卡住了。

說起來，嚴謹也很無奈。幫陸鶴鳴回到晉康，是因為家裡的人盼著見外甥女，可是現在陸家不願意放人，他能怎麼辦？

嚴、陸兩家恩怨頗深，陸鶴鳴自己也很清楚，他正想著要不要服軟，結果護國公府就送來了一個大餡餅。

大長公主生辰後第三天，吏部下了命令，任他為武選司郎中。

武選司郎中隸屬兵部，兵部尚書是前護國公的人，陸鶴鳴根本想都不用想，就知道一定是護國公姜寧宴幫他說話。

雖然武選司郎中也是五品官職，但這可是在晉康，分量可比在虞州時重多了。

目前他還未到而立之年，有的是晉升的機會，何況如今護國公府主動對他伸出了橄欖枝，要是他們能親近一些，用「一片光明」來形容他未來的仕途也不為過。

獲得任書後，陸鶴鳴便迫不及待地趕回了鎮國侯府，大郭氏知道兒子得到好差事，笑得合不攏嘴；小郭氏也很高興，命廚子做了一大桌的菜，一家人一起慶祝。

陸煙然只是有些受寒，加上平時的補湯打好了底子，歇息兩天身子便恢復過來，宴席上少不了她。

陸鶴鳴清楚自己是沾了大女兒的光，破天荒地讓陸煙然坐在自己身旁。

聽到他的邀請，陸煙然先是一頓，隨即毫不猶豫地走了過去。

陸鶴鳴沒料到，以往和自己不對盤的大女兒這麼聽話，更沒有因為嚴蕊的出現而鬧脾氣，心中大喜，而陸煙然本就準備改善和他的關係，自然喜聞樂見。

可是，桌上其他人不高興了。

陸鶴鳴在大女兒面前一向是板著臉，此時明顯緩下語氣與她交談，小郭氏看著眼前的情景，不禁攥緊了自己的手，只覺得不舒服極了。

要說她最怕的是什麼，便是陸鶴鳴看重嚴蕊的女兒。

她的心情複雜至極，一雙眼直愣愣地看著陸煙然，陸煙然帶著笑和陸鶴鳴說話，感受到了她的視線，當即看了過去。

小郭氏一下子回過神來，趕緊道：「侯爺，煙然最喜歡吃那道菜，您快夾給她啊。」

陸鶴鳴今日高興非常，當即夾了一筷子菜放進陸煙然的碗裡，說道：「煙然，喜歡就多吃點。」

陸煙然總覺得，小郭氏剛剛看自己的眼神有些不對，不過見陸鶴鳴期盼地盯著自己，她便露出一絲不好意思的笑容，道了一聲謝：「謝謝爹。」她一邊吃著，一邊在心中思量著陸鶴鳴為何突然對她這般熱情？

她的聲音軟軟甜甜的，陸鶴鳴忍不住看了她一眼。

大女兒雖然長得頗像前妻，可是眉眼之間也能看出他的影子，此時她看來乖巧柔順，讓他的心不由得軟了起來；況且她救了護國公府的世子，讓自己和護國公搭上線，他便對這個女兒添了幾分耐心。

大郭氏在主位上看著他們父女倆這般和諧，臉上的笑容怎麼都藏不住，語氣輕快地說：

「鶴鳴啊，你這樣就對了，是該多跟煙然親近親近。」

說話的人是大郭氏，陸鶴鳴當然連聲附和。

陸睿宗有丫鬟伺候，不用小郭氏照料，她只顧著夾菜給滿臉不悅的陸婉寧，嘴上小聲安撫了她兩句。

小郭氏當然知道女兒不高興的原因，不過是見爹爹不關心自己罷了，雖然她也不開心，卻明白丈夫的心結。想必他今天是興奮過頭，過不了幾日，他對陸煙然的態度便會淡下來。

然而她不知道，陸鶴鳴心中的想法漸漸改變了，誰也沒想到這小小的變化，會在日後掀起巨大的風浪。

第十四章 登門道謝

用完膳後，下人撤下桌上的飯菜與碗筷，眾人各自回了院子。

玉竹院和福祿院挨得近，陸煙然便和大郭氏一起回去，陸鶴鳴起身相送，幾個人邊走邊說話。

陸煙然看過的話本多，便像往常一樣講故事給大郭氏聽，逗得她樂呵呵。

陸鶴鳴對大女兒的印象一直是頑皮貪玩，沒想到她說起故事來竟像那麼一回事，不由得有些刮目相看，於是順口問起她回府後這些日子都在做些什麼？

陸煙然簡單敘述了一下，不外乎是陪祖母、練字、跟著丫鬟學女紅之類。

陸鶴鳴誇了她兩句，父女之間的氣氛一派和諧。

大郭氏見狀，不禁點了點頭。她心疼大孫女稚齡沒有親娘在身邊，當然樂得他們親近，只不過她並不知父女倆各存心思。

說著說著，大郭氏不免問起兒子關於職位的事。對於自己的親娘，陸鶴鳴沒有什麼好隱瞞的，兩人小聲交談起來。

大郭氏一開始也只是猜想而已，此番從兒子口中聽到，這次確實是護國公府出了力，忍不住伸手摸了摸大孫女的頭。

陸煙然正凝神聽著他們談話，忽然間有人摸自己的頭，她微微抬起臉，便見大郭氏正笑著看自己。

既然聽到對話內容，陸煙然便知道她為何這般高興，以及陸鶴鳴為什麼突然對自己這麼熱情了，原來自己竟陰差陽錯地幫了他的忙。

她的心情一時之間有些五味雜陳。

因為遺失了一段記憶，她並不知道自己前世為何被人牙子帶走，可是無論如何，陸鶴鳴這個當爹的都脫不了責任，她只希望這輩子不要再有意外發生。

母子倆不知道陸煙然在想些什麼，大郭氏感嘆了一聲道：「護國公府和我們鎮國侯府一直沒有什麼交情，沒想到竟然在你這一輩扯上了關係。」

陸鶴鳴笑了笑，說道：「我們回晉康時，就是搭乘護國公府的船，那時世子便在船上，一路上都未見他出過船艙。」

他不過隨口提起，陸煙然卻是眼睛一亮。

她記得那位讓陸鶴鳴吃癟的貴公子。那時陸鶴鳴對她頗為冷淡，她也不喜歡他，見有人甩了陸鶴鳴的臉，她還覺得很高興，一直想會會那個人呢，沒想到竟以這樣的方式見面了。

轉眼間便到了玉竹院，大郭氏忙讓她回自己的院子，陸煙然也沒勉強，乖乖在院門口停下腳步。

雖然天色未暗，但院門處掛著的燈籠已經點亮，像是在她臉上打了一道朦朧的光。

陸鶴鳴見大女兒雖然年齡尚幼，卻已見美人的雛型，眸光一閃。

他和嚴蕊皆是相貌絕佳之人，不用想也知道大女兒日後必是絕色，如今大女兒快九歲，和那世子相差無幾，若是……

陸鶴鳴正動著歪腦筋時，陸煙然出聲打斷了他的思緒。

她臉上帶著淺笑，嘴角兩旁的梨渦十分明顯。「爹、祖母，我進去了。」

陸鶴鳴回過神，微微頷首道：「進去吧。」

見大女兒轉過身進了院子，他便送大郭氏回福祿院。

陸煙然一進院子，崔嬤嬤連忙走下石階迎接她。「小姐回來了。」

在她面前，陸煙然一直有點畏手畏腳，只回了句：「崔嬤嬤早些歇息吧，有荔枝和葡萄在呢。」

崔嬤嬤也沒有非要留在這裡，送陸煙然進了內室之後，她便回了自己的屋子。

荔枝見陸煙然回來，連忙叫粗使嬤嬤送水過來。現在天氣熱，陸煙然每天都會沐浴。

葡萄開始收拾換洗的衣服，陸煙然見狀坐到梳妝檯前，正準備取下頭上的珠花，視線卻落在一旁的木桌上。陸煙然的手頓了頓，也不解珠花了，而是伸手將桌上的一疊宣紙拿過來。

陸煙然隨便翻了翻手上的宣紙，問道：「葡萄，妳和荔枝有動過桌上的東西嗎？」

葡萄探過頭看了看，回道：「小姐，我們沒動過啊，東西一直放在那兒呢，怎麼了？」

沒人動過？這就怪了！她練字時有個習慣，用過的宣紙會按順序放好，然而她注意到這疊宣紙的順序亂了。

紙的人……

崔嬤嬤只負責看管她，不會動她的東西，如果荔枝和葡萄沒替她整理，那麼動了這些宣

「今兒有誰進過屋裡嗎？」陸煙然問道。

「沒有啊……」葡萄想了想，忽然憶起一件事。「對了，今兒院裡的代荷進來過，不過她是來送洗好的被褥，沒一會兒就出去了。」

葡萄不曉得陸煙然為何會問起這個，她走到自家小姐身邊低聲問道：「小姐，怎麼了？」

陸煙然笑了笑，答道：「沒事。」

玉竹院有兩個粗使丫鬟，兩個粗使嬤嬤，都是從小郭氏送來的人裡面挑的。陸煙然心知其中有小郭氏的人，代荷顯然已經暴露了身分，就是不知是不是只有她這一個？

她有些好奇，自己這間屋子裡並沒啥特別的，這是要翻什麼呢？

為了解決內心的疑惑，陸煙然將葡萄叫到面前，小聲吩咐了幾句。

荔枝和葡萄都是她的貼身丫鬟，葡萄的賣身契甚至在她手裡，她對她自然比對別人放心。

目前身邊沒什麼可用之人，她得將荔枝的賣身契也要來，再找機會換掉院裡的人。

陸鶴鳴將大郭氏送回院子後，便回到了自己的攬風院。小郭氏連忙上前替他褪下外袍，夏柳隨即送了水進來。

在小郭氏溫柔又耐心的服侍下，陸鶴鳴洗漱完畢，接著他半靠到床上看小郭氏洗臉漱口。

正當小郭氏擰著帕子時，陸鶴鳴突然說道：「梓彤，妳覺得護國公府的世子怎麼樣？」

他這莫名其妙的一句話讓小郭氏忍不住皺起了眉，她用帕子擦了擦手，隨意答了幾句：「侯爺，我還未曾見過世子現在的模樣，不過聽其他夫人說，他生得好，又出身護國公府，自然是人中之龍。」

她知道此番丈夫對繼女的態度有所轉變，是因為繼女救了世子，對鎮國侯府有益，也正是因為這點，小郭氏知道丈夫對繼女好只是暫時的。

然而當小郭氏擦完手，回頭一看時，便瞧見陸鶴鳴露出若有所思的神色，她心頭當即一震！

他該不會是想——

不不不，護國公府的世子就算是娶皇室閨女也不成問題，鎮國侯府如今沒落了，怎麼可能扯到一起？

就在此時，陸鶴鳴說道：「歇息吧。」

小郭氏應了一聲，吹滅燭火後上了床榻。沒一會兒，床帳內響起聲音，久久不息。

許久後，外間的夏柳聽到內室叫人送水進去，一陣忙活過後，四周終於安靜下來。

過了一會兒，小郭氏耳邊響起了均勻的呼吸聲，可她心中卻不斷思索一件事，久久無法入睡，直到後半夜才睡著。

小郭氏本就沒休息好，結果第二日一早接到的消息，更是讓她臉上的笑容消失殆盡。

陸鶴鳴早早就起床離府。得了任命，他自然要去吏部報到，小郭氏服侍他穿衣之後也打點起自己的服裝。

她挑了一身如意雲紋齊腰襦裙，外穿淺色的褙子，顏色鮮活，看起來年輕了好幾歲。可即便如此，她和嚴蕊還是沒得比，何況嚴蕊本就比她小兩歲。

想到那日見到的嚴蕊，小郭氏眉頭一蹙，臉色微沈。

此時她正坐在鏡前由丫鬟替她梳髮，丫鬟見她神情不悅，一顆心不禁提得老高。

夫人在侯爺面前雖然溫柔賢淑，可是對下人還是頗為嚴厲，她生怕是自己出了什麼差錯，好在最後髮髻順順當當地梳好了，夫人也沒說什麼。

丫鬟挑了一支嵌著貓眼石的玉簪插到小郭氏髮間，小心翼翼地問道：「夫人，這支簪子配今日的裙子，您看怎麼樣？」

小郭氏向來清楚自己不是什麼美人，陸鶴鳴喜歡的是她的溫柔體貼，嚴蕊再美又怎麼樣，還不是成了下堂婦！

這麼一想，小郭氏覺得好受了些，她點了點頭道：「就這樣吧。」

打扮妥當後，小郭氏便去了攬風院隔壁的院子。

陸睿宗回到府裡後便自己住一個院子，雖然彼此離得近，可是小郭氏還是放心不下，每天都會去探望他。

到了院子之後，陸睿宗正準備起身，小郭氏連忙上前為他穿衣，結果才將兒子的衣服穿好，夏柳便腳步匆匆地進了內室。

小郭氏看了她一眼，問道：「這是怎麼了？」

夏柳抿了抿唇，低聲回道：「夫人，護國公夫人帶著世子爺親自過來了！」

護國公府之前就送了不少謝禮，陸煙然身子不適那幾日，更是送來許多頂好的藥材。

沒想到，護國公夫人這次竟帶著世子親自上門了，小郭氏心頭憋悶卻不敢耽擱，即刻趕往廳堂。

在小郭氏得了信之前，陸煙然這邊已經有人通報，她原本以為只有護國公夫人來了，結果到了廳堂之後，才發現那位不諳水性的世子居然在場，她忍不住看了他兩眼。

姜禪感受到陸煙然的視線，眉頭不由得皺了皺，覺得對方的眼神飽含深意。

陸煙然不知道他心中的想法，下一刻，她的視線便落到坐在大郭氏一旁的婦人身上。

她身穿金絲雲紋襦裙，外搭月白色的褙子，那婦人生著一張鵝蛋臉，膚色白皙，有著翦水雙瞳，模樣極美，不用想就知道是護國公夫人。

護國公夫人裴氏，認出走進廳堂來的小人兒，就是救了自己兒子的小姑娘，那日她只來得及匆匆看了她一眼便顧兒子去了，此時仔細一瞧，才發現小姑娘竟生得如此標緻。

裴氏本來就因為她救了兒子而心存感謝，見她生得好，不由得添了幾分喜歡，當即出聲喚陸煙然過去。

大郭氏擔心大孫女怯場，用眼神安撫她，陸煙然心中覺得好笑，幾步便走到婦人面前，得體地問了好。

裴氏向來喜歡長得好看的小姑娘，見陸煙然這般乖巧，忙讓她坐在自己身旁，先是感謝她救了自己的兒子，之後又問起了她的喜好。

陸煙然沒想到她這麼熱情，險些招架不住，好在她不是真正的小孩，片刻後便適應了。

姜禪看著這一幕，忍不住清了清嗓，可是自家娘親根本不理他。

他知道他娘親的毛病，她喜歡女孩，生的卻偏偏都是男孩，所以只要看到漂亮的小姑娘，她便會積極主動地接近對方。

姜禪原本有些擔心這個小姑娘應付不來，可是觀察了一下之後不由得有些驚訝。往常比她還大一些的千金小姐，都會被她娘纏得不好意思，可是這小姑娘竟然絲毫沒退卻，他可是記得那天她哭成淚人兒的可憐模樣的，今日倒像是變了個人。

姜禪沒表現出他的訝異，過了好一會兒後他實在聽不下去，出聲喊道：「娘！」

大郭氏不曉得他們母子之間的默契，只以為他是覺得無聊了，不敢怠慢，準備讓丫鬟帶他去逛逛園子。

結果大郭氏話還沒說出來，裴氏就想起了正事，笑著說道：「娘差點忘了，你要親自表達謝意啊。」

這句話讓大郭氏嚇到了，連聲說「不用」。

裴氏正色道：「老夫人，當日若不是然然，我家世子不知道會發生什麼事呢，讓他親自道謝是應該的。」

姜禪瞥了裴氏一眼。不過這麼短的時間，竟然就順口地叫起人家「然然」了，真不愧是他的親娘！

大郭氏見裴氏母子倆面色正經，只得無奈地點了點頭。

對於自己畏水一事已是人盡皆知，姜禪已經不怎麼在意了，但是只要想到竟被小自己幾歲的姑娘救了，他不禁有些彆扭。

不過，他的確很慶幸小姑娘救了他，於是他毫不猶豫起身，走到陸煙然面前向她道謝。

他這般直率反倒讓陸煙然有些不好意思，微微側開身子受了半個禮。

廳堂內兩個長輩見他們這般鄭重其事，忍不住笑了起來。

姜禪年少，可一張臉生得極為俊俏，大郭氏不免誇了他兩句，裴氏見自己兒子被誇，當即謙虛地說「哪裡」，隨後恭維起了大郭氏。

其實護國公府和鎮國侯府真沒什麼交情，而且當初鎮國侯府出了那樁醜事，裴氏還因此對陸家有些偏見，如今她看老夫人也算是個明白人，不禁好奇，她怎麼會任由鎮國侯做出那種糊塗事呢？

心中思緒千迴百轉，裴氏卻仍舊端著笑臉。她是護國公府的當家主母，交際手腕了得，即便是對著再不喜歡的人，臉上也能盈滿笑意。

大郭氏因為裴氏態度和善而十分激動。要知道，當今皇后便是出自裴家，若是她沒記錯，裴氏可是要稱皇后一聲姑母啊！

兩人互相稱讚了一陣子，大郭氏便看向姜禪說道：「世子這麼乾坐著怕是無聊了，要不要讓丫鬟帶您去逛逛園子？」

姜禪年紀輕輕，眉眼之間卻帶著一抹淡漠，聽了這話，他立刻回了一句：「老夫人，不用麻煩了。」

因為正處於變聲期，他很不想說話，但仍是禮貌性地拒絕了大郭氏。

裴氏聽了這話卻是眼睛一亮，附和道：「去逛逛吧，讓然然陪你去，娘再和老夫人說一會兒話就回府，你在這兒，娘有些話不好說。」

被嫌棄的姜禪有些無奈地抿了抿唇。

見兒子這個樣子，裴氏知道他妥協了，於是笑著對一旁的陸煙然說道：「然然，妳陪哥哥去逛逛園子，我和妳祖母說些話。」

哥哥？

陸煙然一瞬間有些無言，隨後她看向大郭氏，將這個難題拋給她。

大郭氏眼中閃過一絲猶豫，卻還是應了一聲「好」，隨即叫兩個丫鬟跟著他們出去。

大孫女再過些日子就要九歲了，護國公世子畢竟是外男，注意著些總是沒錯。

陸煙然帶著姜禪逛起了園子，可是她實在覺得沒什麼好逛的，索性直接將人帶去涼亭乘涼。

太陽漸漸往上爬升，熱氣越來越重，涼亭裡能接受清風吹拂，不知要比逛園子好多少，但是這裡有個缺點，就是在水池邊。

姜禪看著一旁的水池默默無語，好一會兒才道：「老夫人是讓妳帶我逛園子。」

他的嗓音有些低啞，還夾帶了一絲清冷，可是聽起來卻讓人覺得耳朵癢癢的。

這位世子要是過了變聲期，聲音說不定會很好聽，要是唱起曲兒的話……

察覺到自己在胡思亂想，陸煙然連忙收起思緒，回道：「世子放心吧，只要不到池邊，是不會掉下去的。」

畢竟還年輕，面前的少年聽見這話便臉色一黑，眉眼間的冷淡消失殆盡。

陸煙然的嘴角忍不住彎了彎。

姜禪擰眉看了陸煙然一眼道：「我那日掉進水裡只是意外。」

事實上，他父親查出算計他的人乃是政敵，而且找到了證據，在背後對他不利的人都已得到了懲罰。

不過這些話不便說出來，姜禪也不想嚇到她，偏偏他發現小姑娘在打趣自己，只得硬著頭皮解釋了一句。

陸煙然卻像是和他對幹一般，佯裝恍然大悟道：「原來那只是意外啊！你不知道那天我為了救你上岸費了多大的力氣，還生病了呢！」

她的語氣聽起來軟軟的，像是在撒嬌，可是內容就不中聽了。

姜禪性子比較清冷，家中只有兩個弟弟，和族妹也沒什麼接觸，可說是沒有和小姑娘相處的經驗。此番他有些不自在地避開陸煙然的眼神，默默地坐在與欄杆連成一體的椅子上。

他的耳根微微泛紅了。

這位年幼的世子雖然試圖讓自己表現得淡然一些，可陸煙然還是發現了他的不自在。

陸煙然怕得罪人，不再逗他，坐到了案桌旁的石凳上，隨行的丫鬟則站在她身後兩側。

此時姜禪瞥了她一眼，忽然說道：「也不知道和妳一個小孩出來有什麼好玩的？」他面色淡漠，語氣透露出嫌棄。

第十五章　提議認親

小孩？

陸煙然聞言，掃了姜禪兩眼道：「我已經八歲了，諳水性。」

後面三個字明顯是針對他，姜禪頓時被噎得說不出話來。見他沒回話，陸煙然當即在心中盤算起來。

陸鶴鳴對她態度轉變，是因為她救了這位世子，由此可見護國公府的地位很高。大郭氏偶爾會念叨，如今鎮國侯府恍若日落西山，所以她能理解陸鶴鳴想找靠山的心情，而她又要和陸鶴鳴緩和關係，若是她與這位世子交好，陸鶴鳴會不會更關心她一些？這樣的話，她是不是就能避免日後的劫難？

陸煙然在想事情，身旁的姜禪自然被忽視了，他有些不滿，主動出聲。「喂。」

姜禪已經十一歲，知道不能隨便叫女孩子的閨名，他娘直呼人家「然然」，他卻不能這樣稱呼。

陸煙然不在意他的叫法，看向他問道：「怎麼了？」

姜禪側了側身子，避免和她對視，接著回道：「妳救了我一次，算我欠妳的，若是以後有人欺負妳，儘管告訴我。」

提起這件事，姜禪覺得自己的後背又有些疼了。那日他背後被擊中的地方瘀青了一塊，可以想見襲擊他的人用了多大的力氣。

當真是瞌睡來了就送枕頭啊！陸煙然臉上露出一絲淺笑道：「當真？」

雖然對方是在懷疑自己，姜禪還是好脾氣地點了點頭。「自然。」

嚴格說起來，他們是半個陌生人，根本沒什麼好聊的，雖說這些世家貴胄之間多少摻雜了姻親關係，她稱他一聲「表哥」都行，但是陸煙然不肯輕易鬆口。

她雖想抱緊這個大腿，卻明白依照自己如今的身分，萬萬不能做出什麼出格的事情，若只顧著攀關係，怕是會讓旁人誤會。

就在陸煙然繼續跟姜禪閒聊時，他們在涼亭交談的這一幕，映入了準備去福祿院的小郭氏眼裡。

小郭氏怕自己看錯了，還開口問身後的夏柳道：「那、那可是大小姐？」

因為離得有些遠，太陽也升高了，夏柳舉手遮住刺眼的陽光之後看了一下，才回道：「夫人，是大小姐沒錯，還有一位小公子。」

小郭氏心頭一跳，想也沒想就猜出那位小公子便是護國公府的世子。她腳下一拐，當即往涼亭走去。

當小郭氏快走到涼亭，陸煙然就看到她了。她下意識地挺直了上半身，姜禪注意到她的動作，不由得跟著挺起了背。

小郭氏到了涼亭，她臉上帶著一貫的溫柔笑容，有些激動地說：「這位便是世子了吧？沒來得及招呼您，世子是不是無聊了？」

因為那日聽見了陸煙然母女間的談話，所以姜禪知道，面前的婦人只是陸煙然的繼母，他眉宇間轉瞬浮上了幾分疏離，淡淡地應了一句「不會」。

感受到他的冷淡，小郭氏的表情微微一僵，依舊不放棄地關心他，然而姜禪並不給她面子，只說了句「想回廳堂」。

陸煙然在一旁看熱鬧，聽他這麼說，知道沒好戲看了，便附和道：「母親，我們已經出來好一會兒，是該回去了。」

姜禪聽她柔順地稱呼這個婦人為「母親」，眼神變得有些怪異，不過這不是他該管的事，他隨即收起心中的詫異。

小郭氏當然不可能拒絕，只得同他們一起往福祿院走去。

一路上，小郭氏還是繼續與姜禪說話，不過他卻是神色平淡，只有在和陸煙然說話的時候，表情稍微生動一些。

小郭氏心裡一突，不過想到這個繼女模樣雖然生得好，但終究只是個丫頭片子，便將提著的心暫時放下了。

轉眼間就到了福祿院，他們剛踏上石階，人在廳堂的裴氏就瞧見了，她笑著說道：「喲，回來得還真是及時，我們剛剛聊完呢！」

小郭氏還是第一次離護國公夫人這麼近，見她雍容大方、優雅端莊，不由得將手攥緊了。

這才是真正的世家貴女，骨子裡帶著一絲從容。看著她，小郭氏彷彿看見嚴蕊一般，她們身上皆帶著旁人沒有的氣質。

裴氏也認出了小郭氏，她臉上雖然還是帶著笑容，卻隱隱淡了些，只輕聲道：「這便是鎮國侯夫人吧。」

小郭氏心中一喜，露出溫和的微笑，連忙上前行禮。

陸鶴鳴如今不過是五品官員，護國公卻是正二品，裴氏乃是有誥命的二品夫人，娘家的背景又很顯赫，小郭氏自然想與她親近。

裴氏面上溫和有禮，但一想起自己聽到的傳聞，就知道這位看似溫柔賢良的夫人並不簡單，不然怎能讓鎮國侯捨得與文國公府的嫡小姐和離呢？

這麼想著，裴氏的笑容更淡了，與小郭氏說了兩句話，便起身告辭。

聽到她要離開，大郭氏立刻起身相送，小郭氏本還想留她一會兒，見狀也不好多說。

裴氏見大郭氏要送自己，連忙道：「老夫人，我可是小輩，使不得！」

大郭氏見她反應這麼大，只得停下腳步，開口讓小郭氏送她。

裴氏聽了，又笑道：「我們本就是登門道謝，哪裡能麻煩妳們，讓丫鬟送就可以了。」

大郭氏無奈地笑了笑，轉而說要陪客人多走幾步路。

裴氏沒再拒絕大郭氏的好意，一邊走，一邊對陸煙然說著關心的話。她是真的挺喜歡這個小姑娘的，想到她無親娘陪伴，忍不住心生憐惜。

「然然，過幾日我邀妳到我們府上玩，妳可一定要來啊！」裴氏說道。

姜禪看了自家娘親一眼，不禁在心裡冷笑了一聲。晉康世家裡長得好看的小姑娘，怕是都被他娘邀過一遍了。

裴氏自然不知道兒子心中的想法，她將護國公府說得像是天底下最好的地方，恨不得現在就將陸煙然帶回去。

此時裴氏對陸煙然的態度與剛剛對小郭氏的反應，有相當大的不同。小郭氏看得心裡直泛酸，各種想法在腦中翻騰不已，然而臉上仍舊帶著笑容。

不知不覺走到了院子外，裴氏連忙讓人留步：「行了，別送了。」

大郭氏點點頭，隨即叫了一個機靈的丫鬟跟上。

裴氏說道：「老夫人，我說的事，您考慮考慮啊。」

大郭氏笑著回道：「好好好！」

姜禪看了陸煙然一眼，淡淡地說了一句：「我走了。」

陸煙然一時有些茫然，不太了解為何他要特地對自己說這句話？不過還是點了點頭。

沒多久，護國公府幾個人的背影消失在眼前，大郭氏見狀便要眾人各自回院子去。

裴氏母子倆被丫鬟送出鎮國侯府，到了門口，裴氏笑著讓丫鬟回去。

護國公府的馬車就停在一旁，他們母子倆和兩個丫鬟一下石階，車夫就將馬車趕了過來。

姜禪雖然才十一歲，身高卻已經五尺有餘，與裴氏相差無幾，他今日騎了一匹小馬駒，小廝把馬牽過來之後，他就俐落地上了馬。

裴氏正準備上馬車，姜禪就騎著馬靠了過去，他終究沒忍住內心的好奇，問道：「娘，您剛才讓老夫人考慮什麼？」

聽到這個問題，裴氏笑著回道：「若是鎮國侯府上的人同意，你就要多個妹妹了。」

姜禪眉頭一皺。「什麼意思？」

看了自家的傻兒子一眼，裴氏的笑容燦爛無比。「我想認然然當乾女兒。」

姜禪臉色一黑，無言地看了裴氏一眼，一句話沒說就騎著馬離開。

這個反應讓裴氏先是一愣，隨即喃喃自語道：「真是的，這孩子聽到要多一個妹妹，高興得都不知道要說什麼了呢！」

裴氏母子一走，大、小郭氏和陸煙然又回到了廳堂，裴氏臨走時的那句話，讓小郭氏心中十分慌亂。

護國公夫人讓婆婆考慮什麼？

她隱隱有了猜測，一顆心就像是被緊緊攥住一樣，讓她彷彿喘不過氣來。

陸煙然也覺得有些好奇，可是她卻沒多說什麼，因為她知道有人會替她問。

果然，坐下不到片刻，小郭氏就忍不住開口道：「娘，護國公夫人讓您考慮什麼啊？」

大郭氏看了兒媳婦一眼，隨即皺起了眉。

她怎會看不出小郭氏想巴結人家的企圖，幸好裴氏涵養好，沒直接給兒媳婦冷臉。

小郭氏如今雖說是鎮國侯夫人，但是在大郭氏心中，連續弦都比不上，說得難聽些，就是小妾上位！她唯一比嚴蕊好的，就是同意讓兒子納妾。

想到那些陳年爛帳，大郭氏就頭疼，對小郭氏也沒了好臉色，只冷冷道：「也不看看自己的身分，人家是妳能巴結得上的？」

這話刺得小郭氏心痛，她臉色發白地閉上嘴，結果轉頭，就見陸煙然正睜著一雙黑黝黝的眼睛盯著自己，像是看穿了她的心思一樣。小郭氏心頭一凜，臉上卻仍露出笑容關心起陸煙然，問她的身子好全了沒？

對於小郭氏表情轉變之快，陸煙然並不覺得奇怪，含糊應了兩句就不再說話。

小郭氏知道，自己在婆婆這裡不討喜，只坐了一會兒就告退。

回到攬風院後，她忍不住發了一頓脾氣，總覺得大郭氏瞞了自己什麼大事。

今日裴氏對繼女的熱情，讓她有了危機感。繼女和自己的親生兒女當然沒得比，可是她自認對繼女關懷備至，做到了一個「母親」該做的。

她如今是侯府的主母，繼女不過是個小姑娘，待年齡一到將她嫁出去就好，自己犯不著和她較勁。可是回到侯府之後，繼女就徹底和她生疏起來，這全是大郭氏的「功勞」！

想到自己這個姑母，小郭氏肚子裡一股鬱氣，然而無論對方用什麼態度對待她，她都只能默默吞下去。

小郭氏氣得不得了，陸煙然卻是心情愉悅，繼母一走，她就黏到大郭氏身旁問道：「祖母，護國公夫人讓您考慮什麼啊？」

這件事和大孫女有關，大郭氏當然不可能瞞著她，當即照裴氏的話說了一遍：「妳救了世子，這是大恩，夫人說不知怎麼感謝才好，所以想收妳當乾女兒。」

乾女兒？

陸煙然一怔，自己原本還想著能不能和那世子攀攀關係，沒想到裴氏遞了一個更大的餡餅過來。

那位世子說到底還是個少年，但她若是當了裴氏的乾女兒，便有其他倚仗，想害她的人肯定會有所顧忌！

大郭氏發現大孫女的眼睛都亮了起來，她問道：「有這麼高興？」

陸煙然搖了搖大郭氏的手臂，笑著說：「祖母，我當然高興，那是護國公府啊，聽說比我們侯府還要厲害呢！」

大郭氏何嘗不激動，照裴氏的態度來看，她確實想收大孫女當乾女兒，若是成了，鎮國侯府和護國公府就是乾親，比那些「一表三千里」的親戚可靠不知道多少。

因為前兒媳與兒子和離一事，有些世家就此和鎮國侯府生疏了。其實當初她不是沒阻止過兒子，可是他非要擰著幹，當娘的又能怎麼辦，她只有這個兒子啊！

她怪兒子，也怪嚴蕊不肯妥協。說到底，人的心都是偏的。

「祖母？」

聽見陸煙然的呼喚，大郭氏回過神來，說道：「那等妳爹晚上回來了，再和他商量商量。」

陸煙然知道陸鶴鳴不可能拒絕，暗暗鬆了口氣，陪大郭氏又聊了一會兒，才和荔枝一道回玉竹院。

世家小姐養在深閨當中，一到了年紀就說親嫁人，生活難免枯燥乏味，然而這一切卻是陸煙然上一輩子最羨慕的。

如果她能借認乾親這個機會躲掉那場災難，順順當當過完一生就好了……

陸鶴鳴回府就得知了今日發生的事情。他萬萬沒想到護國公向他道謝之後，護國公夫人竟然還帶著世子親自登門拜訪。

大郭氏轉告他裴氏的提議，陸鶴鳴聽了先是驚訝，但見到自己的娘親一臉認真，這才確定是真的。

大郭氏看了兒子一眼，問道：「你怎麼看？」

兩家認了乾親之後，鎮國侯府和護國公府之間走動肯定會變得頻繁，這對陸家來說是天大的好事，可是她擔心小郭氏。

儘管小郭氏是侯夫人，卻掩蓋不了她是庶女的事實。一旦和護國公府成了乾親，她撐不撐得起場面？

大郭氏想不出個結果，索性將難題拋給兒子。

陸鶴鳴卻和大郭氏想的不同。在他心中，小郭氏溫柔賢慧、細心體貼，對繼女份外盡心，稱得上是為人妻母的典範，他更擔心的，是護國公會不會以為陸家順著杆子往上爬？

「娘，您讓我想想。」陸鶴鳴回了一句。

母子倆又說了一會兒話，陸鶴鳴便回了自己的院子。

小郭氏知道他是從大郭氏那邊回來的，心中也有了計較，認定婆婆一定將事情告訴他了。

雖然心急，小郭氏卻忍著沒問，見陸鶴鳴坐到軟榻上，她連忙走過去替他捏肩捶背。

小郭氏輕聲道：「今日正式任職，肯定累著了吧？」

她的聲音溫柔，讓陸鶴鳴的心平靜了下來，他拍了拍小郭氏的手，說道：「我在想一件事。」

小郭氏心頭一跳，險些直接問出口，不過還是硬生生地忍住了。

說起來，陸鶴鳴有些糾結。他一開始還想著大女兒和世子年齡適合，指不定有緣能結兩姓之好，沒想到轉眼對方就想收她當乾女兒。

前者還只是想想，但是後者卻可以成為事實。

雖然二女兒陸婉寧的年紀與大女兒差不多，不過生母小郭氏的身分不夠高貴，護國公府不可能接受她當世子的妻子，去掉成為姻親這個選項，認乾親是最穩妥的。

陸鶴鳴心中已經有了答案，但他還是想問小郭氏有沒有什麼不一樣的看法？

他道出事情的原委，問道：「梓彤，妳覺得怎麼樣？」

陸鶴鳴話音剛落，小郭氏的臉色就變了。

見她沒有反應，陸鶴鳴就要回過頭看她，此時一雙柔若無骨的手爬上了他額頭兩側的太陽穴，耳側也響起溫柔似水的聲音：「侯爺，這自然好，不過我覺得這事不可靠。」

小郭氏的表情難看至極，然而她怕丈夫發現端倪，只得靠手上的動作轉移他的注意力。

陸鶴鳴果然不再試圖轉頭，她按摩的力道輕柔舒適，讓他放鬆下來，不過他還是沒忘記正事，問道：「怎麼不可靠？」

小郭氏稍稍頓了一下，似乎是在猶豫。

陸鶴鳴感受到她的遲疑，催了起來：「梓彤，妳就別吞吞吐吐了，有話直說。」

「那我就說了。」小郭氏嘴角彎了彎，一邊用適當的力道按摩，一邊說道：「其實這事我也有責任。在虞州這幾年沒管好煙然，雖然我怎麼看覺得她怎麼好，但她的脾氣終究是嬌慣了些。

「侯爺，我聽說護國公夫人可是當今皇后的親姪女，若煙然成了護國公的乾女兒，難免要和那些貴女打交道，照她這個脾氣，不小心得罪了她們怎麼辦？」

陸鶴鳴對這話有些不贊同，鎮國侯府雖然不如以往，可是他也有爵位在身，不管怎麼樣，大女兒都會和別家貴女接觸。再說了，若是大女兒真的惹到誰，前岳丈家也不是吃素的。

說到底，他還是更傾向於和護國公府當乾親。一旦這件事成了，他在兵部就會更加如魚得水，過去那兩個大舅子也會有所忌憚，他不用再時時擔心他們使絆子。

陸鶴鳴心裡這麼想，嘴上便回道：「在虞州這幾年，妳不僅將家務打理得井井有條，三個孩子也是由妳親自帶著，著實辛苦。煙然愛玩了些，這不怪妳，不過她回府以後脾氣就收斂了不少。我聽娘說，護國公夫人是真的喜歡煙然，倒不如認了這個乾親。」

他的語氣斬釘截鐵，明顯已經有了自己的決斷。

小郭氏胸口憋得發慌。她很想勸陸鶴鳴，卻明白他喜歡順著自己的女人，只得硬生生地將想說的話給咽回去，不僅如此，還要誇讚這個想法不錯。

聽她這麼說，陸鶴鳴不由得露出笑容道：「好，這件事就這麼定下了。」

看到陸鶴鳴回頭拍了拍她的手背，小郭氏勉強擠出一絲笑意。

然而，從護國公夫人提出要認陸煙然當乾女兒那天後，陸鶴鳴對這個大女兒就越發關心起來。

小郭氏笑不出來了。

第十六章 首度交鋒

明明天氣很熱，小郭氏卻猶如身在隆冬。

陸鶴鳴每天都會詢問大女兒的情況，甚至在外當差也不忘囑咐小郭氏多照顧大女兒。

這一天，陸鶴鳴又說了類似的話，接著他的眼尾餘光掃到了一旁木桌上的東西。

「喔，對了！」他這才想起自己忘了一件事。

小郭氏幫他束好腰帶後問道：「侯爺，怎麼了？」

陸鶴鳴指了指那木桌說：「梓彤，桌上那個叫不倒翁，聽說是晉康新興的玩意兒，煙然平日就喜歡新鮮的小東西，妳送到她院裡去。」

不倒翁是昨晚小郭氏睡著之後陸鶴鳴拿進來的，所以他現在才告訴她。

話落，陸鶴鳴便低頭整理官服，沒看到小郭氏臉上閃過一絲陰霾。

一切收拾妥當之後，陸鶴鳴就出門了，小郭氏的表情立即一垮，看到木桌上那什麼不倒翁，氣得攥緊了手，二話不說便走過去拿起那玩意兒。

這個叫不倒翁的東西做得像尊娃娃，外貌類似年畫上的小女娃，臉蛋肉乎乎的，雙頰緋紅，還帶著燦爛的笑，看起來十分討喜。

小郭氏卻覺得刺眼極了，手中的不倒翁頓時被她扔到地上。

然而那東西不知道是怎麼做的，她用了這麼大的力氣往下扔，它卻絲毫沒有破損，反倒在地上晃來晃去。

小郭氏升起一把無名火，她走過去用力一踢，結果它被踹到門前，一雙緋色的繡花鞋隨後出現在它旁邊。

「娘，這是什麼東西？真好看！」陸婉寧將它拿到手裡把玩，覺得很是新奇。

小郭氏見她臉上滿是驚喜，心中鬱氣更重，怒吼道：「給我扔了！」

雖然平時娘親對自己較為嚴厲，卻從沒這麼凶過，陸婉寧的眼淚頓時流了下來。

見女兒哭了，小郭氏更生氣，她奪走她手裡的不倒翁，喝道：「哭什麼！平日教妳的妳都記到哪裡去了，還不給我閉嘴！」

陸婉寧硬是將淚水憋了回去，但還是忍不住抽噎了兩聲。

小郭氏這才說道：「這麼早來院子做什麼？」

陸婉寧露出委屈的神色，吸了吸鼻子道：「娘，我好幾日沒見到爹了，想來看看他。」

小郭氏聽她這麼說，火氣又冒了出來，不耐道：「有什麼好看的？讓妳練字、背書，這些都做了沒？」

陸婉寧的情緒原本已平復了些，被這麼一訓斥，立刻淚流滿面道：「妳不是我娘！妳從來不讓陸煙然做這些，都讓她玩。嗚嗚嗚……祖母不喜歡我，爹也不喜歡我了，我才是沒有人要的乞丐！」

吼出這些話之後，陸婉寧就轉身往外跑去。

小郭氏沒想到女兒會這麼說，愣了一下才反應過來，她連忙踏出門喊道：「快將小姐給我攔住！」

不久後，陸婉寧被人抱了回來，送進屋子。看到女兒哭得這麼傷心，小郭氏哪有不難過的，只得軟下心哄她。

陸婉寧終究是小姑娘，一會兒又被逗笑了，可她還是惦記著剛才那個新鮮玩意兒，抹了一把臉說道：「娘，我喜歡那個。」

小郭氏黛眉微蹙道：「那個壞了，妳要是喜歡，我改天讓人買給妳。」

陸婉寧嘟起嘴說：「您騙我，明明是好的。」

「沒騙妳，娘都準備讓人扔掉了。」小郭氏用僅存的耐心哄女兒，見她滿臉不信，當即叫夏柳進來。

小郭氏指著不倒翁說：「那東西壞了，妳讓丫鬟送到灶房燒掉吧。」

陸婉寧只得認了，想到自己剛剛竟為那玩意兒鬧起脾氣，不禁不好意思地說：「娘……我錯了。」

摸了摸女兒的頭，小郭氏語氣溫和地說道：「這才聽話。」

她眉眼低垂，不斷在腦中思索。和護國公府認乾親的事情還未成，丈夫便對繼女越發關照，若是真的成了，那還得了，絕對要設法阻止！

才作了這個決定，門外便傳來夏柳有些焦急的聲音：「大小姐院子裡出事了！」

小郭氏臉色頓時一沈。認親的事還沒有解決，又出了什麼狀況?!

她整了整臉色後起身，陸婉寧很是興奮，以為陸煙然又惹事了，纏著要去。小郭氏直接拒絕她，帶著夏柳往玉竹院的方向走去。

見娘親的背影很快就消失在眼前，陸婉寧跺了跺腳，無奈地留在原地。

小郭氏和夏柳匆匆趕到玉竹院，剛踏上石階，就見大郭氏沈著臉坐在前廳中央的椅子上，兩個粗使丫鬟與兩個粗使嬤嬤則跪趴在她面前。

地上跪著的人，小郭氏自然認得，她眸光閃了閃，連忙進屋。

「娘，發生什麼事了？」小郭氏強壓下心頭的驚疑問道。

大郭氏狠狠地拍了旁邊的條案一下，說道：「妳還好意思問我發生了什麼事?!」

小郭氏還真不知道這是怎麼回事，她看向一旁的繼女，心裡打了個突。

陸煙然紅著眼眶坐在扶椅上，臉頰也有些泛紅，看上去就像受了莫大的委屈。

小郭氏正忐忑不安，陸煙然突然抽噎了一聲，用水汪汪的眼睛看著她說：「母、母親，您可要給我做主啊！」

即便小郭氏心情複雜，可是多年來的習慣讓她沒有多想，立刻就走到陸煙然面前連聲安慰。

陸煙然見小郭氏過來了，伸手就抱住她的手臂，很明顯地感受到她身子一僵。她假裝沒發現，只顧著哭，哭得涕淚縱橫，接著扯過小郭氏的袖子往鼻間一抹。

小郭氏對她這個動作感到噁心極了，卻仍舊保持慈祥的微笑，看上去相當古怪。

大郭氏卻心疼得不得了，連忙喚道：「煙然，快到祖母這裡來。」

陸煙然猶豫了一下，她看向小郭氏，像是在徵求意見一樣。

小郭氏的嘴角扯了扯，語氣溫和地說：「既然祖母叫妳，就快過去吧。」

大郭氏不滿地瞪了她一眼道：「煙然過不過來還要妳說了算？郭梓彤，妳今天要是不給我說個所以然來，我是不會善罷甘休的！」

小郭氏心頭一滯。她到現在都不知道發生什麼事，要她怎麼說呢？然而大郭氏只顧著哄著自己的大孫女，哪有空理她。

見小郭氏的臉色有些發白，陸煙然挽著大郭氏的手，忍不住低下頭去悄悄彎了彎嘴角。

小郭氏掃了在地上跪著的幾個下人兩眼，加重語氣道：「妳們哪裡惹小姐生氣了？還不快說說到底是怎麼回事！」

那些下人聽見她的話，不停地磕著頭，異口同聲地叫道：

「夫人，奴婢冤枉啊！」

「夫人，老奴冤枉啊！」

小郭氏氣得指著陸煙然的貼身丫鬟。「妳們倆說！」

原本站在一旁的荔枝和葡萄立刻跪到地上，說明事情經過。

荔枝說道：「夫人，前兩天小姐妝奩裡有兩支玉簪不見了，小姐以為是自己不小心弄丟，結果今日又發現，上次去公主府時得來的玉珮丟了。小姐得了那玉珮之後一直沒戴，我們就猜想屋子裡遭了賊。」

此時葡萄將話接了過去，但是她大概有些害怕，聲音微微顫抖。「夫、夫人，正巧奴婢昨日看到代荷進小姐的屋子，崔嬤嬤知道以後，便去搜她的房間，結果在她的錢箱裡搜到了東西。」

代荷一聽，不停地磕著頭哭道：「夫人，冤枉，奴婢也不知道玉簪和玉珮怎麼會出現在奴婢的錢箱裡啊！」

代荷根本不知為何自己的床上會莫名其妙出現那些東西？她以為是天上掉下來的餡餅，索性收進錢箱，哪想到那竟是大小姐的！

她心中還保有一絲期盼。自己可是夫人特地安排進玉竹院的，只要一口咬定說不知道，夫人一定不會讓自己出事。

小郭氏聽了之後，看著地上的代荷，眼神一冷。「這個丫頭不講規矩，直接送到官府去！」話落，她絲毫沒有耽擱，直接喚外面的嬤嬤進來綁人。

代荷一時沒反應過來，直到雙手被人拉住才驚叫一聲，隨後她手一用力，竟掙脫了兩個嬤嬤的束縛。

她衝到小郭氏面前跪下，哭得上氣不接下氣。「夫人，您、您不……」

小郭氏嚇了一跳，生怕她說出什麼驚人之語，連忙催促一旁的嬤嬤把人帶走。

代荷這點力氣在兩個嬤嬤面前自然不夠看，之前被她掙脫，不過是一時不察。沒多久，代荷就被繩子綁起來，嘴裡還被塞了東西。

「嗚嗚、嗚嗚——」代荷發出哭聲，看著小郭氏的眼神不由得閃過一絲怨恨。

陸煙然頓時有些不忍，但一想到自己平時的一舉一動都被她透露給繼母，心又硬了起來。

葡萄早已撞見代荷進出內室好幾次，自己再不設法將她打發出去，誰知道小郭氏今後又會做出什麼事？

兩位嬤嬤正要帶代荷離開，大郭氏突然叫住她們，心軟道：「東西找回來就別送去官府了，讓官牙子來領吧。」

小郭氏忙說道：「娘，這樣會不會讓府裡的下人……」

她還沒說完，大郭氏直接打斷她的話。「這些下人可都是妳選的，怪誰？」

小郭氏表情一僵，咬牙認道：「娘，是兒媳婦的錯。」

代荷被帶走後，剩下的三人身子像篩子般抖個不停，看來犯事的不止一人。

小郭氏見崔嬤嬤表情嚴肅，絲毫不敢怠慢，叫了一聲「嬤嬤」後才問道：「這幾人又是怎麼回事？」

此話一出，坐在大郭氏身旁的陸煙然突然啜泣起來。小郭氏一時沒反應過來，大郭氏卻是瞪了她一眼，連忙安慰起陸煙然。

小郭氏疑惑。「嬤嬤，到底怎麼回事啊？」見陸煙然哭得傷心，她覺得有些怪異。這個繼女什麼時候竟成了個小哭包？

崔嬤嬤瞄了瞄在地上跪著的人，語氣平靜地說：「夫人，之前搜代荷房間時，老奴聽到她們在偏室講閒話，說大小姐沒有娘。」

當初嚴蕊離開陸家後，府裡的下人不是換掉就是被叫去守莊子，知道內情的人並不多，怕的就是他們管不住自己的嘴。

大郭氏自己時不時就要提一下，可是她卻見不得別人碎嘴。

小郭氏有些尷尬。怪不得婆婆這麼生氣，她想也不想便說道：「在主子背後嚼舌根，將她們也一同發賣了！」

三個下人被帶出去後，前廳內安靜了許多，正因為如此，陸煙然的啜泣聲變得十分明顯。

小郭氏連忙露出溫婉的笑容，打算過去哄陸煙然。

大郭氏狠狠刮了她一眼道：「看看妳挑的什麼下人！要不是我年紀大了，覺得管家太累，這家再怎麼樣也不會交到妳手裡！」

大郭氏的話音一落，陸煙然馬上拉了拉她的袖子。「祖母，您別這麼說母親，她整日管著侯府，已經很累了。」

明明陸煙然在替自己說話，小郭氏卻不自在得很，她總覺得此情此景有些熟悉，卻想不出個所以然來。

她最愛裝弱勢好博取同情，卻沒反應過來陸煙然也使了這招。

大郭氏摸了摸孫女兒的頭，說道：「快別哭了，院子裡的下人不規矩，祖母給妳挑過就是了。」

小郭氏覺得自己的臉被大郭氏打腫了，然而事情還沒完，大郭氏看著小郭氏說：「我和護國公夫人約好，幾日後帶煙然去寺裡相八字，妳明日先帶煙然出門買幾身新衣裳。」

相、相八字？真的要認親了?!小郭氏的手微微顫抖起來。

陸煙然本就有個強大的外祖家，雖然雙方勢同水火，陸家卻不敢對這個孩子有絲毫怠慢，她更是像供著祖宗一樣對待她。

若是繼女真成了護國公的乾女兒，陸家哪裡還有她的容身之處？

大郭氏原本就不看重自己，相較於她那雙兒女，她更疼愛那個下堂婦的女兒，更可怕的是，如今丈夫的心也漸漸放在繼女身上。

不，不能這樣！

陸煙然被大郭氏半攬著，卻沒忘記觀察小郭氏。這個繼母一向保持溫柔賢慧的模樣，怎麼這會兒表情有些奇怪？

小郭氏察覺有人正在看自己，趕緊柔順地說道：「娘，我知道了。」

見她這樣，陸煙然皺了皺眉，想著自己剛剛是不是看錯了？

大郭氏點了點頭道：「這對我們侯府來說是件大事，妳一定要操辦妥當，多帶些銀子，去秀蘭閣好好挑幾疋布，衣裳讓雯娘做。」

雯娘是秀蘭閣出名的繡娘之一，當初繡的一副雙面屏風，曾被大長公主送進宮給太后當生辰禮。一個小丫頭片子的衣服，竟然要動用雯娘？

小郭氏咬緊牙根應了聲「是」，她以為就這樣沒事了，不料大郭氏繼續說：「今天這事，妳這個做主母的錯處最大，我先不和妳計較，免得鬧笑話。待煙然和護國公府認了乾親之後，妳便將對牌交給張姨娘，好好向她學學怎麼管家。」

「娘！」小郭氏無法掩飾自己的震驚。張姨娘不過是個妾，婆婆竟然讓她跟她學管家？

大郭氏察覺到她的不情願，淡淡地說道：「怎麼，我老了說話不管用？」

「兒媳婦不敢。」小郭氏只覺得心在淌血，對陸煙然更是生出恨意。

眼前祖孫和樂的景象，小郭氏再也看不下去，又忍了一刻便告退。

大郭氏看向大孫女，說道：「煙然，妳放心，這次祖母一定好好為妳挑挑院子裡的人。」

「祖母，您真好。」陸煙然像真的小姑娘一樣，把頭靠在老夫人的手臂上。「祖母，您能將荔枝的賣身契給我嗎？」

大郭氏有些驚訝。「妳要那東西做什麼？」

陸煙然回道：「要是丫鬟的賣身契在我手裡，往後再發生這樣的事情，就不用叫母親，我自己就能處理了。」

大郭氏倒是沒有想到這點，她覺得有理，當即應下。

因為院子裡沒了粗使下人，大郭氏便讓管家婆子將府裡能調任的丫鬟跟嬤嬤，叫來玉竹院。

剛回鎮國侯府時，陸煙然只覺得自己是個鳩占鵲巢的人，並不在乎身邊的人是誰，如今她知道自己是陸煙然，自然要好好挑挑。

大郭氏本來打算幫忙挑人，不過她年紀大，這會兒臉上已露出疲態。

陸煙然見狀忙讓她回去歇息，大郭氏也沒勉強，吩咐兩句便回了自己的院子。

「小姐看看，若是不滿意的話，明日再讓官牙子送些人來。」崔嬤嬤說道。

她陪在這個大小姐跟前也有些日子，知道她年齡雖小，卻挺有主見，今天這件事更是讓她刮目相看。那個叫代荷的丫鬟時常鬼鬼祟祟的，走了也好。

陸煙然聽崔嬤嬤這麼一說，點點頭下了石階，仔細地觀察起來。她站在一個衣裳洗得發白的丫鬟面前，出聲問道：「妳叫什麼名字？以前又是做什麼的？」

這個丫鬟看起來只比葡萄大一些，衣裳有些舊了，可是她的頭髮梳得一絲不苟，身上也穿戴得整整齊齊，應當是個索利的人。

丫鬟連忙欠了欠身行禮，答道：「小姐，奴婢、奴婢叫知春，奴婢……」也不知道是不是緊張，她結巴了半天依舊沒能說出什麼來。

管家婆子趕緊說道：「小姐，這丫頭是在園子裡掃地的，什麼都不會，要不選別的人吧。」

老夫人突然要調人，她已經把能找的人都叫來，這個丫頭向來是個悶性子，今兒只是來充數的。

豈知陸煙然回道：「就她了。」

管家婆子想阻止，可是想到對方可是侯府的大小姐，當即將話咽了回去。

陸煙然又問了幾個合眼緣的下人，不到一刻鐘便選好，和以前一樣，兩個丫鬟、兩個嬤嬤。

崔嬤嬤見人都還不錯，便讓管家婆子將這幾個下人的賣身契送來。

管家婆子連聲稱是，隨後帶其他下人離開了院子，崔嬤嬤則去了福祿院。

她一離開，陸煙然的視線就落在面前的下人身上。明明是個小姑娘，眼神卻通透得讓人有壓力，她們四人忍不住自動跪在地上。

陸煙然抿了抿唇道：「妳們在院子裡當值，只要顧好本分就行，沒有吩咐不要進主屋，要是違反了規矩，妳們知道會怎麼樣。」

跪著的四人磕頭齊聲道：「知道了，小姐！」

陸煙然又叮囑了幾句，就回去內室。她早就想將原來那些人換掉了，想到小郭氏被大郭氏訓了一頓，她忍不住彎了彎嘴角。

以前小郭氏就愛用這個法子讓她被陸鶴鳴責備，此番她終於還以顏色。

俗話說得好：「井水不犯河水。」要是小郭氏再算計她，她不會再忍！

第十七章　嫉恨入骨

小郭氏得到陸煙然自己挑人的消息時，正在喝茶，她氣得將茶杯扔到地上，「啪」的一聲，茶杯四分五裂。

回到院子裡冷靜下來之後，她便理清了今天到底是怎麼回事。她這是被一個小姑娘給算計了！

陸煙然不僅將她安排到玉竹院的下人趕了出去，更害她丟了管家的權力！

小郭氏的心在淌血。她沒想到這丫頭竟然有這樣的心機，說來說去，一切都是因為裴氏要認繼女當乾女兒引起的。

她眼神一冷，心中隱隱有了想法。

護國公是什麼樣的身分，想必不會收一個名聲不好的乾女兒，若是傳出繼女不敬繼母的風聲……

這麼想著，小郭氏終於好受了些，見茶杯的碎片撒了一地，當即喚屋外的丫鬟進來收拾。

她整理了一下衣裳，帶著夏柳準備前往秀蘭閣。秀蘭閣的繡娘可不是那麼容易請的，她今兒得提前去探探口風，免得明日出什麼狀況。

若是辦妥這事，婆婆的氣便消了。

小郭氏心想，等丈夫一回來，她就要吹吹枕頭風，讓丈夫覺得繼女還是如同以往一般頑劣。

小郭氏和夏柳上了紅漆烏蓬的馬車後，車夫鞭子一甩，駕著馬車往東城趕去。秀蘭閣在東城最繁華的地段，從鎮國侯府過去，差不多需要兩刻鐘的時間。

夏柳是小郭氏最信任的丫鬟，她在大郭氏那兒受了氣，忍不住在夏柳面前抱怨起來。雖然她沒說什麼惡毒的話，可是語氣跟表情卻透露出刻薄，就算極力隱忍，還是與平時溫婉的形象有些差別。

夏柳毫不驚訝，聽了這話，連忙安慰她。

小郭氏拍了拍她的手道：「還是妳貼心。」她頓了一下，突然說道：「妳年紀不小了，和妳一起在我身邊當值的都嫁人了，妳可有看中誰？我要將妳風風光光地嫁出去。」

夏柳拒絕了。「夫人，我在您身邊侍候就好，以後二小姐長大，還能替您看著她呢。」

小郭氏不過是在試探夏柳的忠心，聽她這麼說，又拍了拍她的手。兩人談話間，忽然馬車一頓。

主僕兩人以為到了秀蘭閣，豈料外面一陣喧譁，哭聲不絕於耳，還夾雜著婦人的怒罵聲。

小郭氏當即發現了不對勁，不用她開口，夏柳已經問了車夫外頭是怎麼回事？

車夫答道：「夏柳姑娘，前面發生了點事。」

夏柳轉過頭對小郭氏說道：「夫人，我出去看看。」

待夏柳下了馬車，小郭氏便好奇地將窗戶的布簾掀開了一些，想看看外面的狀況。

只見一個婦人正拽著一個男人又是哭、又是罵，還有個小女孩坐在一旁的門墩上，哭得上氣不接下氣。

「你個死沒良心的，竟然為了一個野蹄子要將女兒賣了！那野蹄子就是一個專門拐人的，你難道以為她是真的想跟著你不成?!」

話落，周圍看熱鬧的人頓時發出陣陣噓聲，看向男人的眼神滿是唾棄。

男人被這麼多人指責，惱羞成怒道：「妳個潑婦，自己生不出兒子，就妨礙我找人替我生，妳要是能生的話，我還用得著找別人嗎？」

婦人聽了這話，立刻和男人扭打起來。

見到這個情景，一旁的小女孩哭得更厲害，男人一時不察，臉上被婦人抓出了一道痕跡，他氣得用力朝她一踢，怒道：「潑婦，竟然動手打我，看我不休了妳！」

婦人當即發出一聲哀嚎，一改之前的態度，非但不鬧了，還說軟話哄他回家。

眾人因這個轉折皆是一驚，小聲議論起來。

「那男人是東城有名的痞子，家產被他敗光了，還和一個小寡婦看對眼，甚至賣了女兒。人都要上去汝州的船了，還是孩子的娘要死要活地鬧，男人受不了了，才去將女兒要了回來！」

「賣去汝州？幸好當娘的硬氣，不然那小姑娘這輩子就毀了。」

唱戲的人終究走了，周圍的人便慢慢散開，道路也暢通了。

夏柳見路通了，便坐上馬車，向小郭氏敘述事情經過。

小郭氏畢竟是坐在馬車裡，方才聽得不甚明瞭，可是婦人的態度她卻看得一清二楚。那婦人一聽男人說要休妻就服了軟，嚴蕊為什麼情願當個下堂婦，也不怕把文國公府的臉給丟光了？

夏柳不知道小郭氏在想什麼，嘴巴仍未停下來。「夫人，聽說那混帳男人要將女兒賣到汝州去，汝州那地界可是出了名的，離得又遠，要是被賣走，這輩子就見不上面了，就是為了這件事，兩口子鬧了起來。」

汝州最出名的就是花樓，安陽這個地方更是箇中翹楚，大越國甚至流傳「過汝不進安陽者，乃終生憾事」這句話。

小郭氏雖是內宅婦人，卻聽說無數風流才子，為了一睹安陽城內的青樓風采，不管路途多遙遠都會過去。

虞州與汝州相鄰，只搭馬車從虞州回晉康的話，得花上大半個月，汝州的位置更遠，搭馬車怕是要再多十天，若是……

不知為何，小郭氏的心跳得有些快。

因為這件事稀奇，夏柳多說了兩句，她見小郭氏的表情有些茫然，忙叫道：「夫人，怎麼了？」

小郭氏的手一抖，低聲說道：「沒事。」

片刻之後，終於到了秀蘭閣，因為方才的小插曲，小郭氏有些心神不寧，好在還是將事情辦好了。

與雯娘約好了時間，小郭氏準備離開，在看到隔壁的首飾鋪子時，她想到自己好些日子沒添首飾，便起了心思。

這間首飾鋪子很大，有兩層樓，寬敞亮堂，裡面還飄著一股淡淡的清香；不僅如此，鋪子裡的夥計全是女人，讓前來購買的夫人、小姐們可以放心地閒逛。

二樓專門開放給晉康的世家貴女，尚未嫁人時，小郭氏沒資格去；嫁給陸鶴鳴後，她有了底氣，卻仍舊不敢上去，因為旁人打量的目光，會讓她覺得自己格格不入。

見到客人，鋪子裡的夥計連忙上前招呼，滿臉笑容地說：「夫人，要看點什麼東西？」

小郭氏看了看櫃檯上的首飾，視線落在一支玳瑁釵上，說道：「把那支簪子給我看看。」

之前收到文國公府的帖子時，她摔壞了一支玳瑁釵，此番看到類似的款式，便想補回來。

夏柳從夥計手裡接過釵子插入小郭氏的髮髻後，當即誇自家夫人了一句。小郭氏本就生得溫婉秀氣，有了這支釵子便更顯氣質，夥計自然也是讚不絕口。

小郭氏彎了彎嘴角照起鏡子，覺得還真的挺好看的。

見她一臉滿意，夏柳便問夥計道：「這支簪子多少銀子？」

夥計答道：「十兩銀子。」

十兩銀子足夠尋常人家舒舒服服地過一年了，小郭氏以往在郭家的月例也不過一兩，還比不過嫡母身邊的大丫鬟，幸好她後來嫁給了表哥。

小郭氏遲疑了一瞬，隨即揚了揚下巴道：「夏柳，付錢吧。」

夥計頓時一喜，小心翼翼地包好釵子，要是摔壞了，她可賠不起。

小郭氏買了釵子，剛剛走到鋪子門口時，突然頓住。

她看見一個人正從樓梯上走下來，鋪子裡的夥計帶著笑和那人說著什麼，臉上滿是奉承。

小郭氏看著走下樓的人，那人也看見了她，沒在小郭氏身邊看見想見的人，嚴蕊有些失望。

出於自卑，小郭氏覺得嚴蕊的眼神帶著嘲諷，想到自己剛剛竟然因為能隨便花用十兩銀子而沾沾自喜，不由得感到難堪。

嚴蕊當然不知道她在想什麼，女兒不在，她連看都懶得看這個女人一眼，直接走到鋪子門口，等車夫將馬車趕過來。

小郭氏很想忽視她，卻忍不住用眼角餘光掃了身旁的女人兩眼。

她今日穿著一身對襟長裙，腰間繫了個香包，梳著簡單的髮髻，髮間只插了一根嵌著寶石的玉簪；臉上脂粉未施，卻一如以往般明豔。幾年過去，她變瘦了些，氣質亦顯得沈靜多了。

在大長公主府相遇時，小郭氏因為心慌而沒有細看，如今只覺得嚴蕊更加耀眼了，如同皓月一般。只要這個女人在身邊，自己便成了螢火之星。

螢火之星，豈能與皓月爭輝？

不過小郭氏卻在心中嗤笑了一聲。不管嚴蕊再怎麼美，現在丈夫身邊的人都是自己，嚴蕊只是個被拋棄的女人。

小郭氏嘴角彎了彎，走到嚴蕊身邊，用只有她們兩人能聽見的音量說道：「一個下堂婦，不好好待著，在外面拋頭露面像什麼話，難不成妳想勾搭哪個男人不成？」

嚴蕊臉色微微一變，看向旁邊的女人，眼神透出一絲冷意。

見她這樣，小郭氏似乎一驚，往後退了一步，有些委屈地說：「嚴大小姐，妳是想要打我嗎？可是妳沒這個資格了！」

「看來妳記性不錯。」嚴蕊淡淡地看了她一眼，此時馬車已經過來，丫鬟連忙將馬車上的腳凳取了下來。

見自己這麼說，嚴蕊竟然沒發火，小郭氏不由得有些驚訝。見嚴蕊踩上腳凳，她忍不住說道：「妳離開了這麼些年，表哥可是連提都不願意提起妳呢。」

嚴蕊聽了這話，朝她輕笑一聲道：「那真是太好了，侯夫人可要看緊那個人渣，免得他去禍害好人家的女兒，好人家的女兒可是跟妳不一樣。」

話一說完，嚴蕊就上了馬車，直到馬車走遠，小郭氏還愣怔著。

小郭氏記得嚴蕊離開時的情形。她身穿華服，頭戴珠釵，化著桃花妝，不像是與夫君和離的人，反倒像是去會有情人，嘴裡還說著最決絕的話。

「今日你我夫妻恩斷義絕，此生不復相見！」

當夏柳呼喚她的聲音在耳邊響起時，小郭氏猛然回過神，隨後臉色難看到了極點。人渣？那個下堂婦竟然說丈夫是人渣，不僅如此，她話裡話外都在諷刺自己！

小郭氏氣得快要瘋掉，可仍然忍不住拿自己與嚴蕊比較。

即便嚴蕊成了下堂婦，卻絲毫不顯憔悴，依舊美麗動人。反觀自己，就算有丈夫的疼愛，卻要操心很多事，時不時還得被婆婆教訓，眼角已經出現了淺淺的紋路。

小郭氏深埋在心底的嫉恨噴湧而出，再也止不住。

婆婆憑什麼瞧不起她？她除了家世稍遜之外，溫柔體貼、善解人意，哪裡比不過嚴蕊了？

她的女兒乖巧聽話，兒子更是如今侯府唯一的嫡子，哪裡比不上那個丫頭片子？但是丈夫卻對陸煙然越來越關心！

更可恨的是嚴蕊。

她小心翼翼地伺候著丈夫，生怕哪裡惹他不滿意，然而自己這麼重視的人，嚴蕊卻棄之如敝屣。

眾人皆以為，當初是陸鶴鳴要休妻，可是只有她知道，他嘴上雖然那麼說，卻從來沒真的要付諸實行，那不過是為了逼嚴蕊妥協。

嚴蕊是自請和離的，這一切小郭氏記得清清楚楚，看到嚴蕊受罪，她心中暢快不已，然而如今……

小郭氏深吸了一口氣，心中有了決斷。

回到院子之後，她直接去了偏室，因為每個月都要算帳，所以這裡被她當成小書房。

小郭氏將門關上，隨後找出紙攤在桌上，她拿起毛筆沾墨，飛快地書寫起來。

一盞茶的時間過後，小郭氏將筆落下，看了看信上寫的內容，確定沒有遺漏，便找出一個信封，接著又取來一本書，將信封夾在裡面。

小郭氏整了整臉色打開房門，一點也沒耽擱地讓夏柳將東西交給值得信任的小廝。

「記住，讓他一定要把這本書親自交到本人手裡。」

半個時辰後，小廝送來回信，小郭氏鬆了口氣，癱在一旁的軟榻上。

玉竹院中，葡萄與荔枝正翻著一本圖冊說話。

「小姐，這花紋好看，適合您這個年紀！」荔枝指著冊子上的畫說道。

葡萄忍不住嘟了嘟嘴說：「這個好看，可是另外一個也好看啊，小姐覺得呢？」

一旁的陸煙然正在練字，她有些無奈地看了一眼，覺得兩種花紋似乎沒什麼區別，但丫鬟們正雙目炯炯地往這裡看，等待自己的回覆。

陸煙然不知道該怎麼回答，只得說道：「妳們去問崔嬤嬤吧。」

崔嬤嬤正在屋外指使粗使丫鬟和嬤嬤打掃院子，想到她那嚴肅的神情，荔枝和葡萄連連搖頭。

見她們最後終於放棄詢問自己的意見，陸煙然又提起筆繼續練字。

日落時分，陸煙然去了福祿院，用完膳以後她還想坐一會兒，大郭氏卻早早要她回院子。陸煙然這才想起明日要去秀蘭閣，只得回玉竹院，比往日早半個時辰就寢。

夜裡除了更夫敲梆子傳來的聲音，再無其他聲響。烏雲蔽月，為晉康蒙上一抹陰鬱。

因為睡得早，第二日陸煙然起得比往常早一些，待她洗漱完畢後，丫鬟連忙送了早膳來。

用過飯，陸煙然進了內室，她走到梳妝檯前佇立片刻，猶豫了一會兒，拉開了抽屜。

抽屜裡有一把刀鞘上鑲著貓眼石的匕首，這是陸鶴鳴的，被她要了過來。

陸鶴鳴以為她是覺得這匕首好看，考慮了一下便給了她。陸煙然瞄了匕首一眼，隨即將它藏在腰側。不知道為什麼，她總覺得今日有些心神不寧。

剛剛收好東西，荔枝的聲音就傳了過來。「小姐，夫人院子裡的人又來催了！」

陸煙然讓丫鬟看好屋子，又對崔嬤嬤說了兩句話，便帶著荔枝離開院子。

從玉竹院出府，要經過一個園子，可是才剛走了一半，陸煙然突然停下了腳步。

荔枝有些疑惑。「小姐，怎麼了？」

陸煙然抿了抿唇，說道：「我去祖母那邊看看。」

鎮國侯府門前停著一架紅漆馬車，小郭氏坐在車內，想到自己的計畫，她既緊張又激動。

只要成功了，就沒人能擋她的路。

小郭氏正思索著自己的計畫是否有什麼疏漏，外面就傳來了夏柳的聲音。「夫人，大小姐來了！」

小郭氏心頭頓時一緊，掀開布簾看見陸煙然之後，還沒來得及高興，她的表情就變了。

繼女的身邊竟然跟著大郭氏！

見到大郭氏，小郭氏哪裡還坐得住，連忙下了馬車。

陸煙然正挽著大郭氏的手和她說話，剛走到大門口，小郭氏就從馬車上下來，嘴裡還念道：「煙然就是個小丫頭，娘怎麼還親自送她出門，這不合規矩。」

話落，小郭氏就用嗔怪的語氣對陸煙然說：「煙然，怎麼能讓祖母送妳呢？」

陸煙然聽了，輕輕用手晃了晃大郭氏的手臂，回道：「祖母不是送我，她也要去。」

什……什麼?!

小郭氏的神情瞬間有些僵硬。

大郭氏見她這個樣子，皺起眉道：「怎麼，我不能去嗎？」

小郭氏連連搖頭道：「當然不是。娘，您快上馬車吧！」

一旁的丫鬟連忙攙扶大郭氏上馬車，陸煙然見大郭氏吃力的模樣，不禁有些愧疚，不過想到自己要和小郭氏一道出門，她心中實在不踏實。

因為不知道上一輩子到底是誰害了她，所以就算繼母表現得再好，她也得防著。

馬車的車廂雖然不小，但是隨著夏柳坐了上來，車內只剩一個空位。

小郭氏見狀便說道：「煙然的丫鬟就別去了，這樣馬車內也寬敞一些，比較不悶。不過是去一趟秀蘭閣，很快就回來了。」

陸煙然心頭一凜。明明小郭氏這話沒什麼特別的，她卻覺得話中別有深意。

當然，陸煙然也知道自己可能有些過於緊張。

此時大郭氏就在她身邊，小郭氏肯定不敢做什麼，這麼一想，她就放心了些，不過她還是將荔枝喚了上來，說道：「不差荔枝一個。」

小郭氏還想說什麼，被大郭氏制止了。「就讓她跟著吧，車廂有窗，哪裡會悶？」

眾人皆坐好之後，車夫一揮鞭，車軲轆便轉動了起來。

誰也沒注意到，陸家的馬車離開之後，後面一架烏篷馬車就跟了上去。

第十八章　禍起東城

馬車行走得很穩，加上地面鋪著青石板，車廂內的人只覺得微微有些晃動。
陸煙然見大郭氏端端正正地坐著，看起來有些嚴肅，當即說話逗她開心。
大郭氏頓時露出笑容道：「妳啊妳，也不曉得是從哪裡知道這麼多稀奇古怪的事兒。」
祖孫倆談天說地，其樂融融，小郭氏卻覺得刺眼無比，默默捏緊了拳頭。她沒料到婆婆跟著來了，計畫忽然產生變化，她連忙想起對策。
因為太緊張，她的手過度用力，指甲在手心上嵌出深深的印子。
陸煙然正說了個字謎讓大郭氏猜，卻見她臉色突然變得有些難看，當即擔心地問道：「祖母，您怎麼了？是不是哪裡不舒服？」
大郭氏擺了擺手說道：「沒事，祖母這是老毛病了。」
小郭氏注意到兩人這番對話，她一見大郭氏的臉色，覺得機會來了。
這會兒她反倒不覺得大郭氏是個累贅，有了婆婆在，她反倒能把自己摘得乾淨。
「娘，您是不是又頭疼了？」小郭氏臉上滿是擔憂，連忙伸手在大郭氏的太陽穴上按了按。
她建議道：「娘，我們下車到外邊歇歇吧，透透氣。」
雖然大郭氏不喜歡這個兒媳婦，可是被她這麼揉了幾下，自己確實舒服了許多。

「下車就不用了，沒一會兒就到。」大郭氏拒絕了小郭氏的提議。

被人直接拒絕，小郭氏的嘴角有些僵硬，她索性對陸煙然說道：「煙然，快勸勸妳祖母吧。」

夏柳見自家夫人這麼說，當即附和。「老夫人、夫人，奴婢瞧見路邊剛好有一家茶館呢。」

陸煙然見大郭氏的臉色有些發白，便勸她：「祖母，這會兒還早，不會耽擱時間的。」

大郭氏嘆了口氣。「我只是頭有點悶，不是什麼大事。」

「祖母……」陸煙然還是不放心。

大郭氏見大孫女可憐兮兮地看著自己，只得應了。

小郭氏連忙讓兩個丫鬟攙扶大郭氏下馬車，又對陸煙然說道：「我們也快下去吧。」

陸煙然抿了抿唇，看了她一眼，隨後下了馬車。

才剛剛下地，陸煙然還沒走兩步，荔枝突然發出一聲驚呼。「小姐，小心！」

陸煙然心一驚，耳邊忽然響起馬兒的嘶吼聲，隨後一陣勁風朝自己撲來，她嚇了一跳，想往後退，然而腰間卻一緊，接著就被人重重往後一拋，險些昏過去。

她不知道發生了什麼事，其他人卻看得清清楚楚。

只見陸煙然才下車，路邊突然竄出一輛馬車，車夫一個彎腰直接抱起她，隨後將人拋進車廂內。

荔枝睜大眼睛尖叫了一聲。「小姐！」

突如其來的意外讓大郭氏傻住了，最先反應過來的是小郭氏，她見馬車離去，白著臉催促車夫道：「快！快點去追！」

隨後她又安慰起大郭氏：「娘，您別著急，車夫已經去追了，馬上就能找回煙然的！」

大郭氏臉色慘白，只覺得五雷轟頂，緊張道：「這到底是怎麼回事?!」

她不自覺地想往馬車離去的方向前進，然而還沒踏出步伐，人就暈了過去。

夏柳與荔枝趕緊攙著她，小郭氏立刻說：「快送老夫人去醫館！」

荔枝急得哭了出來。「可是夫人，小姐、小姐她……」

小郭氏瞪了她一眼。「車夫不是去追了嗎？要是老夫人出了什麼事，妳有十條命也不夠賠！」

荔枝發出一聲嗚咽，抹了一把淚，乖乖地跟夏柳扶大郭氏就醫。幸好旁邊就有一家醫館，沒一會兒便將人送了進去。

年方十四的荔枝不過是個丫鬟，發生這種大事，早已六神無主，她見老夫人已安頓好，便往外走去。

不料荔枝才走兩步，就被小郭氏叫住了：「妳做什麼？」

荔枝哽咽地說道：「夫……夫人，我要去報官！」

小郭氏橫著眉說道：「現在還不知道是怎麼回事呢，就要去報官？妳家侯爺就是官！」

話落，小郭氏轉頭對夏柳道：「將這丫頭看好了，我去通知侯爺！」

荔枝聽到這句話以後，總算是安心了些，然而臉上的淚卻怎麼也止不住。

小姐，您千萬別出事啊！

晉康的街道上人聲鼎沸，此時忽然有人大叫：「大家小心，有馬瘋了，快點讓開！讓開！」

一陣喧譁之後，道路上的人紛紛往後退去，剛一後退，一輛半舊的烏篷馬車就從人們身邊呼嘯而過，驚起無數尖叫。

有人驚訝地說：「這什麼人啊，竟然當街縱馬狂奔，快去通知守城士兵！」

街道上的紛亂尚未平息，車廂內的陸煙然也不好受，一股發霉的氣味縈繞在她鼻間，讓她有些想吐。

陸煙然之前被直接拋進車內，狠狠地撞到車廂上，身子痛得很，不僅如此，她的手也很痛。這輛馬車不僅破舊，做工也很粗糙，車廂內的木頭有許多毛刺，她的左手手心被刮傷了，痛得有些麻木。

馬車行進的速度很快，陸煙然才爬起身來，突然一個急轉彎，她的頭就撞上座位邊緣，疼得她眼淚都飆了出來。

這時候根本由不得她細想事情到底是怎麼發生的，她只知道，這天終於還是來了！

陸煙然想像過無數遍害自己的人會用什麼法子，唯獨沒想到一切竟是如此簡單粗暴——直接在街上搶人！

她抓住一旁的扶手穩住身子。不能坐以待斃，若是出了城，讓車夫將她藏到荒郊野外，那大家就是想找也找不到。

陸煙然攀著扶手站起身，拉開窗子將頭伸了出去，眼前的鋪子全都一閃而過，她根本就不知道到了哪條街？

咬了咬牙，她狠心往外一跳。

陸煙然已經努力地蜷縮著身子，然而馬車速度很快，這麼往下一墜，她只覺得身體狠狠一震，五臟六腑翻攪在一塊。

強忍著身子的疼痛，陸煙然從地上爬起來，吃力地往路邊的鋪子走去，但耳邊很快就響起馬兒的長嘯，顯然那車夫已經發現她跳下馬車。

陸煙然隨即朝鋪子奔去，用盡力氣朝老闆吼道：「救我！」

鋪子的老闆身強體壯，雖然沒反應過來是怎麼一回事，還是伸手扶住她。

陸煙然想也不想便摟住對方的手臂，才剛剛抱住，她的頭髮就被人扯住。

鋪子老闆臉色大變，怒道：「你幹什麼?!」

一道有些蠻橫的聲音響了起來。「這是我家逃跑的丫頭，你別給自己找麻煩！」

鋪子老闆聽了，頓時一愣。

陸煙然連忙回道：「這個人當街搶人，我根本不是丫鬟，我是……」

那個車夫沒給她把話說完的機會，他趁鋪子老闆愣怔的瞬間，直接將她奪過去扛到肩上，還順勢踢了鋪子老闆的腹部一腳，令他整個人摔到地上。

路邊的人見狀，當即出聲訓斥，可那車夫一臉凶惡，根本無人敢上前阻止。

車夫嘴邊閃過一抹不屑的笑，隨即扛著人往馬車走去。

陸煙然覺得身子像是散了架一樣，她忍住痛楚，沒讓自己昏過去，出聲說道：「你、你要錢還是要別的我都能給你……既然你特地抓、抓我，就知道我是誰，你有什麼要求我都能幫你，快、快放了我！」

因為此時的姿勢，陸煙然說起話來斷斷續續，話落之後，她察覺扛著自己的人身子忽然一頓。

就在陸煙然以為他被自己說動時，那人惡狠狠地說了一句：「別耍滑頭，不然吃虧的可是妳！」

說陸煙然不害怕是騙人的，她壓下想掙扎的想法，不再吭聲，而身體的疼痛也讓她有些恍惚，暫時無法思考。

「阿禪，你也真是的，家中又不是沒有箭，你為什麼非得自己費心費力地做？」一個身穿青色圓領外袍的俊秀少年，對身邊一個牽著小馬駒的少年說道。

聽了同伴的話，姜禪回了一句：「家中的箭太鋒利了，用來送禮不太適合。」

俊秀少年大吃一驚。「送禮？誰家送禮會送箭啊，你還是送別的吧！」

姜禪不為所動。娘親已經確定要收陸家那位小姐當乾女兒，這幾日備下了不少禮，不僅如此，還讓他準備自己最喜歡的物品當作禮物。

他沒什麼喜歡的東西，但是最近他都在練箭，索性親自做一把箭矢送給未來的乾妹妹。

這是他思考許久才想出來的，自然不會隨便更換。

俊秀少年見他面色冷淡，忍不住抱怨起來。他正說著話，突然發現前面一陣喧譁，接著便見旁邊的姜禪一臉驚詫。

姜禪看見了熟悉的雙丫髻與衣裳，不遠處那被人扛在肩上的小姑娘似乎是——陸煙然！

見到他們往一輛馬車走去，即便無法確認那小姑娘的身分，姜禪還是飛快地攀上一旁的小馬駒。

俊秀少年一驚。「阿禪，你去哪兒啊?!」

姜禪焦急地說道：「記住那輛馬車的模樣，帶著你的玉珮，請巡城守衛抓住前面那個男人，再叫他們封城，可疑人士一律不許出去！」

話落，姜禪見那個男人將肩上的人拋進馬車，頓時心中一緊，狠狠地踢了身下的馬兒一腳。

姜禪催促著馬兒，眼看就要追上那輛馬車，結果那長著一臉橫肉的車夫，發現身後有人追來，立刻往馬兒身上揮了一鞭，馬車隨即往前奔去。

姜禪臉色一變，絲毫不敢分神，騎著馬猛追。然而無論他再怎麼努力，都無法縮短距離。想到被擄的人很有可能是陸煙然，他就無比後悔自己挑生辰禮時，選了一匹小馬駒。

儘管如此，姜禪仍不放棄，轉眼間就穿過了幾條街。車夫察覺那人還跟著自己，眼中不禁閃過一絲惱怒。

「在那兒、在那兒！就是那輛馬車，快點攔住！」

「快將馬車停下！」

此時前方出現一隊巡城守衛，他們見到這輛馬車，當即攔在前面，想讓馬車停下來。

車夫臉上閃過一抹狠厲，手中的鞭子狠狠地往馬兒身上揮去，馬兒吃痛地發出一聲長嘯，加快速度往前衝。

「這個人是瘋子，馬也瘋了！快點閃開！」

「快閃開！」

面對車夫瘋狂的行徑，巡城守衛頓時亂成一團。

見到這個景象，姜禪氣得咬牙，可是他知道這些守衛也是血肉之軀，不能怪他們。他將腰間的玉珮往領頭守衛的方向一扔，喊道：「到你們司裡請求加派人手！」

過了兩條街，載著陸煙然的馬車又遇上一隊巡城守衛，雖然車夫再次成功逼退他們，他的臉色卻難看得不得了，心中暗罵：不是說不會有什麼麻煩嗎？

他知道人越多，自己就越難逃脫，見到前面出現胡同口，他眼睛一瞇，隨即駕著馬車往胡同口奔去。

騎著馬在後面追的姜禪頓時一驚，還沒來得及出聲，那馬車已經進了胡同。

姜禪只覺得心跳如雷。車廂只堪堪能從那胡同口通過，會出意外的！

他根本不敢想像會發生什麼事。追進胡同之後，前方傳來馬兒的嘶吼聲，只見那輛馬車已經停在胡同裡，去路被堵住了。

姜禪迅速躍下馬，往馬車跑去。見馬車兩旁的縫隙根本連一個人也過不去，姜禪又是心急，又是心驚。

「陸煙然！」姜禪出聲喊道，攀著馬車往車頂爬去。

上了車頂，爬到前方時，早已經沒了車夫的身影。姜禪往下一跳，轉頭掀開布簾——車廂內空無一人。

該死！

此時有巡城守衛發現了胡同裡的馬車，連忙跑了進去。聽到巡城守衛的聲音，姜禪隔著馬車沈著臉色喊道：「守住這塊區域！」

那個人沒了馬車，又帶著人逃命，絕對走不遠，況且目前城門嚴密守著，他不可能出得去，只要人還在城內，就一定能找到！

巡城守衛協力將馬車弄了出去，這才發現，原來在現場指揮的人是個十來歲的少年，雖然他稍顯稚嫩，卻是面容沈靜，自有一番氣勢。

姜禪有些著急，額頭上已出了一層汗，他打量了周遭幾眼，發現這裡是東城平民居住的區域，胡同口繁多，人口組成複雜。

正是因為他對此地不熟悉，所以才跟丟了人，不知那車夫逃到哪裡去？

「將城中的地圖給我。」姜禪看著巡城守衛領頭，直截了當地說道。

領頭的巡城守衛見他雖然年少，卻是貴氣逼人，知道他的身分不簡單，連忙拿出懷中的地圖。

護國公是戰功赫赫的大將軍，身為他的嫡子，姜禪的本領自然不差。

姜禪很快就在地圖上找到自己此時的所在地，他沈聲念道：「榔頭橋、西街入口、西子胡同……」

他一連報了好幾個地點，這些是巡城守衛每天會走好幾遍的地方，再熟悉不過。

守衛們正感到疑惑，便聽他說道：「這些地方全部讓人守住。」只要守得牢牢的，沒有人出岔子，那個歹人就出不去。

巡城守衛領頭將他報的地點串起來，當即反應過來這是要封鎖整片區域，這得花多少人力啊?!

姜禪見巡城守衛領頭露出一絲遲疑，立刻說明自己的身分，人群中隨即響起一陣驚呼。此時的姜禪顧不了周遭那些人敬畏的視線，他見胡同斜對面有個書攤，連忙走了過去。

得到了攤主同意之後，姜禪連忙拿起毛筆在宣紙上落筆。他在畫畫方面並沒有什麼天賦，只能粗略地畫出那個小姑娘的裝扮，隨後又照樣畫了好幾張，交給巡城守衛領頭。

一番囑咐後，姜禪讓一位巡城守衛去鎮國侯府詢問消息，滿心希望是自己看錯了。

儘管能做的都做了，姜禪還是待不住，讓三個巡城守衛跟著自己到處巡邏。

這片區域房屋密集，那車夫知道到處有人等著逮他，一定會藏起來，雖然知道自己這樣會打草驚蛇，可是要他這麼乾等著，他忍不了！

陸鶴鳴匆匆趕回鎮國侯府，剛到垂花門時，小郭氏一下子就撲到他身上哭了起來。

她外貌本就柔弱，此時哭得梨花帶雨，儼然一副深受打擊的模樣。

陸鶴鳴連忙問道：「梓彤，出了什麼事？」

小郭氏滿是愁容，看上去悲傷至極，她哽咽道：「侯爺……煙然被歹人當街擄走了！」

「什麼？」陸鶴鳴震驚不已：「妳快說說到底是怎麼回事！」

小郭氏道出事情的始末，說完之後她便埋怨起自己的不是，淚如雨下。

若是平時，陸鶴鳴必定會先勸她不哭，此刻他卻沒那個心思。雖然他和大女兒不親厚，可那到底是他的嫡長女；再說了，要是被嚴家知道的話……

陸鶴鳴心急如焚道：「讓下人們把嘴巴閉上，不要亂說，尤其不能讓文國公府的人知道！」

小郭氏哭得不能自已，抽抽噎噎地說：「侯、侯爺……都怪我，要是我出門多帶兩個小廝的話，那歹人必然不敢這麼做……都是我不好，要是煙然有什麼事的話，我、我……」

她話還沒說完，便身子一軟暈了過去。

第十九章　伺機而動

安置好小郭氏，陸鶴鳴讓家裡的下人出門找人，又要他們不要渲染，他不想讓護國公府知道，畢竟還沒成乾親就發生這種事，只怕姜家覺得不吉利。

吩咐完畢後，陸鶴鳴準備上馬車外出查探情況，結果還未上車，便見一巡城守衛向自己跑來。

巡城守衛認出陸鶴鳴，連忙詢問他府上的大小姐是否被擄走了？

陸鶴鳴微微頷首，讓巡城守衛隨自己上馬車，巡城守衛乘機將過程詳述一遍，陸鶴鳴這才得知，護國公府的世子出手了！

他的眼神瞬間一黯，知道這事瞞不住了。

東城的平民區內，官府已經在此地用帳篷設立簡易指揮所，姜禪正苦於一無所獲，就看見陸鶴鳴來到現場。

陸鶴鳴先打了聲招呼。「世子！」

姜禪心一沈，神色晦暗，輕聲問道：「是……是她沒錯？」

陸鶴鳴臉上閃過一抹悲痛，點了點頭。

見他點頭，姜禪眉宇之間有絲無措。他終究才十一歲，即便平時表現得老成，此刻也不知如何是好？他不禁感到懊悔，都怪他沒追上！

不過光是想這些，對事情並沒有幫助，姜禪僅僅低落了一下，便連忙詢問陸鶴鳴有沒有什麼對策？

陸鶴鳴向姜禪詢問具體情況，姜禪就將自己知道的都說了出來，只希望能早點抓住那歹人，救回陸煙然。

此時，某個胡同深處。

一名身強力壯的男人肩上扛著一位小姑娘，鑽進了一個院子。這是他的居處，但是因為太過破舊，附近的人都以為這裡沒有住人。

走進側屋，他將肩上那暈過去的人直接扔到一旁的軟榻上，隨後自顧自地忙起了自己的事情。

這麼大的動作，讓陸煙然醒了過來，她忍著身體的疼痛爬起身，結果對上了一雙毫無感情的眼睛。

男人見她醒了，冷聲說道：「不要亂動、不要說話，要不然我打死妳！」

陸煙然忍不住瑟縮了一下，可是接下來卻不由得瞪大了眼睛。

那男人原先虎背熊腰，可待他從肩背處取出布包扔到一旁後，身子看上去立刻比之前消瘦了許多。

取出墊身子的東西之後，他沒有耽擱，褪下外面穿的墨色袍子，換上一件青色對襟外袍。

陸煙然將他的一舉一動收進眼底，眼睜睜地看著他像是變了一個人，雖然外貌未改，可是若沒有看清楚他的臉，根本認不出是他。

一切的一切，都說明這不僅僅是預謀，還規劃得相當縝密！

「你、你放了——」

她話還沒有說完，屋內就響起「啪」的一聲，陸煙然整個人往一邊倒去，只覺得自己半邊臉頰瞬間麻木了。

「我說了讓妳不要亂動！」

陸煙然渾身一顫，用手抹去眼角的淚水，發誓自己一定要將這巴掌討回來。

男人見她安靜下來，發出一聲嗤笑，隨後翻起一旁的櫃子，接著將找到的東西往榻上一扔，說道：「換上！」

陸煙然身子一僵。

「快點，要不老子還打妳！」男人吼道。

她抿了抿唇，連忙脫下外面的褙子換上灰色的粗布外衫，因為腰側有那把匕首，她的動作不敢太大，結果又換來了男人一頓罵。

男人見她終於套上衣服，滿意地向她走來，陸煙然下意識地往後退了退，卻被他抓住頭髮。

頭皮上傳來一陣疼痛，不一會兒，她的頭髮就亂成了一團麻。

忙完這一切，男人絲毫不敢耽擱，他帶著陸煙然出門，威脅道：「妳別又耍花樣，否則受罪的是妳自己。」

陸煙然沒想到，這人竟敢光明正大地帶自己出門，她用眼神搜索起四周，希望找到能幫助自己的人，可惜路邊的人都只顧著做自己的事，沒人用正眼瞧她。過了兩個拐角，男人將她帶進一家大門半掩著的二進宅子。

在看到院子中某個人時，陸煙然的身子忍不住開始發抖，但她不是害怕，而是興奮！

不遠處的那個婦人生著一張圓臉，她的顴骨很高，加上一雙吊梢眼，給人的第一印象就是刻薄，此外她鼻頭上生著一顆黑痣，很是引人注目。

陸煙然怎麼會忘記這個人，就是她不顧路途遙遠，跋山涉水地將自己與其他人送去汝州，沒有什麼證據比這個更有說服力，她真的是陸煙然！

右廂房的門墩上坐了一男一女，見到男人帶著陸煙然進了院子，他們的視線飄了過來。

男人神色冷淡，將陸煙然往前一推，說道：「桃姊，這丫頭家裡窮，養不起，家裡人將她賣了，只要五兩銀子。」

「五兩銀子？你這是搶錢！」婦人一聽險些跳起來，怒道：「這丫頭這麼寒酸，哪裡值五兩銀子？」

她邊說邊打量起陸煙然，只見她半邊臉頰腫得有些嚇人，不過眉眼精緻，倒是個好苗子。這麼一想，婦人連忙說道：「給你三兩銀子。」

男人立刻應了一聲「成交」，他本來就不是為了錢。

桃姊問道：「身分文書呢？」

男人頓了一下，回道：「忘了，妳到時候替她弄一個不就行了。」

桃姊聽了，罵了他兩句。

陸煙然在一旁看著自己被賣，卻只能努力將男人的模樣印進自己的腦子裡。此時反抗，根本沒有任何作用。

因為去汝洲的路途遙遠，上輩子的她因而病得高熱不退，燒得忘記了往事，只知道桃姊就是那個賣掉她的人，如今她即將遭遇同樣的事……

手悄悄碰上腰側那把匕首。陸煙然很想趁這個時候報那一巴掌之仇，不過她忍住了，這麼做非但不能傷到那個男人，桃姊還會提高對她的警戒心，得不償失。

陸煙然此刻的眼神過於炙熱，惹來了男人的注視，他說道：「你們要明日才送人離開吧？這丫頭妳可得讓人看好了，一定要將她送走，要是跑回家的話，她爹娘肯定會找我算帳。」

桃姊揮了揮手道：「得了，哪次出過狀況。」

陸煙然心一沈，要自己絕對不能慌，陸家的人肯定會救她——這個想法剛剛冒出來，她的身子便瞬間僵住。

要是能救出她，就不會遭遇上輩子的事了，她終究只能靠自己！

「還愣在這兒幹什麼？趕緊進屋裡去！」見她還站在原地，桃姊冷聲訓斥道。

陸煙然抿了抿唇，伸手抓住她的袖子說：「我不是……」

然而她話還未說完，桃姊就直接甩開她的手，怒罵道：「妳這死丫頭幹什麼呢，我的衣裳都被妳弄髒了！」

見到桃姊這個反應，陸煙然不禁在心中嘲笑起自己。是了，上輩子生病時，這個人是怎麼對待自己的，怎麼能奢望她放了自己呢？

這個叫桃姊的婦人有個嗜好，只要把握機會，她肯定有辦法逃，不僅要逃，她還要把上輩子受的苦討回來！

在門墩上坐著的女人帶陸煙然進屋，女人十分不耐煩地說了幾句話，就出了屋子。一旁的床榻上擺了許多姑娘家的衣裳，看起來是專門準備的。陸煙然沒有耽擱，連忙換起衣裳。

由於陸煙然身上有傷，即便只是換衣裳，也讓她痛出了一身冷汗，她咬著牙才沒發出聲音。

為了不讓匕首被發現，陸煙然挑了一身襖裙，腰間遮得很嚴實，換了衣裳、洗漱過後，她才被帶到桃姊那裡。

陸煙然很明顯地感覺到桃姊在打量自己，下一刻桃姊就說：「果然順眼了不少，妳以前有沒有伺候過人？」

陸煙然睫毛顫了顫，低聲道：「我常給爹娘捶背捏肩，有時候還會照顧弟妹。」

來了。

前世的陸煙然即使生病，也曉得桃姊最愛找被賣掉的小姑娘服侍自己，每當這個時候，桃姊都會很放鬆。

「喔？」桃姊挑了挑眉道：「那妳快來給我捏捏。」

陸煙然應了一聲「是」，連忙走到她身後為她捏肩。她身上有傷，一用力就會痛，然而她緊咬著牙關，知道這不是最好的時機，必須先忍耐。

桃姊滿意得不得了，每次被這些丫頭伺候，她就覺得自己像是大戶人家的夫人，有種說不出來的滿足感。

距離陸煙然被擄走，已經過了兩個時辰。

指揮所內，陸鶴鳴與姜禪商量出了決策，除了每個地方有專人守著，還派幾隊巡城守衛挨家挨戶地搜索。

姜禪不放心，囑咐巡城守衛一定要仔細。他轉過身，見陸鶴鳴正在原地不停地轉著圈，不由得皺了皺眉，不過他沒說什麼，騎著自己的小馬駒離開了。

晉康共有四個城門，他要親自去吩咐眾人不能懈怠。

陸鶴鳴心裡有事，根本沒注意到姜禪離開。他有些埋怨護國公世子把事情鬧得這麼大，怕是瞞不住嚴家的人了。

就在陸鶴鳴這麼想時，一架馬車疾駛了過來，他一皺眉，就見馬車停在離他幾步遠的地方。

他身旁有兩個守衛，正準備出聲，只見馬車上下來一個人，守衛們認出了他，連忙齊聲叫道：「嚴大人！」

陸鶴鳴眼皮跳了一下。

來人正是文國公府世子，嚴謹，如今恰好而立之年，任職吏部侍郎。嚴謹家世尊貴，自身也是儀表堂堂，向來斯文溫和的他，此時一張臉卻冷得像冰塊。

陸鶴鳴看著前大舅子，心中打起了鼓，但同時有些慶幸來的人不是前二舅子，他的脾氣可比嚴謹火爆多了。

嚴謹看了陸鶴鳴一眼，瞇了瞇眼睛道：「侯爺可真是好本事！」他向來比較沈默寡言，簡單幾個字，已經能說明他此刻有多麼憤怒。

陸鶴鳴一聽嚴謹這麼說，知道他已經曉得此事，雖然不甚情願，他還是愧疚道：「此事非我所願，我——」

話還未說完，臉上就傳來一陣劇痛，陸鶴鳴的身子生生被這力道擊得往後退了幾步，他眼中不禁閃過一絲怒火。

文國公府雖然當了一個「文」字，卻改變不了武將起家的事實，所以嚴謹雖然斯文，卻不是文弱書生。

嚴謹冷道：「先別說這些有的沒的，將然然找回來了再說。」

嚴蕊與嚴荔是他的親妹，也是家中兩老的心頭寶，兩個妹妹小了嚴謹幾歲，都是自小寵到大的，沒想到嚴蕊會遇到陸鶴鳴這麼一個人。

陸煙然身為妹妹的獨女、他的外甥女，文國公府自然牽掛至極，若不是在衙中聽人說了兩句，他還不知道竟然發生了這麼大的事情！

嚴謹沒敢告訴家裡的人，母親盼望著見外孫女已久，妹妹也是日夜掛念，若是出了什麼事，他根本不敢想會有什麼後果？

喚過一旁的巡城守衛詢問情況後，嚴謹不僅加派人手協尋，還將搜查範圍擴展到了城外。

陸鶴鳴站在一旁，百感交集。

越來越多巡城守衛在路上盤查，區域內的平民皆以為發生了什麼大事，戶戶緊閉門窗，連頭都不敢探出去。

一個破舊的宅子內，男人一臉鬱悶，想到自己剛剛險些被巡城守衛撞見，氣得踢了踢牆壁。

那個金主還說一切安排妥當，只怕自己是落套裡了吧？不過他倒不擔心，只要那丫頭被送走就沒事了。

這麼一想，他連忙進了房間，隨後藏進暗室。男人摸黑躺在雜草堆上，打算等風聲過了再出去。

二進宅子外，一個年輕婦人推開門跑了進去，將門關上後，便往正屋衝去。

陸煙然正專心地替桃姊揑肩，便見婦人邊跑邊焦急地喊道：「桃姊，不好了、不好了，好多巡城守衛在搜家啊！」

「什麼?!」桃姐當即站起身道：「怎麼回事？」

婦人忙說道：「我也不知道是怎麼回事，只聽說有大戶人家的小姐弄丟了，到處在找人呢！」

桃姊心頭一跳，忍不住看了陸煙然一眼。今天這丫頭剛來，外面就在找人，難道……察覺到自己的想法，桃姊不禁覺得有些好笑。大戶人家的小姐？絕不可能是這個丫頭！不過他們終究不是經營正當生意，桃姊這會兒也顧不得讓陸煙然為她捏肩，連忙讓人將她帶下去。

陸煙然被人送進地窖，她萬萬沒想到地窖的入口，會是院子裡那口枯井。上輩子，她是不是也在這裡待過？

陸煙然下了井之後，上面的人便取走了梯子，隨後井口被什麼東西蓋了起來。她抬頭看了看，只看到幾縷陽光透過縫隙灑了下來。

如今陸煙然不慌了，相反的，她心中還隱隱有些期盼。上一世因為失去記憶，她總覺得自己像是沒有過去的人，如今即便現況不好，她也正將自己的過去一點一滴地拾回來。

枯井下方的空間不小，陸煙然準備觀察四周的環境時，一道訓斥響了起來。

「喂，妳還愣在那裡幹麼？趕快過來！」是一個男人的聲音。

陸煙然尋著聲音看去，這才發現井洞最深處有幾道黑影，因為有些暗，她之前並未注意到。

「快過來這裡！」男人的聲音又響了起來，隨後傳來窸窸窣窣的聲音，井壁上亮起了燭火。

陸煙然這才看清楚，除了一個高大強壯的男人，這裡還有幾個小姑娘。小姑娘們低著頭，一個挨著一個坐在雜草堆上面，其中有兩個人偷瞄了自己一眼。

見男人瞪著自己，陸煙然快步走了過去，學著其他人的動作，坐在雜草堆上。

男人打量了她幾眼，見她臉頰微腫，皺起了眉，嫌棄地說道：「怎麼連這樣的貨色也送進來了。」緊接著他又說道：「妳們給我好好待著，別吵著我休息！」

話一說完，他就在不遠處鋪著一床褥子的地方躺下。

陸煙然沒敢說話，默默靠在身後的井壁上，背上傳來鈍痛，她只皺了皺眉，就閉上眼睛。

井下靜謐無聲，不知道過了多久，外面突然變得吵雜，像是有人踏著整齊的腳步靠近。

「你們是做什麼的？有沒有見到可疑的人？」

「唉呀官爺，這是發生了什麼事？我們可是遵紀守法的人家啊！」是桃姊的聲音。

上面的人還在說話，陸煙然集中精神聽了談話內容，當即睜大了眼睛。是巡城守衛！她又是驚喜又是後悔。早知道有巡城守衛在搜查，還沒被塞進井裡時，她就該把握機會！

還不待她有什麼動作，就有人先動了起來，井裡的男人眼睛一瞪，掐著那亂動的小姑娘低聲說道：「不許動，誰動我就掐死誰！」

井下都是些年紀不大的姑娘，她們頓時被男人的話嚇得不停地發抖，不敢發出任何聲音。

看著那男人掐著小姑娘的脖子，陸煙然的手不自覺地摸到了腰間，就在此時，那男人突然鬆開了手裡的人，看向陸煙然。

陸煙然身子一顫。

男人的眉頭皺成了一個川字，盯著她小聲說道：「看什麼看，小心我把妳的眼珠子挖出來！」

聞言，陸煙然連忙低下頭。她的個子還不到男人的胸膛，他要收拾她簡直是易如反掌，引不來巡城守衛不說，自己還要吃大虧。

現在不是最佳時機，逆襲的機會仍舊在桃姊身上！

第二十章　對抗宿命

此時井下的動靜，院子裡的人根本毫無所覺，巡城守衛將每間屋子都搜查了一遍，沒有發現可疑的人。

「世子爺，沒有！」

姜禪正在查看院子，聽到巡城守衛的話，露出失望的表情。

桃姊心頭一鬆，連忙說道：「各位官爺，都說了我們是正經人家，哪裡敢做什麼壞事啊！」

姜禪看了她一眼，皺緊了眉，接著視線突然落在某處。

桃姊順著他的角度看去，是那口枯井的方向，她心跳如雷，正準備說話，便見那小公子指了指屋簷下的棚子，問道：「那些缸子裡面裝的是什麼？」

缸子很大，差不多有成人的腰那麼高。

桃姐趕緊說道：「裡面裝的是酒呢，準備明天運走的。」

「去看看！」姜禪說道。

一名巡城守衛走過去查看，只見棚子下整整齊齊地放了近二十個缸子，他一一掀開蓋子查看，發現裡面果然都是酒。

桃姊哭喪著臉說道：「你們這樣酒氣都散了，到時候不好賣了！」話落，她連忙招呼自己的人將缸子蓋起來。

還是沒有發現……姜禪臉色一沈，帶著巡城守衛去了下一家，完全沒想到自己要找的人就在這個院子的枯井下。

人一走，之前來報信的婦人立刻跑去栓上大門，鬆了口氣道：「真是太嚇人了！」

桃姊沒好氣地瞪了她一眼道：「妳這膽子也太小了！」

搜查到第二日凌晨，巡城守衛才將這個區域盤查完畢，然而還是沒找到人。

嚴謹在指揮所守了一夜，沒等到外甥女，臉色難看到了極點。

陸鶴鳴昨夜以擔心母親為由回到鎮國侯府，此時又匆匆趕來，人才剛到，就接收前大舅子冷厲的眼神。

他心中有些不悅，忍不住說道：「嚴大人，這件事怪不了我，瞪我也沒用！家中老母和妻子因為擔心煙然都哭得暈了過去，我們不比你們擔心得少！」

嚴謹冷笑了一聲。若不是為了外甥女，他根本不想跟這個人有所牽扯，深吸了一口氣，只淡淡說了一句：「若是然然找不回來，文國公府絕對不會善罷甘休。」

陸鶴鳴臉色一沈道：「煙然是我的女兒，沒有誰比我更想將她找回來！」

兩人之間的空氣像是凍結了一般，此刻騎著小馬駒前來的姜禪碰巧打破了僵局。

嚴謹見他到來，神色緩和了一些，出聲問道：「世子，怎麼樣？」

姜禪從昨天忙到今天，即便中間歇了一會兒，他的內心仍不安穩，見嚴謹詢問，他連忙回道：「城門處盤查嚴密，那人絕對還在城內！」

陸鶴鳴說道：「可是找了這麼久都沒找到，會不會……」

姜禪皺眉。布防這麼周密，人絕不可能離開晉康，他篤定地說道：「再查就是。」

嚴謹思索了一會兒後，說：「讓士兵們脫下兵袍，三人一組，悄悄盤查，發現不對勁再招呼其他同伴。」

姜禪的眼睛頓時一亮。是了，他們擺出這麼大的陣仗，指不定那人聽到風聲，就藏到不易尋找的地方了。他立刻要六個巡城守衛照辦，組成兩支隊伍進了胡同。

嚴謹替剩下的巡城守衛劃分了區域，一組一組地進入各個胡同，最後他見陸鶴鳴還在此處礙他的眼，只覺得厭煩至極，索性將他當作空氣。

當初文國公府不和鎮國侯府計較，是因為有然然這個外甥女，若是……

嚴謹垂首想著，剛一抬起頭，便見到前方有一輛馬車行駛而來，他的神色瞬間一僵。

陸鶴鳴有些不明所以，順著嚴謹的視線看去，只見馬車上下來一個人，那人穿著淺色襦裙，頭戴帷帽，身姿綽約。雖幾年未見，可是曾為夫妻，他哪裡不認得，當即胸口一震。

嚴謹快步走了過去，有些嘶啞地開口。「妳……妳怎麼來了？」

嚴蕊聽見自己大哥的聲音，身子一抖，微顫道：「大哥，這不是真的，對不對？」

看妹妹這個樣子，顯然已經知情，嚴謹知道自己再也瞞不下去，只得說道：「妳放心吧，會找回來的，一定會找回來的！」

嚴蕊不禁握緊了拳頭，此時一陣風吹過，撩起她帷帽上的青紗，也讓她看見了不遠處的陸鶴鳴。眸中閃過一絲恨意，嚴蕊邁步朝他走了過去。

陸鶴鳴心中不知是何滋味，站在原地不動，等待那人走過來。

兩人六年前和離之後便未曾見面，後來嚴蕊更是去了寺廟帶髮修行。大越國的女子可以改嫁，她卻沒這麼做，連他都聽說了不少閒話。

沒有改嫁，是不是因為還放不下自己？若是如此，當初為何要與他和離？

陸鶴鳴的神情複雜，正準備說話，「啪」的一聲響起。繼昨天之後，他的臉頰再次傳來一陣疼痛。

「嚴蕊！」陸鶴鳴有些憤怒。沒想到都到這般地步了，她還敢在自己面前撒潑。

嚴蕊揭開帷帽，一張明媚的臉此時冷若冰霜。

陸鶴鳴微微一怔，前妻並不如他想像中憔悴，反倒比以往更有氣質。

因為太過用力，嚴蕊的手有些麻木，她看著陸鶴鳴說道：「當初我便說過，此生不復相見，我來了，你還不快滾！」

陸鶴鳴怒道：「妳！」

他還想說些什麼，但看到嚴謹正瞪著自己，便轉身叫了兩個巡城守衛護送自己離開。

嚴謹看到妹妹這副模樣，只覺得心疼不已，連忙過去勸她。

嚴蕊輕聲低喃道：「大哥，當初和離時，他說會照顧好煙然，但是……但是如今……」

聽到這些話，嚴謹的鼻子有些發酸。

外甥女畢竟上了別人家的族譜，他們文國公府就算再有面子，也不能將外甥女強奪過來，這不僅有違倫理，也違反世家的規矩，可是……再不能這樣了。

一夜過去，井口的東西被移開，井裡霎時變得明亮，梯子也放了下來。

「昨兒來的那個丫頭，快點上來！」

巡城守衛離開後不久，井裡的男人就出去了，昨天的晚膳和今天的早膳是擱在一個簍子放下來的，此時井下只有那幾個小姑娘跟陸煙然，總共六個人。

昨夜她們睡在雜草堆上，只有兩床薄褥子，陸煙然覺得自己可能有些受涼，因為身子隱隱發熱，然而聽人叫她，她就覺得機會來了，連忙順著梯子往上面爬去。

見她爬出井口，一旁守著的人瞪了她一眼，說道：「快點進屋裡去。」

陸煙然很聽話地朝正屋走去。

桃姐此時正在吃果脯，見她來了，打量了她兩眼，暗自點了點頭。這個丫頭雖然年齡不大，卻十分識時務，知道自己被賣了，不吵也不鬧，不像其她姑娘一樣讓她不省心。

雖然很是滿意，桃姊嘴上仍提點了幾句，無非是讓她聽話、以後有好日子過之類的。

陸煙然一直低著頭，身側的手捏得有些緊。之前擄了自己的歹人將她賣三兩銀子，入雲閣的秦嬤嬤則花二十兩銀子買走她。

堂堂侯府的嫡小姐，竟然淪落至此……真是好笑。

過了一晚，究竟是誰要害她，她心裡已經有了底，若是能逃出去，她絕對要讓這些人後悔曾經這麼對她！

「欸，我和妳說話呢，聽見沒有？」桃姊喊道。

這一聲讓陸煙然回過神，連忙點頭稱是，雖然她根本不知道對方說了什麼？

桃姊滿意地笑了，將一個果脯扔進嘴裡，不知道是否太酸，她的眼睛瞇得都看不見。

「快，再過來給我捏捏肩！」

陸煙然乖巧地走了過去，替桃姊捏起了肩。

肩上傳來適宜的力道，桃姊一臉享受地說：「妳還真有一套，看來妳爹娘沒少讓妳伺候，桃姊我啊，一定將妳賣個好價錢。」

陸煙然低著頭沒回應，面色平淡。

過了沒一會兒，昨日坐在門墩上的男人便前來詢問：「桃姊，船今日申時就要走了，我們還是早點做準備吧？」

桃姊點了點頭，揮手道：「行，小心些啊！」

「好，妳放心吧！」

聽著兩人的對話，陸煙然心中有了打算。沒多久，宅子裡的人動了起來，一共有五男三女在院子裡忙活著。

陸煙然悄悄地往外偷瞄，只見他們將棚子下的缸子搬了出來，她正猜想這是在幹什麼，接下來她的手就一頓——

一、二、三、四、五、六，剛好六個缸子。難道要將她們放在酒罈裡面運走？她覺得有些不可思議。

「快捏啊，別偷懶。」察覺肩上的力道消失了，桃姊有些不滿。

陸煙然應了聲「好」，默默等待時機到來。

院子裡的人正在忙碌，桃姊時不時地指點他們兩句，突然間，她感覺到頸間一涼，隨後傳來一陣刺痛，她不禁發出驚呼。

「桃姊，小聲點，不要亂動，匕首很鋒利的。」陸煙然怕桃姊掙開，所以毫不手軟，一出手便將匕首用力抵住她的脖子，另一隻手隨後環住她的肩。

「妳、妳想幹什麼？我、我跟妳說，妳可不要惹我，院子裡的人三兩下就能收拾妳！」桃姊咬牙說道。她沒想到自己竟然被一個小丫頭給算計了。

原本她以為這番話會讓陸煙然膽怯，沒想到她非但不害怕，匕首反倒更用力地抵住她。

陸煙然輕聲說道：「沒關係，他們的動作沒有我的匕首快，妳若是覺得我年紀小、力氣不大，想要掙開我，可以試試看。」

桃姊臉色一白，不敢輕舉妄動，因為她很明顯感受到頸間的血順著脖子流了下去。

這下桃姊是真的怕了，她不敢喊外面的人來幫她，只得縮著脖子說道：「妳、妳想幹什麼，我都答應妳！」

「低下身子，往外走！」陸煙然比桃姊矮多了，她絲毫不敢鬆懈，手中的匕首死死地抵著桃姊的脖子。

桃姊白著臉起身往外走，發抖道：「別、別用力……」她覺得血似乎流得更多了。

院子裡的人起初還未察覺不對，直到兩人下了石階，才有人怒斥道：「快點放開桃姊！」

陸煙然穩穩地握著匕首，說道：「讓他們將門打開。」

桃姊連忙說道：「聽、聽她的。」

院子裡的人猶豫了一下，隨即想到，桃姊在汝州那個凶神惡煞般的老相好，若是她出了事，他們幾個也別想活下去了。衡量利弊之後，其中一人連忙跑去打開宅子的大門。

明明距離很短，但是包括陸煙然在內的人皆是膽顫心驚，好不容易走到大門處，瞥見其他人跟到了垂花門，陸煙然當即說道：「別跟上來！」

幾個人頓時僵住，只能眼睜睜地看著她挾持桃姊出了宅子。

前襟一片濡濕，桃姊能聞到血腥味。沒想到這個死丫頭竟然真的什麼都不害怕！

她在心裡不停地咒罵著，嘴上卻軟聲說道：「妳、妳都出來了，就將我放了吧，妳要走就早說啊，我放妳走就是了！」

陸煙然不為所動，走到拐角處之後，她用盡全身的力氣推開桃姊，隨後便轉身逃跑了。

桃姊被推得直接撲到地上，她顧不上痛，大聲喊道：「你們快點追上那個死蹄子！」

那些正在門後觀看的人聽到這聲怒吼，連忙衝了出來，見到桃姊撲倒在地，皆是大驚失色，其中一個男人連忙去扶她。

桃姊一把推開來扶自己的人，臉上滿是怨毒之色，催促道：「去！趕快去，就是這個方向，將她給我抓回來！」

一高一矮兩個男人連忙稱是，朝她指的方向追了過去，其他人則扶著桃姊起來，帶她回去療傷。

推開桃姊逃走的陸煙然，顧不得身子有多痛，拚了命地跑著，她大約記得之前那個男人帶自己走的路，根本不敢往那邊去，而是選了一條反方向的路。

然而此處胡同眾多，她完全不知道該往哪裡走，只能隨意亂跑，沒多久，耳邊就響起一陣叫罵聲。

「在那兒！快點追上去！」

「那個死丫頭在那裡，快追！」

陸煙然不用回頭就知道那些人追了上來，她喘著粗氣，咬了咬牙，趕緊朝左邊轉去，過了拐角後，就見到一間宅子的大門半掩著，她想也不想就往裡面奔去。

身後追著她的兩個男人沒多久就到了拐角處，豈料不過一瞬間，就沒了陸煙然的人影。

高個兒的男人嘴裡發出一聲咒罵：「那死丫頭怎麼跑得這麼快！這下我們往哪兒追？」

他身旁的矮個兒男人往前走了幾步，看了看四周，接著指了指不遠處那間宅子的大門，只見上面的門環還在晃動。

那高個兒男人冷笑著說道：「走，進去看看！」

這間宅子不過一進，一走進去，便能將整間宅子盡收眼底。

矮個兒男人站在院子中央喊道：「妳別藏著了，我們知道妳在這裡，快點滾出來！」

宅子的主人被喊了出來，竟是一個年輕的婦人和文弱書生，書生裝扮的人見到兩個粗莽男人出現在家裡，趕緊將自家娘子拉到身後護著。

高個兒男人冷著臉威脅了他們一番，指使同伴進屋找人。

屋子不大，矮個兒男人沒一會兒便搜完了，他走出來搖了搖頭道：「沒有！」

兩個男人臉色難看，準備離去，結果走了兩步，矮個兒男人就看到院子角落有個大大的乾草堆。

「去看看！」高個兒男人說道。

還……還是逃不掉嗎？

陸煙然很清楚地感覺到自己的身體有些發燙，她的身子軟得不得了，再也沒有力氣逃跑，聽到腳步聲越來越靠近，她忍不住咬緊了牙根。

之前她還信誓旦旦地想要將自己以前受過的罪都討回來，然而在這種情況下，她明白那不過是妄想罷了。

上一輩子，她是不是也是這樣？逃掉了，結果又被抓回去。

難道這是宿命嗎？

陸煙然的神思有些恍惚。她閉上眼睛，聽見外面一陣喧譁，身子控制不住地顫抖起來。耳邊響起窸窸窣窣的聲音，身上的乾草被人移開——

完了。

她眼眶中的淚，再也忍不住地流了下來。

第二十一章　平安獲救

陸煙然預想中的事情沒有發生，過了許久，她不禁睜開眼睛，眼前確實站了一個人，但是因為背著光，她根本看不清那人的樣子。

此時的陸煙然蜷縮在乾草堆裡，半邊臉頰明顯有些發腫，眼眶微紅，看上去可憐兮兮。姜禪從不知道「心疼」是什麼感覺，然而看著眼前的小姑娘，他的心頭有些發酸，想到她之前那靈動的模樣，不捨的感覺更加強烈。

他蹲下身，眉眼之間的清冷盡散，不過他根本沒什麼哄人的經驗，只小聲地說了一句：「別怕，沒事了。」

姜禪的嗓音依舊有些嘶啞，但此刻聽在陸煙然耳裡卻猶如天籟，她的眼前豁然開朗。

陸煙然輕聲地喊道：「世、世子？」

姜禪應了一聲，撥開陸煙然頭上的乾草，隨後毫不猶豫地將她抱了起來。

他雖然才十一歲，卻長得很高，力氣也不小，抱起陸煙然來再輕鬆不過。看著懷中的陸煙然，姜禪才發現她好小一個，當初她究竟是如何將自己從水裡救起來的？

陸煙然被抱起來以後，嘴裡發出一聲悶哼，此刻身上傳來劇痛，疼得她快哭出來了。之前為了逃命，她像是忘了身上的傷一樣，此時那些痛楚驟然甦醒。

她抓住姜禪的衣襟，頭埋進了他的胸前。

姜禪自然發現了她的異樣，他連忙低頭向懷裡看去，問道：「怎麼了？」

陸煙然搖了搖頭，回了一句「沒事」，隨後揚起頭，見方才追著自己跑的兩個人被圍住，她臉上微微一白，對上姜禪的眼睛，說道：「他們還有人。」

姜禪點了點頭。他認出其中有個男人在某間宅子見過面，立刻回道：「妳放心吧，我會將他們全部抓起來的，還有那個擄走妳的人，我也不會放過。」

陸煙然鬆了口氣，小聲應了一聲「好」，接下來她再沒力氣說話，窩在姜禪懷裡休息。本來以為又要墜入阿鼻地獄，結果幸運被人救了，陸煙然只覺得自己的心口脹脹的，漾滿了一股說不出來的情緒。

姜禪見她沒什麼活力，擔心不已，讓巡城守衛將那兩人綁好後，便直接帶著她離開。

嚴蕊面色蒼白地等候著，此時嚴謹忽然驚喜地喊道：「蕊兒！」

他只叫了一聲，就連忙往姜禪的方向走去。

嚴蕊反應了過來，她摘掉頭上那遮擋視線的帷帽，跟著大哥的腳步跑了過去，見到安穩地待在少年懷中的女兒，頓時淚如雨下。

嚴蕊擦乾眼淚，出聲說道：「給我吧。」女兒已經找回來了，她不能再哭。

姜禪有一瞬間的猶豫，因為他知道她們母女倆的關係似乎有些僵。

「放我下去吧。」就在他遲疑的時候，懷裡的人開口說話了。

姜禪先是一頓，接著就放陸煙然下去，因為不放心，他將她放在地上後，還是用一隻手半攙著她。
本來已經止住淚水的嚴蕊看見女兒這個樣子，情緒再次崩潰，無法忍住眼中的淚水。
嚴謹也是眼眶微紅，他欣慰地說道：「回來就好，趕緊回府！」
嚴蕊連忙點頭道：「然然，別怕，沒事了，大舅舅和娘帶妳回府。」
聽到他們的話，陸煙然稍稍猶豫了一下，便微微頷首。
見女兒同意，嚴蕊險些又要落淚，她想過去扶她，然而才剛剛觸到衣角，女兒卻突然轉過身，讓她的手頓時落空。
陸煙然的臉色有些發白，她看著姜禪說：「那間宅子的枯井下有人；還有，你說過要幫我抓住那個人的。」
姜禪見她一雙清澈的眼睛看著自己，點了點頭道：「妳放心，我會抓住他的。」他知道她說的是誰。
陸煙然抿了抿唇，往馬車的方向走去；嚴蕊護著女兒上了車，嚴謹不放心，叫了兩個巡城守衛跟上。
車軲轆剛轉了兩圈，就傳來一道聲音。
「停下！」
馬車裡的嚴蕊認出那是誰的聲音，立刻開口說道：「不用管他。」
話落，她忍不住看了女兒一眼。畢竟那人是女兒的爹，這些年女兒都養在陸家，她不需要理會那個人，卻得顧忌女兒的感受。

女兒從上了馬車後便靠著車壁假寐，好似她這個娘不存在一樣，嚴蕊心裡難受，更心疼女兒受苦，她想靠女兒近一些，卻不希望她不高興。

如今外頭一傳來陸鶴鳴的聲音，女兒就睜開了眼睛，儘管嚴蕊不情願，她還是說道：「停一下。」

聽見嚴蕊說的話，陸煙然看向她，母女倆的視線正巧撞在了一起。

面前這個女人紅著眼眶，明明相貌生得極好，眼神卻失去了光彩，只剩下自責和擔心。

陸煙然不知道自己該用什麼樣的態度面對她？上輩子她已經長到十八歲，比這個親娘小不了多少，她沒辦法像小孩一樣說忘就忘。

然而此時看著她悲痛不已的模樣，陸煙然心生不忍。前世自己就此失蹤，再沒回到晉康，她……又是什麼心情？

陸煙然沒再往下想，因為陸鶴鳴又在外面喊了起來。

見馬車停下，陸鶴鳴追上去站在車廂外，即便嚴謹正站在旁邊面無表情地看著他，他也沒有退讓。

陸鶴鳴心中又何嘗不恨？當初與嚴蕊和離，不少人在背後笑話他，但凡嚴蕊大度一些，兩個人也不會鬧到如今這個地步，該怪誰？

馬車內一片安靜，陸煙然突然出聲問道：「為什麼要停下來？」

嚴蕊有些驚訝，不知道她為什麼會這麼問，只得說道：「妳爹……」

見嚴蕊這個樣子，陸煙然眼中閃過一絲嘲諷。她怕是以為自己和陸鶴鳴感情很好吧，可是世人常說「有了後娘就有後爹」，她沒想過自己可能會過得不好嗎？

嚴蕊確實沒想到。當初她離開陸家時，陸鶴鳴與大郭氏都曾許下承諾，會好好照顧陸煙然；至於小郭氏，有嚴家在，想來她沒那個膽子敢對陸煙然不好。若非如此，即便不合禮法，她也會將女兒搶走。

然而，平時看上去柔弱無害的人若是狠下心，只怕會做出更瘋狂的事情。

被關在井下時，陸煙然就思考過了，害自己的人除了小郭氏，不會再有別人。她瞇了瞇眼睛，掀開布簾，半個身子探出了車廂。

一旁的嚴蕊看見陸煙然的舉動，完全沒打算攔她。

陸鶴鳴看見大女兒先是一喜，可接下來見到她那副模樣，不禁在心裡暗罵：好個歹人，簡直不將他們鎮國公府放在眼裡！

「煙然，快下來吧，妳祖母和妳母親都擔心死了，爹帶妳回府。」陸鶴鳴看著大女兒說道。

大女兒在陸家長大，對文國公府根本沒印象，與前妻更是沒什麼感情，所以他深信她不會拒絕這個要求。

陸煙然看著陸鶴鳴，眨了眨眼睛。她有一副好相貌，自然也有這個爹的功勞。此時的他穿著天青色的圓領外袍，看起來成熟俊朗，他在瞧見自己的時候，很明顯地鬆了口氣，卻完全沒有一個丟了女兒的爹該有的反應。

見陸煙然還在馬車上，陸鶴鳴以為她哪裡不舒服，便準備上前抱她下車。

「爹，您抓住那個歹人了嗎？」陸煙然突然說道。

陸鶴鳴一愣，隨即回道：「已經抓住了。」

雖然和大女兒的關係不是很親密，可看著她狼狽的樣子，他的語氣還是一軟。「煙然，妳放心，爹一定會幫妳出氣的。」

陸煙然說道：「爹，抓我的那個人說是有人指使他的，我好怕啊，都不敢回家了。爹，您一定要抓住那壞人啊。」

聽她這麼說，陸鶴鳴臉上有些掛不住。明明這番話沒有什麼深意，他卻覺得大女兒像是在說自己沒用一樣，連個壞人都抓不住。

陸鶴鳴還想說些話，卻見大女兒轉身回了馬車。他想伸手攀住車廂，結果嚴謹立刻擋在他面前，他只能看著馬車離去。

「嚴大人這是什麼意思？」陸鶴鳴臉色難看地說。

嚴謹的表情也好看不到哪裡去，想到剛剛外甥女說的話，他對面前的人冷哼了一聲道：「你沒聽然然說嗎？一個當爹的連害自己女兒的人都抓不住，有什麼用？你若是照顧不好然然，我們文國公府就將人接過去！」

陸鶴鳴臉色一白，又是丟臉、又是無奈。若是鎮國侯府有文國公府或護國公府的實力，他怎麼會連一個歹人也抓不住？

他語氣生硬地說道：「煙然是上了陸家族譜的女兒，嚴家就是在陛下面前再說得上話，也沒那個資格帶走她！」

嚴謹鄙視地看了陸鶴鳴一眼，甩袖離去。

沒帶回大女兒，陸鶴鳴也很生氣，可一想到她說的話，他便覺得事情確有蹊蹺，得趕回家問問當天的情況才行！

陸煙然回到馬車坐好，像之前一樣靠著車壁閉上眼睛。

嚴蕊沒敢叫陸煙然，只伸出手在她身旁虛擋著，生怕她身子歪了撞到哪裡。

陸煙然自然不可能真的睡著，雖然疲累，可是全身卻痛得她再清醒不過。

方才她對陸鶴鳴說的那些話，不是隨便講講的。按照他的性子，回家以後一定會告訴小郭氏，她要讓小郭氏嘗嘗一顆心成天懸著是什麼感覺。

這麼一想，陸煙然甚至覺得身子沒那麼痛了。她之所以不跟陸鶴鳴回去，一來是不想讓小郭氏裝出好母親的樣子來照顧她，二來就是那個人還沒抓住，她不放心。

想著想著，陸煙然有些恍惚，此時耳邊響起了呼喚自己的聲音，她想回答卻說不出話，不知道過了多久，她被人抱進懷裡。

將女兒抱入懷中，嚴蕊這才發覺，她全身就像是火爐一樣燙得不得了，她頓時焦急地喊道：「然然、然然！」

陸煙然努力地睜開了眼睛，見嚴蕊正紅著眼看著自己，她動了動唇，無聲地說了句：「我沒事。」

見到女兒這麼說，嚴蕊的眼淚一下子流了出來。她緊緊地抱住女兒，嘴裡不停說著話，要她不要害怕。

在她輕柔的說話聲中，陸煙然不知不覺地閉上眼睛。她本來想撐著，最後還是睡著了。

嚴蕊心中相當著急，想到女兒之前說的話，她的心不禁一痛。到底是誰在害她的女兒？

沒多久，馬車終於到了文國公府，見到嚴蕊將人帶了回去，府裡上下頓時沸騰起來。

陸鶴鳴回到鎮國侯府，去攬風院後沒見到小郭氏，問了下人，才知道她去了大郭氏的福祿院。

因為陸煙然弄丟了，大郭氏十分自責，陸鶴鳴到那裡時，她又在埋怨自己：「都怪我……都怪我！要不是我突然頭痛，就不會在那兒停下來，要是不停下來，煙然就不會出事了！」

小郭氏見狀，連忙上前安慰她，一陣溫言軟語後，雖然大郭氏還是責怪自己，可心裡終究好受了些。她剛嘆了口氣，就見到兒子來了，當即站起身詢問。「鶴鳴，怎麼樣了？」

陸鶴鳴走到她身前說道：「娘，別擔心，人已經找到了！」

怎麼可能?!

一旁的小郭氏雙眉一蹙，險些發出一聲驚呼。她握緊了拳頭，指甲嵌進肉裡，留下一道重重的痕跡。

大郭氏聽了這話驚喜不已，過了一會兒突然回過神問道：「那煙然呢？」

陸鶴鳴眼神一黯，只得實話實說。

大郭氏隨即陷入沈思，想了想，說道：「不礙事。煙然能找回來，嚴家出了不少力，在那裡住一陣子也無妨，過些時候再接她回來吧。」

聽到「嚴家出了不少力」這句話，陸鶴鳴臉色微沈，不過他到底沒說什麼，只低低應了一聲。

陸鶴鳴與小郭氏沒多久就離開了，才剛出院子，小郭氏就忍不住說道：「侯爺，我們還是去接煙然吧，文國公府雖好，但畢竟不是自己的家，我和娘都擔心死了，接回來放心些。」

陸鶴鳴並沒接過這話，反倒說了一句：「妳再說說出事時的情況。」

小郭氏有些疑惑。「怎麼了？」

陸鶴鳴皺了皺眉說：「煙然說，歹人是受人指使，我想分析分析，到底哪裡不對勁？」

小郭氏胸口一滯，內心不禁慌亂了起來。怎……怎麼會這樣？她可是都安排好了啊……不，肯定不會有事的！

陸鶴鳴見小郭氏臉色有些發白，於是問她怎麼了？小郭氏連忙轉移話題，裝出沒事的樣子。

儘管她表面鎮定，心下早已亂了陣腳。陸煙然的話真的發揮作用了，然而此刻的她並不知道。

嚴蕊的院子裡有不少人守著，包括文國公夫人薛氏、世子夫人蔣氏，還有嚴家的第三代；二房的人則在公主府，還沒來得及去通報。

房間內除了一位女大夫與嚴蕊，就只有嚴蕊的兩個丫鬟半雪跟半藕。

陸煙然正在昏睡，身上冒出一層層細汗，女大夫讓丫鬟用溫水替她擦擦身子，嚴蕊聽了女大夫的話，連忙從半雪手中將帕子接了過去。

女兒兩歲時，她就離開了陸家，如今有了機會，自然要親自照顧女兒。誰知嚴蕊才掀開女兒的衣裳沒多久，便哽咽起來。

陸煙然生得膚白，說是膚如凝脂也不為過，正是因為如此，受傷的痕跡十分明顯。

嚴蕊揭開上衣，就看見陸煙然的腰側有一大團瘀青，她先是一驚，下意識地看了看其他地方，只見四處青青紫紫，看上去可怕極了。

只一瞬間，嚴蕊淚如雨下。傷成這個樣子，這得多痛啊，她竟然一直沒有發現！

嚴蕊控制不住地發出啜泣聲。她根本不配當一個母親，女兒還那麼小，就受了這麼多苦，都是她的錯！

一旁的女大夫聽到動靜，連忙放下手中的筆快步走到床邊，還沒來得及開口，便聽嚴蕊帶著哭腔說道：「大夫，身、身上……」

女大夫沒想到小姑娘身上竟然有傷，立刻接過嚴蕊手中的帕子道：「我來吧。」

嚴蕊在一旁看著，自責不已。從見到面到上了馬車，女兒一點都沒露出痛苦的表情，更沒掉一滴眼淚，她這些年到底是怎麼長大的啊？

雖然恨陸鶴鳴薄情，可是嚴蕊從來沒想過他會虧待兩人的女兒，然而此時此刻，她的心動搖了。嚴家是不是太看得起自己了？他們以為陸鶴鳴會有所顧忌，但實際上他根本不將嚴家放在眼裡，女兒這次出事不是意外！

嚴蕊抹了抹臉上的淚水，表情變得有些冷漠，悄悄在心中作了一個決定。

陸煙然昏睡時，姜禪也沒閒著，他答應要將害她的人全部抓起來。

不過半個時辰，桃姊一行人就被巡城守衛抓住綁去官府，井下那些小姑娘也得救了，細問之後才發現，她們幾乎都是被拐騙來的！

這些小姑娘模樣皆生得不錯，不難想像會被賣到什麼地方去，姜禪索性將她們全送去衙門，讓官府的人處理。

這一世，陸煙然的命運在這裡發生了轉折，而有些人也因為她而改變了人生。

料理完這些事，姜禪還是不高興，因為還沒找到擄走陸煙然的男人。附近的巡城守衛已經撤離，可是暗地裡還是有人在監視，畢竟那個歹人一定還在某個地方藏著。

姜禪有些心煩，不過現在最重要的，是回護國公府上彙報消息。他娘親啊，可擔心她的乾女兒了呢！

第二十二章 和離真相

文國公府的二公子嚴苛，如今二十有七，相較於嚴謹的溫文儒雅，他生得身強力壯，性格也有些暴躁。他在兵部任職，前些日子在外辦差，今日剛返回晉康，一得知外甥女的消息，他立刻動身回文國公府。

端和公主袁欣是嚴苛的妻子，得知這個消息後，就從公主府帶著獨子嚴煜趕了過去。

嚴蕊的妹妹嚴荔嫁給文國公夫人的姪子，如今不在晉康，除了這一家，文國公府眾人也算是齊聚一堂了。

女大夫替陸煙然擦過身子、開了藥之後就離開了。嚴蕊一直守在女兒的床邊，直到有人通報家裡大大小小都在，連端和公主都來了，她才往外走去。

聽嚴蕊大略敘述完情況後，他們怕吵到陸煙然休息，一行人便去了主院。

文國公嚴邵也回到了府中，他看到女兒紅著眼眶，出聲說道：「如今然然在府中，妳該高興些。」

嚴蕊聽了，露出一個淺笑，內心卻悲傷不已，然而此刻不適合告訴他們女兒的狀況，她只得將想說的話咽了回去。

文國公府一家人聚在一起，無非是想著怎樣慶祝一下，若是女兒沒受傷，嚴蕊也會參與討論，一想到女兒身上那些瘀青，她有些難受。

想了想，嚴蕊說道：「這次發生這樣的事情，然然怕是受驚了，先讓她好好休息幾日吧。」

文國公夫人薛氏點了點頭道：「說得也是。」

眾人又聊了一會兒，便各自回到自己的院子，二房的人則返回公主府。

見周圍的人少了，薛氏連忙將女兒喚到身旁。知女莫若母，她怎麼會看不出女兒此時並不開心。

嚴蕊自然不會瞞著自己的母親，話一說完，母女倆皆紅了眼眶。

過了兩個時辰，陸煙然聽到耳邊的聲音後醒了過來，她一睜眼，就見一個陌生丫鬟正在房間裡走動，她趕忙坐起身。

半藕立刻說道：「小小姐，是不是奴婢將您吵醒了？您再歇會兒吧。」

陸煙然這才想起，自己跟著她娘來了文國公府，看見一旁的書桌，她猛然想起一件重要的事，急忙下了床。

半藕見狀，臉色一變。「小小姐，大夫說讓您臥床休息，不能隨意走動啊！」

陸煙然看了她一眼，說道：「我沒事。」

話落，陸煙然逕自往書桌走去，她絲毫沒有耽擱，直接取了一張宣紙鋪在書桌上，隨後拿起一旁的毛筆蘸墨。

對方是小小姐，半藕不敢阻止她，忍不住急得跺了跺腳，往外跑去。

半藕慌慌張張地出了屋子，剛下石階，就看見從主院回來的嚴蕊。

嚴蕊見她一臉慌張，心頭一驚，忙問：「怎麼了？」

「小姐，小小姐她……」半藕也不知道該怎麼說。「小姐，您還是自己去看看吧！」

嚴蕊以為女兒出了什麼狀況，驚慌不已，然而剛進內室，就見女兒穿著白色的裡衣站在書桌前寫著什麼。

見女兒不像有事的樣子，嚴蕊鬆了口氣。驚嚇過後，她不由得有些好奇女兒在做什麼？於是朝著書桌走了過去，因為怕吵到女兒，她下意識地放輕了腳步。

陸煙然看似專心，但其實嚴蕊出現在門口時，她就注意到了，不過她的視線完全沒移動。

嚴蕊終於走到書桌前，沒有出聲，默默看著女兒的舉動，此時宣紙上只寥寥數筆，她卻看出女兒是在作畫。

過了一會兒，女兒又在上頭添了幾筆，畫的內容便清晰了許多。

那是一個長相有些粗獷的男人，隨著陸煙然下筆，他臉上多了橫肉，眉角有了一顆黑痣，再添幾筆，畫中人的模樣瞬間變得生動起來。若是有真人，只要和畫像對比，絕對不會認錯。

嚴蕊對女兒有這番畫功感到相當驚訝，雖然畫得有些粗糙，卻意外的傳神。

這是陸煙然前世在入雲閣練出來的功夫，她的觀察力入微，只要記住人的特點、輪廓，就能迅速勾勒出與本人極為相似的畫像。

畫好之後，陸煙然連忙將宣紙放到一邊晾乾，隨後取了一張新的紙繼續畫。

嚴蕊就這麼看了好一陣子，直到陸煙然停筆，她才回過神來。

那幾張畫像幾乎沒有什麼區別，若不是她親眼看到女兒不是對照著再畫一張，她會以為是臨摹出來的。

嚴蕊抿了抿嘴唇，有些疑惑地說：「然然？」

陸煙然看了她一眼，數了數那疊畫像，一共八張，應該夠了。「就是這個人將我擄走的。」

臉上的橫肉、狠厲的眼神，可不就是那個車夫！

嚴蕊臉色一變，連忙說道：「我將畫像拿去給妳大舅舅，一定會抓住這個歹人的！」

陸煙然拿著畫像的手頓時往後一收，低聲道：「不用了。」

嚴蕊表情一僵，一時之間有些無所適從。

瞥見她的神情，陸煙然察覺自己的語氣太過生硬，她頓了頓，將畫像遞到她面前說：「交給護國公世子就好。」

這句話讓嚴蕊想到兩人之間的牽扯。不久前女兒在大長公主府裡救了那位世子，過沒多久，女兒又被那位世子救了。要不是有他在，女兒指不定就找不回來。

嚴蕊的神情有些難以言喻，她應道：「我馬上讓人送去。」

陸煙然輕輕道了一聲謝，正準備往床上走去，嚴蕊就來攙扶她。

「我沒事。」陸煙然想拒絕，但嚴蕊還是沒鬆開手，想到女兒身上那些瘀青，她就心疼不已，許多話憋在心中，卻不知如何開口？

陸煙然的心情何嘗不複雜，她總是忍不住想，若是上輩子她娘對自己關心一些，或者直接將她帶走，她後來便不會發生那樣的事。

嚴蕊不知道陸煙然在想些什麼，不過她一直覺得自己虧待了女兒，所以被這麼對待也絲毫沒有怨言。

「然然，大夫說妳身上有傷，讓我在妳醒來後幫妳上藥。」嚴蕊想起了女大夫的吩咐，她用殷切的眼神看著女兒，希望她同意。

「好。」

嚴蕊見陸煙然很乾脆地答應，覺得有些不可思議，過了好一會兒才反應過來，有些手忙腳亂地找出女大夫留下來的藥膏。

深深吸了口氣後，嚴蕊說道：「我們先搽手臂，左手手臂上有一處。」

陸煙然聞言挽起自己的袖子，因為只穿著裡衣，所以十分方便。

即便嚴蕊已經知道女兒身體的狀況，還是控制不住地鼻子一酸，她無聲地逼回眼中的淚水，說道：「揉的時候會有些疼，妳忍忍。」

嚴蕊挖了一坨藥膏放在掌心，隨後覆向陸煙然的手臂。

兩人此時離得很近，陸煙然忍不住打量了她兩眼。今日的她穿了一身淺色襦裙，頭上只插了一根雕花木簪。

嚴蕊的相貌生得極好，就算神色有些疲倦，也掩蓋不了她自身的光彩。

家世高貴、容貌美麗、氣質極佳，當初她為什麼要低嫁給陸鶴鳴？陸煙然第一次覺得有些好奇，可手臂上傳來的力道讓她不禁皺了皺眉。

「可以用力些。」陸煙然出聲說道。

還要用力些？嚴蕊抬起頭，眸中帶著一絲訝異。

陸煙然無奈地說：「這樣的力道起不了什麼作用，要是不推開，瘀青是不會散的，叫別人來吧。」

嚴蕊意識到自己被女兒嫌棄了，連忙說道：「我用力些就是。」

接下來陸煙然感受到手臂上傳來的疼痛，她吭也沒吭一聲，然而過了一會兒，她的身子忽然一僵。

一滴滴的淚水落在她的衣襬上，沒一會兒就濕了一小塊。

嚴蕊察覺到了女兒的反應，低著頭問道：「是不是將妳弄疼了？」

陸煙然不曉得該說什麼，半晌才回道：「我不疼，您別哭了。」

嚴蕊這才知道，原來是自己偷哭被發現了，她連忙擦了擦淚水，隨後又埋頭開始揉女兒的手臂。等到開始處理她身上的瘀青時，嚴蕊又想哭了。

當初與陸鶴鳴鬧得那麼凶，她也不曾這麼傷心過，可是如今女兒受罪，她卻無論如何都忍不住，偏偏女兒還一副小大人的模樣，不想讓人替她擔心。

嚴蕊一邊用力按揉瘀青，一邊不知在心中罵了害女兒的人多少遍。

足足過了半個時辰，嚴蕊才收手，但她發現女兒竟然已經睡著了。

嚴蕊為女兒穿好衣裳，在床邊待了好一陣子才離開。

畫像很快就送到姜禪手中，姜禪本來還覺得找人這件事有些棘手，這會兒有了畫像，頓時如獲至寶。

他命人照著畫像臨摹了幾張，分發給各處巡城守衛。有了畫像事情就好辦，絕對不會讓那歹人逃掉！

但是過了兩天，巡城守衛仍舊沒有發現那歹人的蹤影。

姜禪到底年紀小，有些坐不住了，此時衙門傳來那幾個人牙子的消息，他們因為逼良為娼、走私人口等罪行，被判了重罪。

至於被判多重，姜禪沒興趣知道，他只曉得那些人這輩子再也沒有機會做壞事了。

陸煙然正在文國公府，姜禪心中有些掛念，可是他不清楚該用什麼名義前去探望？再說了，他答應她會抓住歹人，如今還沒個影兒呢。

於是姜禪只得放棄去看陸煙然的想法，一有空閒便到東城那邊轉悠，覺得自己說不定會遇見那個男人。

陸煙然在文國公府的日子過得十分平淡，她甚至覺得府上的人待她好像都小心翼翼的，大概是她在養傷的關係吧。

嚴蕊每天為她搽藥，每次都紅了眼眶。連續搽了三天藥，她身上的瘀青好了許多，不像一開始那樣可怕。

轉眼又過了兩日，嚴蕊像往常一樣替女兒搽了藥，見瘀青快消散完畢，總算是鬆了口氣。

嚴蕊臉上帶著笑意說道：「這藥今日過後便可以不用了。」

她將藥膏蓋好，起身準備離開，突然發現袖子被抓住。

低頭一看，見女兒似乎不讓自己走，嚴蕊有些驚訝。「然然，怎麼了？」

陸煙然頓了頓，說道：「您能告訴我當初到底發生了什麼事嗎？」

這個突如其來的問題讓嚴蕊一愣，她還以為自己聽錯了，有些遲疑地看向女兒。

陸煙然見她這個樣子，眉頭微微皺了皺，她爬起身坐到床邊，說道：「我不是小孩子，要是不想說的話，也別拿話唬弄我。」

她說的是實話，然而嚴蕊並不曉得她重活一世，聽到她這麼說，忍不住笑了。

嚴蕊沒一會兒便收起笑容，認真地問：「然然，妳為什麼突然問這個？」

其實嚴蕊不太願意回憶那段日子。她還未出閣時，深受父母、兄長疼愛，性格難免有些天真，她便是被陸鶴鳴那副相貌給迷了眼。

當初陸鶴鳴對她十分殷勤，樣樣都依著她，甚至還承諾娶了她便足矣。嚴蕊相信了，最後嫁給他，可是事實告訴她，那不過是花言巧語，更重要的是，她發現陸鶴鳴這個男人相當虛偽。

嚴蕊很想說陸鶴鳴的壞話，然而他是女兒的爹，她也沒有在背後說人壞話的習慣。

臉上閃過一絲遲疑，嚴蕊嘆了口氣，不知該如何開口？

陸煙然見她神色糾結，不由得生出一股鬱氣，有些強硬地說道：「難道您當初沒有理由就丟下我嗎？既然想要我原諒您，就該告訴我實情，一味地對我好，根本沒用！」

這些天，嚴蕊對自己的關愛與照顧，陸煙然怎麼可能感受不到，但僅僅是對她好，根本無法讓她釋懷。

嚴蕊一愣，連忙抓住女兒的手說：「當真？」隨後她不待陸煙然回話便娓娓道來。

他們的相遇，和眾多才子佳人沒什麼兩樣，意外相識，隨後產生了感情。對於文國公府來說，鎮國侯府的地位差了一些，陸鶴鳴想娶到嚴蕊，並不是那麼容易，不過嚴家長輩不是死板迂腐的人，最後還是同意將女兒嫁到陸家。

說起那些過往，嚴蕊的語氣十分平淡，接著終於談到了重點。

「那時我有了六個月的身孕，不曉得為了什麼事和妳爹吵架。以往沒過多久我們便會和好，可是這次卻沒有，再來他就告訴我要抬平妻。」

嚴蕊看了專注聆聽自己說話的女兒一眼，繼續道：「我當然拒絕了，沒想到妳爹直接將人帶回府，因為這件事，府裡鬧了許久。」

陸煙然輕聲問道：「就是因為這件事嗎？」

嚴蕊搖了搖頭。若只是這一點，她指不定還會忍下去，畢竟她有了孩子。壓垮駱駝的最後一根稻草，是她發現陸鶴鳴娶她別有所圖。

鎮國侯府已然沒落，文國公府卻是如日中天，他不過是想要一個跳板罷了！

聽嚴蕊敘述那些陳年往事，陸煙然忍不住捏緊了拳頭。

嚴蕊沒發現女兒的異常，又說道：「我發現妳爹的真面目之後，有些受不了，後來情緒不太穩定，不僅照顧不好妳，連自己都顧不了。妳外祖父也想將妳帶走，可是陸家是妳的父族，沒有他們的同意，根本不可能。然然，妳是不是一直在怪娘？」

說到這裡，她紅了眼眶。嚴蕊這些年最後悔的，便是沒能帶走女兒，見女兒低著頭，便伸手去抱她。

豈知陸煙然卻猛地推開她，嚴蕊心裡一涼，連忙從側邊看向女兒，這才發現她竟然在流淚。

「然然，是娘對不起妳，妳不要哭，是娘對不起妳……」嚴蕊一邊說，一邊替女兒擦眼淚。

陸煙然撥開她的手，怒道：「既然知道他自私虛偽，為什麼還要將我留在他身邊？您知不知道——」

知不知道我上輩子真的丟了，根本就沒能回來！

陸煙然想吼出心裡的話，卻什麼都不能說，她的嗓子就像是卡住了一般，淚水決堤。

嚴蕊見女兒哭了，急得抱住她安慰：「是娘錯了、是娘錯了，別哭！」她嘴裡這麼說著，自己也忍不住哭了。

母女倆抱在一起，哭成了淚人。

外面的半雪與半藕聽到聲音，對視一眼，反倒鬆了口氣。

把話說開之後，陸煙然跟嚴蕊的關係緩和了許多，雖然不像其他母女那樣親密，可是嚴蕊已經很滿足。

待陸煙然身上的瘀青散盡，姜禪那裡終於傳來歹人的消息。文國公府的人知道她的身子好了，特地替她辦了個家宴，陸煙然也藉這個機會加深對嚴家眾人的認識。

外祖父嚴邵性格較為剛烈，大舅舅嚴謹個性斯文，二舅舅嚴苛則跟外祖父比較像，外祖母薛氏乃是一品誥命夫人，端莊大方。

在大長公主生辰宴時，陸煙然已經見過大舅母蔣氏，這次也見到了身為公主的二舅母。二舅母雖然是堂堂的公主，卻絲毫沒有架子，貌美不說，為人也相當親切。

至於同輩的表兄妹中，陸煙然跟大房的表哥嚴恩、表妹嚴雪比較熟悉，嚴恩大她一歲，是文國公府孫輩中最大的。

用完膳後，嚴蕊帶著陸煙然回到自己的院子。因為與女兒的關係變好了，她說起話來也隨意不少。「然然，待會兒我們去外祖母的院子坐坐吧，聽說妳二舅舅送來了一隻會說話的鸚鵡，可有趣了。」

嚴蕊覺得女兒的性子有些老成，想帶她去見見新鮮玩意兒，希望她能夠活潑一些。

「娘，改日吧，等會兒我有事。」陸煙然回了一句。

雖然已經不是第一次聽她叫自己「娘」了，嚴蕊的心頭還是顫了顫，隨後她反應過來，問道：「然然，妳有什麼事啊？」

陸煙然猶豫了一下，還是老實交代了。

聽了女兒說的話，嚴蕊的眼神頓時變得有些複雜。

第二十三章　拷問犯人

未時剛到，姜禪就準時出現在文國公府門前，因為沒有拜帖，再加上另外有事，所以他未進府拜訪。

今日他身穿天藍色對襟外袍，腰繫雲紋玉珮，手中牽著他的小馬駒，相貌俊俏，氣質卓然。

雖然不是純正的汗血寶馬，可是馬兒的四肢強勁有力，身上的毛也很光滑柔順。特別的是，這小馬駒頸邊有一小撮毛的顏色不太一樣，讓姜禪很是喜歡。

馬兒從鼻子發出氣聲，姜禪拍了拍牠的背，說道：「別慌。」

話音剛落，姜禪發覺文國公府半掩著的門打開了，隨後就見到陸煙然與嚴蕊走了出來。

待兩人走到面前，姜禪忙叫了一聲：「姑母。」

姜禪稱當今皇后為姑奶奶，由於六公主袁欣的母妃早逝，自幼養在皇后膝下，與皇后十分親厚，所以袁欣就像他的姑母一樣。由於袁欣嫁給嚴苛，因此按照規矩，跟著嚴煜稱呼，他亦可以稱嚴蕊為姑母。

打完招呼後，姜禪的視線落在陸煙然身上，見她臉上已看不出紅腫，只是稍稍清瘦了些，便鬆了口氣。

嚴蕊應了一聲，接著看向女兒。

陸煙然今日穿著月白色的對襟立領上襖與同色長裙，一雙眼清澈明亮，五官精緻，肌膚雪白，惹人喜愛。

嚴蕊問道：「要不娘和妳一起去吧？」

這已經不是她第一次說這話了，陸煙然頓了一下。「不用了，娘，我只去一會兒。」

一旁的姜禪見狀，連忙說道：「姑母，您放心吧，有我在，不會有事的。」

話雖如此，嚴蕊還是覺得不放心。

幾人在門前站了一會兒，就見府上的轎夫們將一頂青色小轎落在門前。嚴蕊再三叮囑才放陸煙然上轎，直到看不到轎子的影子，她才轉身進門。

陸煙然坐在轎子裡還能聽見馬蹄聲，她揭開布簾，毫不意外地看見姜禪騎著馬兒跟在一旁。

她疑惑地問：「你靠那麼近做什麼？」

姜禪看了她一眼，不知為何覺得手有些癢，很想掐她的臉一把——當然，這只是想想。

因為方才有些分神，他沒聽清楚陸煙然的問題。「妳說什麼？」

陸煙然頓了頓，加大了音量。「我問你為什麼靠那麼近！」

姜禪笑著打趣道：「怕將妳弄丟了啊。」

陸煙然撇了撇嘴，放下布簾。

約半刻鐘，轎子停了下來，陸煙然知道已經到了，起身下轎。

轎子停在一間宅子門前，陸煙然並不知道這是哪兒，正準備問，便聽姜禪說：「這裡是姜家的別院。」

陸煙然點了點頭。「那我們進去吧。」

姜禪臉上露出一絲糾結，遲疑道：「妳真的要進去嗎？反正那歹人已經抓住了，也不急在一時，總有一日會問出來的。」

雖然他在東城沒晃出個結果，但是在堪稱天羅地網的嚴密監控之下，擄走陸煙然的男人還是被抓了。

陸煙然回道：「可是你們已經問了幾日了，他還是不願意說。」

姜禪張了張嘴，不知道該說什麼？可是就算她去了，又有什麼辦法呢？那人嘴硬得很，根本不願意供出到底是誰指使的？

陸煙然不知道他在想什麼，只讓他帶路。

姜禪擰了擰眉，想到那男人此時的狀況，頓了一下後說道：「是妳自己要去的，要是被嚇到了可別哭。」

陸煙然淡淡地看了他一眼。「你的嗓子什麼時候能好？聽著怪彆扭的。」

姜禪又被戳到了痛處，只得無奈地回道：「好，我不說話了。」他哼了一聲，往關著人的房間走去。

雖然只是別院，此處仍舊透著幾分雅致，假山遊廊，樣樣不缺。當然，那歹人不可能有好待遇，他被關在一間柴房。

一走進去，便見一個身材健壯的男人被綁在木樁上，他低著頭，身上帶著傷痕，一旁還坐著兩個漢子。

見到陸煙然和姜禪，兩個漢子連忙起身。「世子爺！」

姜禪點了點頭。「他還是不說嗎？」

其中一個漢子回道：「無論怎麼打，他都不說。」

空氣中飄著淡淡的血腥味，男人身上有許多鞭痕，看上去有些嚇人，姜禪下意識地擋在陸煙然面前。

男人聽到談話聲，抬頭看向姜禪，也注意到了他身後的人，當即發出嘲諷的笑聲。「小子，再沒有辦法，你也不能將那個小丫頭片子帶來吧，真是笑死我了！」

姜禪臉一黑，正準備開口斥責，便察覺有人拉了拉他的衣裳，他回頭說道：「怎麼了？」

陸煙然看了看周圍，發現這是一間簡易的刑房，問道：「可以用刑？不會有麻煩嗎？濫用私刑可是有罪的。」

姜禪沒有想到她竟然會問這個，搖了搖頭說：「放心吧，已經通報過官府了。」

陸煙然若有所思地點了點頭，隨後繞過他，走到男人面前。

男人見狀，罵了一聲。「小丫頭片子，我跟他們說過好多遍了，是我見妳長得好看才抓妳的！」

他既憤怒又覺得自己倒楣。本來以為風聲已經過了，結果竟然在要離開時被人逮個正著！

看著面前的黃毛丫頭，他的眼神狠戾，語氣嘲諷。「要殺要剮隨便妳，總之不要再來問我了！」

他嘴裡噴出的唾沫星子像是要噴到自己身上，陸煙然正對著他，淡定地往後退了幾步。

姜禪連忙走到陸煙然身旁，出聲說道：「都說了讓妳不要來，被嚇著了吧。」

男人遍體鱗傷、一臉橫肉，姜禪真怕她被嚇出個好歹。

偏偏那個男人還不停地出聲挑釁，姜禪忍不住磨了磨後槽牙，看向另外兩個漢子說道：「就沒辦法讓他開口嗎？」

其中一位漢子有些洩氣地說：「世子爺，這人以前好像犯過事，怕是被收拾過，皮實得很，我們打都打了，他就是不說！」

姜禪正皺著眉，袖子又被人拉了拉，他偏頭看向一旁的陸煙然說：「怎麼了？」

陸煙然問道：「帶銀子了嗎？」

姜禪摸出身上的荷包遞給她，陸煙然接過來看了看，裡面除了幾顆碎銀錠子，還有銀票。

她挑了兩顆銀錠子給其中一個漢子，吩咐道：「去買兩罈酒來。」

漢子連忙接過銀子，領命出了柴房。

陸煙然將荷包還給姜禪，又看向那男人問道：「你當真不說？」

「我說你們這些人煩不煩，老子說過很多遍了，是我見妳長得好看才抓妳的，妳是不是聽不懂人話啊？」

陸煙然笑了笑。她已經認定了幕後指使者是小郭氏，自然不會輕易相信他的話，知道他嘴硬，也不再多言，轉身坐到一旁的木凳上。

姜禪忍不住打量了陸煙然兩眼，見她表情雖然還算平靜，臉色卻有些蒼白，心想她肯定是強撐著。

他還記得某個族妹看見一隻毛毛蟲就嚇得大哭，陸煙然比那族妹大不了多少，這麼一想，姜禪更加認定她怕得不行。

「買酒來做什麼？」姜禪體貼地開始閒聊，好轉移她的注意力。

陸煙然瞄了姜禪一眼，不知道是不是看穿了他的企圖，只說了一句「有用」，隨後便低著頭不言不語。

見她這個樣子，姜禪搖了搖頭。連看都不敢看了，心裡該多怕啊。也是，這麼小一個姑娘，怕很正常，他可不能不管。

於是姜禪時不時地說兩句話，又是讓陸煙然不要擔心，又說一定會讓那人開口的，豈知他話落，那被綁著的男人便發出了一聲嗤笑。

姜禪頓時臉一垮。其實他還真拿這人沒什麼辦法，若是加重刑罰，讓這人昏過去醒不來怎麼辦？

陸煙然看了男人兩眼，說道：「我不知道你為什麼有底氣，只希望你待會兒還這麼硬氣。」
男人就像聽到笑話一樣，笑得連臉上的橫肉都跟著抖了起來。
不久，去買酒的漢子回來了，兩手各提一個酒罈。酒罈還挺大的，為了方便拿取，裝在用麻繩子擰的套子裡。
「姑娘，酒買來了！」漢子將酒罈放在一旁，問道：「這酒用來幹什麼？」
陸煙然淡淡地說道：「慢慢地往他身上潑。」
此話一出，除了陸煙然以外，柴房裡的人都怔住。
姜禪最先回過神來，他的視線落在酒罈上面，眼皮顫了顫。「照她說的做。」
漢子應了聲，他將一旁用來喝水的大碗公拿過來，從酒罈裡舀起一碗酒，就往那男人身上潑去。
一聲淒厲的痛呼聲在柴房內響起。
酒潑在身上那一瞬間，男人的神色扭曲，他身上本來就有傷，此時一沾到酒，那些鞭痕周遭的肉瞬間像是疼得翻開了一樣。
不同於鞭子打到身子上的鈍痛，這痛楚像是一根根針往他肉裡鑽，就這麼一下下，他已經痛出了一身冷汗。
「這、這……」潑酒的漢子有些呆住。要知道，這幾日他們拿鞭子打他，他可沒痛成這副模樣啊！
陸煙然靜靜地說道：「繼續。」

漢子手一抖，連忙又往那人身上潑酒。

一陣陣撕心裂肺的痛呼在房間響起，光聽就能知道男人有多麼痛苦，姜禪聽著聲聲慘叫，下意識地看向了一旁的小姑娘。

只見陸煙然一臉平靜，像是什麼也沒看見一樣，不知為何，他竟是覺得心疼。

想到那日她被救出來時的樣子，他將她抱在懷裡，能感受到她的身子在微微顫抖。

這麼想著，他看向男人的眼神便透出了一絲決絕。

陸煙然不知道姜禪心境上的轉折，此刻的她與其說是平靜，不如說是有些失神。

她回想起上輩子，入雲閣裡有許多不入流的手段，有些法子甚至能讓人看不出你身上有傷。

這個往傷口上潑酒的手段，便是當初閣裡一位姑娘跟著心上人逃走，最後被抓回來的下場。

那時秦如香還讓她們這些姑娘去看處罰過程，一群十二、三歲的姑娘嚇得哭成一片，可還是壓不過受罪之人的哭喊聲，可以想見那有多痛苦。

耳邊的慘叫聲讓陸煙然回過神，那男人變得像是從水裡面撈出來的一樣，酒水和著汗水往傷口裡滲去，疼痛難當。

「停一會兒吧。」陸煙然出聲說道。她起身往男人面前走去，打量了他兩眼，笑了笑。

「你的身子都在發抖了。」

男人瞪著她，可此時的他痛得根本說不出話來，眼神沒了之前的狠戾，連牙齒都控制不住地上下打顫。他看著眼前這個年紀尚幼的小姑娘，背脊忍不住升起了一股涼意。

「那日我因為跳下馬車，身上的瘀青足足幾日才散了些，也很痛的。」陸煙然一邊說著話，一邊蹲下身子打開另一罈酒。「對了，你還打了我一巴掌，記得嗎？」

男人明明不想聽陸煙然說話，可是視線卻忍不住跟著她移動，只見她打開酒罈之後，起身拿了一根鞭子泡了進去。

他像是想到了什麼，臉上的肉抖了抖，表情變得猙獰，怒叫道：「真是好歹毒的心腸，妳何必用這種法子折磨人！」

陸煙然看向他，輕笑。「歹毒？你幫人擄走我的時候，怎麼不覺得歹毒！」

要說恨，沒有誰比得過她，想到自己上輩子的遭遇，她巴不得將罪魁禍首碎屍萬段，這輩子要不是她帶著記憶，也只會落得和前世一樣的下場！

陸煙然的情緒有些激動，眼眶微微發紅，一旁的姜禪見狀立刻拉住她的手，說道：「交給我！」

想到剛剛陸煙然說的話，姜禪的心頭有些顫動。都說自作孽不可活，這個男人做下的事，得由他自己承擔。

他取出泡在酒罈裡的鞭子，直接揮向那個男人。他自幼習武，手勁自然不小，鞭子揮出的那一瞬間甚至起了一道勁風。

轉眼間，三鞭子落在那人身上，本來有些結痂的地方裂開了，讓人痛到了骨子裡。

「你說是不說？」姜禪問他的時候，一鞭子又揮了上去，接著他停住手，說道：「潑酒！」

眼看著那酒又要朝自己潑來，男人的唇抖了幾下，喊道：「我說、我說——」

本來要潑在他身上的酒，頓時灑在了地上。

姜禪見他終於鬆口，連忙說道：「要是有一句假話，絕不會讓你好過！」

此刻男人已經痛得有些虛脫，微微地顫抖。「我、我既然已經要說了……又何、何必說假話？信不信由你、你們！」

隨後他忍痛斷斷續續地說明事情經過，之前他一直說是自己臨時起了歹意，這會兒終於改口了。

陸煙然與姜禪對視了一眼——這件事背後果然有人指使。

不知道是不是因為受不了疼痛，男人交代得非常仔細，也不用人問，主動將自己知道的都說了出來。

「那人讓我當天一早在侯府守著，找機會擄走妳。」

聽到這裡，姜禪的臉色變了變，問道：「找機會？你怎麼確定有機會？」他不傻，從男人這句話中聽出了玄機。

男人本來就痛得很，聽了姜禪的話，當即沒好氣地回道：「反正他是這麼說的！」

陸煙然抿了抿唇。她自然知道為什麼，因為有人會替他製造機會啊。

姜禪擰了擰眉，差人取了紙筆來，記下男人所說的話，最後讓男人按了手印。折好這張紙之後，他就交給了陸煙然。

這是認罪書，也是指證書，自然得交由她保管。

處理完了事情，姜禪對那兩個漢子說道：「帶他下去，一定要看好。」這人之後指不定還有用處。

沒多久，柴房裡只剩下姜禪和陸煙然兩個人。

「那個叫葉卓的人，妳知道是誰嗎？」姜禪出聲問道。

陸煙然搖了搖頭。她對這個名字毫無印象。

據那男人方才所言，一切都是那個叫葉卓的人指使他的，葉卓是城西一家姓夏的大戶人家的管家。而他之所以答應做這件事，是因為他的親妹在那個大戶人家當丫鬟，若是他完成任務，葉卓便會放他那簽了死契的親妹出府。

「城西夏家。」陸煙然在嘴裡輕聲念了一遍，如今的突破口成了夏家。

姜禪見陸煙然帶著思索的表情，一顆心不由得緊了緊。想到剛才她不緊不慢地叫人買酒回來的樣子，他的心情五味雜陳。

本來還擔心她會被嚇哭，沒想到……

姜禪對陸煙然這個人的看法發生了翻天覆地的變化，不過他更好奇，她怎麼會想出這樣的法子？

他絲毫不掩飾心中的疑惑，陸煙然怎麼可能沒有發現，她見他一雙眸子盯著自己，便問道：「你這麼看著我做什麼？」

姜禪沒能忍住內心的疑問。「妳、妳怎麼會想出那樣的法子？」

他臉上的好奇不似作偽，陸煙然突然朝他露出一個淺笑道：「我還有別的法子，你要不要試一試？」

姜禪下意識地往後退了一步，陸煙然見他這樣，笑容更加燦爛了，也沒回答他就往外走。

姜禪這才反應過來，自己竟然被一個小丫頭給捉弄了，連忙追了上去。

第二十四章　半真半假

因為事情終於有了眉目，陸煙然的心情輕鬆了許多，甚至覺得自己走起路來身輕如燕。

「妳走那麼快做什麼？」姜禪見陸煙然已經走到遊廊處，加快腳步追了上去。

陸煙然停下腳步說道：「出來這麼久了得早點回去啊，不然我娘會擔心的。」

姜禪聽了她的話，不由得一愣。他還記得兩人在大長公主府第一次見面的情景，那時她們母女倆之間似乎還有矛盾，看來已經和好了？

看著身高還不到自己肩膀的小丫頭，姜禪皺眉道：「喂，妳當真不告訴我？」

陸煙然瞥了他一眼，說道：「那法子是我從一本話本上看到的，專門用來懲罰做壞事的惡人。」

姜禪沒想到答案這麼簡單，他有些疑惑地說：「當真？」

「你看，說了你又不信。」陸煙然哼了哼，兩人一邊說話一邊往外走，很快就到了垂花門處。

對於陸煙然的回答，姜禪半信半疑，不過他給自己提了個醒——不要輕易惹這個小丫頭！

到了宅子門口，轎夫們將小轎抬過來，姜禪也去牽自己的小馬駒。陸煙然知道他是要護送自己，莫名地感到一陣安心。

她明白，就是因為多了姜禪這個變數，她這一世才能得救，正因為如此，她心中對他生出了異樣的感覺。

姜禪見陸煙然看著自己，耳根不由得有些發燙，趕緊偏過頭。「之前我答應姑母會看好妳，當然要送妳回去。」

明明是一個小姑娘，可是她的眼神有時卻犀利得很，也不知道是不是自己的錯覺？姜禪有些不自在地說：「快走吧。」

陸煙然應了一聲，揭開布簾上了轎。

姜禪送陸煙然到文國公府後，便回了護國公府。他心中還記著一件事，就是要調查一下那個叫葉卓的。

然而姜禪才剛到自己的院子門口，就看到了他的娘親，他連忙轉過身，豈知他娘出聲叫住了他。

裴氏見姜禪身子一轉，就猜出了他的意圖，她快步朝他走過來說道：「阿禪，你給我站住！」

姜禪有些頭疼地轉過身低聲道：「娘……」

裴氏看了自家兒子一眼，說道：「你是不是去看你乾妹妹去了？」

姜禪不知道該怎麼回答，只得閉著嘴不說話。

認乾親的儀式因為陸煙然遭逢意外而擱置，可是他娘還是一口一句「乾妹妹」，他都不知道說什麼才好？若他叫嚴蕊姑母，那叫陸煙然表妹也沒問題，這個乾親不認了也沒差啊。

見兒子不回答，裴氏伸手拍了他的手臂一把。「好啊你，你是看你娘這段時間忙不過來是不是？你乾妹妹怎麼樣？天可憐見的，小丫頭肯定嚇到了，你有沒有哄哄她？」

其實裴氏大可去文國公府探望陸煙然，不過護國公府最近內務很多，原本的認乾親儀式也是擠了一天出來辦的，現在她實在抽不開身。

見自家娘親一開口就說個不停，姜禪覺得自己的頭更疼了，他扔下一句「她很好」後，就側身溜進了院子。

裴氏見狀，連忙追了上去。

護國公府上發生的事情，陸煙然自然不知道，回到文國公府後，她便直接去嚴蕊的院子。

嚴蕊將陸、嚴兩家的牽扯告訴她之後，她漸漸釋懷了，因為自己上一輩子的不幸，是眾多因素造成的。

陸煙然能體諒她娘發現心愛的人不僅背叛自己，甚至連兩人的緣分也是刻意謀劃時的心情，不過她不可能一下子就完全接受嚴蕊，一切還是得慢慢來。

嚴蕊見陸煙然回來很是高興，想到她今日是因何事出門，便問道：「可有進展了？」

陸煙然只猶豫了一瞬，就將懷裡的東西取出來遞給她。看完女兒給的東西後，嚴蕊的手微微有些顫抖。

雖然之前一直覺得女兒此番意外事有蹊蹺，可她還是有些存疑，畢竟女兒只是一個小姑娘，誰會害她？

如今事實擺在眼前，毋須再懷疑了。

嚴蕊將女兒擁入懷中，低聲說道：「幸好妳沒事。」

想到誰最有可能害女兒，她覺得一顆心像是被什麼攥住了一樣。若真的是那個人，絕對不能輕饒！

陸煙然聽了這句話，睫毛顫了顫。

聽外祖母說，當初她娘離開陸家之後，在她身邊留了幾個忠僕，可是後來都因為一些原因被換走了。之後陸鶴鳴外放虞州，彼此的聯繫便少了些，不過嚴家還是偶爾寫信關心她，甚至不止一次地往虞州送過節禮，不過這些事陸煙然從來沒聽陸家的人提過。

若說有人刻意阻撓他們聯絡感情，對陸煙然來說，那也是過去的事情了，不重要。收好那男人的認罪書，她出聲問道：「娘，您知道城西夏家嗎？」

嚴蕊這會兒已經緩過神來，她想了想，說道：「沒什麼印象，我讓妳大舅舅去查。」

陸煙然沒有拒絕嚴蕊的提議。雖然姜禪已經答應幫她，可是有大舅舅協助的話，會更有效率。

第二日一早，嚴蕊帶著陸煙然去薛氏的院子用早膳，她們到了之後，大房的小輩們也來了。

這些日子陸煙然和大房的表哥、表妹處得很好，表妹嚴雪長得像個粉團子，她很喜歡她，這會兒見她到來，當即走了過去。

陸煙然的內心畢竟是大人了，特別愛逗嚴雪這個小妹妹，嚴雪也不甘示弱，和陸煙然你來我往。見兩個小姑娘鬧著對方玩的模樣，眾人頓時笑成一團，歡聲笑語不斷。

文國公府的飯桌上氣氛歡樂，人在護國公府的姜禪卻是擰起了眉，他手中拿著一張紙，上面寫著的正是關於城西夏家的消息。昨天一回府，他立刻差人進行調查，片刻也沒耽擱。

想不到這夏家竟然能與鎮國侯府扯上關係！

夏家的老夫人姓郭，乃是鎮國侯府老夫人同父異母的妹妹，只不過一個是嫡，一個是庶，庶女自然是夏家那位。

想到這些人之間的關係，姜禪覺得有些頭疼，不過他有預感，目前他們離事情的真相已經很近了。

只是夏家與鎮國侯府有所牽扯，讓姜禪覺得自己不便再查下去，他將手上的東西折好，準備要人送去文國公府。

然而才剛剛將紙折好放進信封，姜禪整個人忽然頓住。他想到陸煙然之前表現得很平靜，難道她已經知道是誰在害她了？

「不會吧？」姜禪小聲嘟囔了一句，心中默默有些擔憂。

文國公府與護國公府在不同的方向，陸煙然收到信時，已經是半個時辰後的事情。得知信是姜禪差人送來的，陸煙然的眼睛一亮。難道這麼快就有消息了？

她接過信封便往屋裡走去，嚴蕊見狀連忙跟上。

母女倆看完信，靜默片刻之後，對視了一眼，嚴蕊當即說道：「我馬上讓妳大舅舅將這人抓起來！」

陸煙然一時無語，視線又落回那張紙上。

大郭氏與夏家的老夫人是異母姊妹，是以如今夏家的當家人與陸鶴鳴是表兄弟，他們兩個與小郭氏都是表兄妹。

陸煙然忍不住瞇了瞇眼睛。真的是小郭氏做的？

這麼容易就能查出來的事情，小郭氏會這般沒有防備嗎？又或者，他們堅信她不會被救回來，也深信那個歹人不會被抓住或招供？

是了，肯定是這樣沒錯，上輩子他們不就成功了嗎？

因為有了那男人的指證，得到消息的嚴謹，先是派人抓住夏家那位管家葉卓，又找出了那個男人的親妹。

葉卓一開始還不承認，姜禪得知此事之後，索性將那男人帶去當面指證。葉卓見無法抵賴，這才認罪，最後經過盤問，供出了在背後吩咐他的人。

主使者正是夏家的老爺，夏于諱，他被抓的消息，很快便傳到了陸家。

大郭氏十分震怒，一開始她還以為大孫女出事是意外，沒想到竟然是預謀，害大孫女的人還是她庶妹的親兒子！

她氣得狠狠地拍了桌子一下道：「就說這些庶女沒一個好東西！虧家裡當初還將她嫁得

那麼好，如今竟讓自己的兒子來害我的嫡孫女！」

一旁的小郭氏臉色有些發白，勉強地說了兩句寬慰她的話。大郭氏見她表情不太好，以為她是不舒服，索性打發她離開。

小郭氏沒有拒絕，一回到攬風院，她就將自己鎖在內室裡。

這個時候，小郭氏終於開始慌了。她沒想到繼女能夠平安回來，更沒料到夏于諱竟然被抓了！

「怎、怎麼辦……」小郭氏的手抓著床頭板，身子忍不住顫抖。

因為丈夫越來越關注繼女，又見嚴蕊即使成了下堂婦也瞧不起自己，她的心中滿是恨意，終於忍不住對繼女下手。

表哥夏于諱思慮縝密，她的計畫也沒有差錯，為什麼情況會變成現在這樣?!

想到可能發生的後果，小郭氏的臉色蒼白至極。

「梓彤，妳在做什麼？」此時外面響起了陸鶴鳴的聲音。

小郭氏掐了掐手臂，讓自己冷靜下來。她趕緊前去開門，結果便見陸鶴鳴一臉鬱色，她心裡頓時打了個突。

陸鶴鳴與小郭氏兩人年幼相識、年少生情，正如小郭氏了解陸鶴鳴，陸鶴鳴對小郭氏也有一定程度的認識。

「可是有什麼煩心事？」陸鶴鳴抬腿進房，察覺小郭氏臉色不好看，狀似無意地問了一句。

小郭氏的手握成了拳頭，臉上卻仍舊帶著溫婉的笑回道：「哪裡有什麼煩心事，只是被婉寧頂撞了兩句，有些不開心罷了。」

說著，她讓陸鶴鳴在桌邊坐下，為他倒了一杯茶，輕聲道：「今兒剛買的茶，侯爺嚐嚐吧。」

陸鶴鳴接過白瓷茶杯，輕輕抿了一口。「妳可知夏于諱被官府的人抓了？」

小郭氏一臉驚訝地說：「什、什麼時候的事？夏表哥可是犯什麼罪了？」

陸鶴鳴淡淡地說道：「是他派人將煙然擄走的。」

「怎、怎麼會呢？」小郭氏不知所措地回了一句，手心冒出了冷汗。

「砰」的一聲，陸鶴鳴突然將手中的茶杯重重往桌上一放，繃緊了一張俊臉道：「這事妳到底知不知情！」

小郭氏臉色一變，帶著哭腔挽上陸鶴鳴的手臂。「侯爺，您說的是什麼話啊，我怎麼會知道這種事！夏、夏表哥為什麼要害煙然啊……」她佯裝不知。

陸鶴鳴看著她，一字一句地說道：「官差自然有法子讓他說出實話！」

聽到這句話，小郭氏的身子控制不住地顫了顫。

陸鶴鳴發現小郭氏不對勁，他伸手抓住她的手臂，厲聲問道：「妳老實跟我說，這事和妳到底有沒有關係！」

「表哥，你可別……」小郭氏改口稱陸鶴鳴為表哥，想用一貫的方式讓他軟下心來。她的氣息有些不穩，表情越來越怪異。

小郭氏終究是一個後宅婦人，雖然相信夏于諱不會供出自己，可想到那些官差凶神惡煞的模樣，她還是怕了。

「表哥，我、我……」因為心中害怕，小郭氏連話都說得不索利了。

到了此刻，陸鶴鳴哪裡還不知道這是怎麼回事，他臉色鐵青，手朝小郭氏的臉上揮去，怒道：「妳真是好大的膽子！」

小郭氏硬生生地挨了這一巴掌，因為力道太大，她身子一偏，向地上摔去，左邊臉頰瞬間紅了起來。

「郭梓彤，妳難道不知道文國公府的地位嗎？」陸鶴鳴氣得不知道該說什麼？

小郭氏的臉頰痲木，痛得眼淚都流了出來，可見陸鶴鳴用了多大的力氣。

知道陸鶴鳴真的生氣了，小郭氏心中一緊，爬到了陸鶴鳴身前，想也沒想就抱住他的大腿說：「表哥，我知道錯了，我真的知道錯了。都是我的錯，表哥！」

「自從回到晉康之後，你就越來越關心煙然，是我看不過去，是我不好！」

她的話讓人有些摸不著頭緒，但是陸鶴鳴還是聽懂了，他指著她說道：「就為了這點事情？難不成妳往日的賢良大方都是裝的不成？真是太讓我失望了！」

話落，他便起身要離開。

陸鶴鳴從未對自己說過這種狠話，小郭氏難過得淚流滿面。她不能讓陸鶴鳴離開，若是他厭棄了她，她就完了。

小郭氏哭著說道：「表哥，都是我不好，是我考慮不周全……前些日子，我在街上撞見了文國公府大小姐，她說了幾句話，我實在氣不過，才生出了這種心思……表哥！是我不好，是我不對！」

陸鶴鳴本來已經邁開的腿突然頓住，他低頭問道：「妳說什麼？」

小郭氏見他聽到嚴蕊便停下腳步，心中十分不是滋味，然而此時不是想這些事的時候。她攀著陸鶴鳴的腿站起身，抱著他的腰小聲啜泣道：「表哥，我就是氣不過她那樣說你。」

她臉上露出懊悔的表情道：「其實煙然出事之後我就後悔了，表哥，你就原諒我這次，我真的錯了。」

陸鶴鳴的眼神一黯，問道：「嚴蕊究竟說了什麼話？」

小郭氏抓緊陸鶴鳴的衣襟，狀似猶豫，最後才哭著說：「她、她說你是人渣，讓我看好你，不要去禍害別人家的女兒。表哥，她怎麼能那樣說你……」

「她當真這麼說？」陸鶴鳴冷著一張臉道。

「我怎麼會騙你？表哥，我真的知道錯了！」

「儘管如此，妳做那件事還是衝動了些，煙然畢竟是我的女兒。」陸鶴鳴深吸了一口氣說道。

「表哥，我生氣，可是我又拿她沒辦法，所以才想出了這樣一個糟法子。要是煙然真的出了什麼事，我是萬死難贖啊！」小郭氏發出嗚咽聲，像是痛悔到了極點。

「不過是一個我陸鶴鳴不要的女人，妳管她做什麼！」陸鶴鳴眼中流露出了一絲恨意。

小郭氏輕輕應了一聲「是」，嘴裡隨即發出一聲痛呼。

陸鶴鳴看到她紅腫的臉頰，有些後悔地說：「我太用力了，是不是很疼？」

小郭氏搖了搖頭，問道：「表哥，現在該怎麼辦？」

陸鶴鳴的薄唇抿得死緊，片刻後，他出聲說道：「妳說說看，這到底是怎麼回事？」

此話一出，小郭氏就知道面前這關算是過了，當即將能說的都說了出來。

還未出閣時，小郭氏便與陸鶴鳴及夏于諱兩位表哥打過交道，因為是養在嫡母身邊的庶女，她知道得靠自己努力才有好日子過。

夏于諱是好，可是有陸鶴鳴這顆珠玉在前，再好也成了魚目。

不過夏于諱倒是對小郭氏念念不忘，他曾說過願意為她做任何事，小郭氏也堅信他不會將自己供出來。不過她還是害怕，畢竟那些官差可不是吃素的，要是他扛不住了，怎麼辦？

小郭氏沒說出她與夏于諱的過往，陸鶴鳴卻是聽出了其中的玄機。「妳說夏于諱不會供出妳？為什麼？」

這話讓小郭氏心中一緊，她趕緊說道：「表哥忘了嗎？夏表哥曾經落水，是我看見了，叫人救起他的，他說過要報恩，所以……」

陸鶴鳴沈思了片刻，說道：「只要他不承認，那倒是好辦。」

小郭氏仍是不安。「可是夏表哥扛得住嗎？」

陸鶴鳴回道：「他是舉人，官差不會用重刑，如今沒有其他證據，他若是聰明些，只要咬牙不認，就不會有事。」

小郭氏微微頷首，心下安定了不少。

陸鶴鳴深深地看了小郭氏一眼，心中有了決定，不過如今最重要的，是要盡早將還在文國公府的大女兒接回府，不然他會一直處於被動。

第二十五章 水落石出

接下來兩天，官差果然沒有從夏于諱的口中得到有用的消息。夏于諱咬牙不認，直接推在管家葉卓身上，說葉卓對他心存不滿，又知道他與陸鶴鳴有點嫌隙，所以故意陷害他。

葉卓自是不認，然而夏于諱吩咐他時皆是口頭之言，又無他人知曉，事情一下子變得膠著起來。

嚴謹的性格一向沈穩，見到這個狀況，氣得恨不得撕爛夏于諱的嘴，讓他立刻伏法。官府拿他沒法子，可是文國公府家大勢大，要做這點小事，再容易不過。

然而俗話說樹大招風，文國公府在朝廷也有政敵，有時候一個小小的差錯，便會使嚴家陷入萬劫不復之地，所以越是有權勢，越是要謹慎行事。嚴謹很清楚這個道理，因此不隨意出手。

姜禪一直關注著這件事，知道沒什麼進展，不由得有些著急，他趕到府牢關切時，正巧碰上了嚴謹。

嚴謹當然認識這個少年，說起來，他們的關係有些錯綜複雜。

因為嚴謹的弟媳袁欣是在皇后膝下養大的公主，所以除了曾投身軍旅的嚴邵站在皇上那邊以外，文國公府基本上算是皇后一派的。至於護國公府，他們從大越建國以來便是堅定的保皇黨，但是當今皇后偏偏出自護國公夫人的娘家裴家，自然不可能捨棄與皇后的關係。因此嚴、姜兩家之間雖不親密，無形中卻有一種默契。

姜禪喚端和公主為姑母，因為表弟嚴煜的關係，他要稱嚴謹為伯父。姜禪問道：「嚴伯父，事情怎麼樣了？」

嚴謹嘆了口氣。「他還是不承認，全推在管家葉卓身上。」

一個小小的管家，哪裡敢背著主子做出這麼大逆不道的事情，說不是夏于諱指使，嚴謹萬萬不信。他已經打定主意，不管夏于諱認不認罪，都不會讓他好過。

姜禪蹙了蹙眉頭，思考了起來。過了一會兒，他突然說道：「要、要不讓陸表妹想想法子吧？」

陸表妹？

嚴謹一時沒反應過來姜禪說的是誰，可待他想通之後卻更加疑惑。告訴外甥女這件事有什麼用？

因為心中不解，嚴謹便詢問姜禪此舉何意？

姜禪的表情有些微妙，他清了清嗓才說道：「伯父將她叫來就知道了。」

因為前幾日與姜禪接觸過，嚴謹知道他雖然年紀小，卻不是思慮不周之人，只猶豫了一會兒，嚴謹就準備回府接外甥女。

姜禪見狀當即說道：「有小姪在，小姪去便是了。」

嚴謹看了他一眼，點了點頭。

此刻牢房門前只剩下嚴謹一人，他看向待在裡頭的夏于諱。被關在這裡幾日，他並未受什麼罪，只是看上去有些憔悴。

「夏先生是舉人之身，做出這般下作的事情，當真不覺得愧疚嗎？可曾想過，若是你出了事，夏家一家老小該怎麼辦？」嚴謹淡淡地說道。

夏于諱坐在角落，聞言抬了抬眼皮說道：「侍郎大人何必用這話來套我，我已經說過了，此事是我的管家誣陷我。」

嚴謹輕笑了一聲說：「也行，我這會兒還有點耐心，若是你再不說，我就要去府上叨擾了。」

夏于諱臉色微微一變，隨後又歸於平淡，狀似無所謂地靠著牆閉上了眼睛。嚴謹見狀，臉色沈了沈。

姜禪很快就到了文國公府，門房前去通報，沒過一會兒，陸煙然身後跟著個丫鬟走到了隱蔽處，姜禪瞧見了，就朝她揮了揮手。

陸煙然見到姜禪來找她，一點也不驚訝，她走下石階後開口問道。「找我何事？」

姜禪簡單地敘述了目前的情況。其實他也不知道陸煙然有沒有辦法，是以此時心中還有些不確定。

陸煙然聽到他說的話以後有點哭笑不得。看來她那日用的方法給這位世子留下了深刻的印象？

姜禪見她沒說話，抿了抿唇道：「沒法子了？」怕她不明白其中的難處，他繼續解釋。「夏于諱乃是舉人之身，不能動用重刑，不然他必定會說我們屈打成招。」

舉人？好個舉人！

陸煙然眼神黯了黯，轉身對丫鬟吩咐了一些事，沒一會兒就有人將轎子抬了出來。

姜禪知道她有法子了，便騎上自己的小馬駒，領著人往晉安府趕去。

晉康都城受晉安府管轄，兩人很快就到了府牢，越往深處走，關著刑責越重的罪犯。由於夏于諱還未定罪，如今只是暫時收押在外側的牢房，所以姜禪不怕嚇到陸煙然，直接帶她來到關夏于諱的地方。

「大舅舅！」陸煙然見到嚴謹，欠了欠身子喊了一聲。

嚴謹點了點頭。「煙然來了。」他的心情有些複雜。明明已經抓住了人，卻因為有所顧忌而束手束腳，實在愧對妹妹和外甥女。

陸煙然不知道自家舅舅心中的想法，眼睛往牢房看去，只見牆壁上方開了個口，外面的陽光透過窗口的柵欄照了進來，將牢裡的人照得十分清楚。

那人穿著一身青衫坐在地上，不像是被關押，反倒像是來賞景的，憑這番氣度，便能看出此人心性堅定，是個硬茬。

陸煙然彎了彎嘴角，突然朝那人說道：「表叔，繼母還在我面前提過您呢。」

夏于諱猛然睜開眼睛，視線落在牢門外的小姑娘身上。

想到剛才那個稱呼，夏于諱眼中閃過一絲不自在，他乾咳了一聲才開口道：「雖是下人做了錯事，不過表叔也有錯，待表叔出去了再向妳賠罪。」

陸煙然忍不住輕笑了一聲，也沒說話，就往外頭走去，嚴謹和姜禪很好奇她要做什麼？姜禪更是直接跟了上去。

只見陸煙然跟官差要了些東西，姜禪想不透她要那些幹什麼，卻忍著沒問。

大約一炷香的時間，一個官差端著木盆過來，木盆裡有水，還浸了一些鹽塊，另一個官差則牽著一隻小羊。

看著那隻小羊，姜禪的表情一言難盡。他的性格寡淡，眉眼之間總是透著疏離，此時他那有些好奇又帶了點尷尬的神色可說是難得一見。

陸煙然看了姜禪兩眼，接著就摸了摸小羊，對官差說道：「讓那位舉人平躺，朝他的腳心多刷幾遍鹽水，再把這小羊牽過去就好了。」

兩位官差當即帶著東西進去，姜禪在原地繞了幾圈，最後還是沒能忍住，說道：「我過去看看。」

看姜禪有些迫不及待的樣子，陸煙然不由得笑了一聲。雖然姜禪平常的態度總是很老成，但畢竟還是個少年，反倒是她，如今還不到九歲，卻早已沒有那份天真。

不過片刻，牢房裡突然傳出一陣劇烈的笑聲——準確來說，像是在笑，又像是在哭，聽起來有些駭人。

牢房內的夏于諱被綁在平凳上躺著，渾身動彈不得，一雙腳半懸在空中，那隻小羊正不停地舔著他的腳心。

因為笑得太激烈，夏于諱的聲音沒一會兒就變得有些嘶啞。「別、別……快將牠牽開！」

他的笑聲不停，短短一句話說得斷斷續續，腳底傳來的酥麻讓他渾身緊繃。

姜禪微微睜大了眼，看著眼前這一切，他甚至覺得自己的身體都癢了起來。嚴謹見夏于諱差點笑到背過氣的樣子，連忙出聲讓官差將小羊拉開。

腳底的癢感消失，讓夏于諱有種劫後餘生的感覺。那明明不是嚴刑拷打，卻讓他生不如死！

嚴謹問道：「夏先生，你還不願意招嗎？」

夏于諱瞪了他一眼，沒有開口的打算。

看他的嘴仍舊緊得像蚌殼一樣，嚴謹淡淡朝官差吩咐道：「再朝他腳上刷鹽水。」

夏于諱從沒發現自己竟然那麼怕癢，那神經末梢酥麻不已的感覺，讓他恨不得將腳給砍了，他害怕笑到死，只得求饒：「快將牠拉走，我說我說！」

小羊被拉走的時候叫了一聲，夏于諱忍不住抖了抖身子，心想他這輩子再也不願意看見羊了。

嚴謹讓官差送來紙筆讓夏于諱自己寫認罪書，他說道：「夏先生，你可要寫仔細了！」話落，他將蘸了墨的筆塞進夏于諱手中。

夏于諱的表情有些難看。終歸是自己太過自信了，沒想到一個小姑娘竟然能從那個地方逃出來。

看來這一切都是命，他只能對不起表妹了！

夏于諱嘆了一口氣，在紙上書寫起來。

他寫好一份之後，嚴謹拿起來審閱，上面的內容讓他氣得咬牙，他要夏于諱按手印之後再寫一份。一份留給官府當作呈堂證供，另外一份自有用處。

第二份認罪書寫好之後，嚴謹遞給一旁的姜禪道：「勞煩賢姪拿去給然然收好。」

姜禪接了過去，他雖然很是好奇，可是直到認罪書交到陸煙然的手中，他都沒偷看一眼。

陸煙然看了認罪書，上面清楚地寫著小郭氏如何交代他害她，真相大白的瞬間，她頓時有些失神。

此時姜禪的聲音突然在她耳邊響起。「妳這次的法子雖然頗為詭異，倒不失為一個妙計。」

陸煙然笑了笑。「妙計？這可不妙，一不注意的話，是會笑死人的。」後面幾個字她特地加重了語氣，讓姜禪的背脊瞬間一涼。

姜禪只覺得，自己在這個小姑娘面前一絲男子氣概都沒了，他有些不相信地問道：「當、當真？」

陸煙然還未開口，嚴謹就從牢房那邊走出來說：「的確是這樣，我記得這個法子在前朝的刑法書中見過，被稱為癢刑。」

聽見嚴謹說的話，陸煙然點了點頭，回道：「正是。」

嚴謹看了外甥女一眼，不曉得她是怎麼知道這個法子的，不過他只說了一句：「回府吧。」

夏于諱已經認罪，按照大越律法，被處三年徒刑。陸煙然根本不在意他被判多重的刑，說到底，這個人並不是罪魁禍首。

嚴謹知曉內情，正想設法料理背後指使者，然而還不待他行動，陸家便傳來讓人驚訝的消息。

他們連夜將小郭氏送去鎮國侯府在興林的別院，外傳是因為她惹了大郭氏生氣，被送去禁足。興林離晉康很遠，此舉可說是在躲避嚴家。

嚴蕊已得知幕後指使人是小郭氏，她原本想著要怎麼將女兒受的苦都討回來，沒想到陸鶴鳴快了一步。她有些動怒地說道：「陸鶴鳴怕是已經知道消息，所以才將人送走！」

嚴謹皺了皺眉，低聲說道：「他應當不知道夏于諱已經認罪，而且夏于諱只有口頭承認是小郭氏指使的，並沒有其他證據……」

說到這裡，嚴謹猜出陸鶴鳴為何會這麼做——將人送走，直接不認！

他氣得揮了揮袖子。「難道他以為這樣我們就拿他沒轍了嗎？我馬上讓晉安府石大人下令去將小郭氏請回來！」

此刻嚴蕊也明白了陸鶴鳴的意圖，臉色不禁有些發白。

陸鶴鳴明明知道害女兒的人是小郭氏，為何這麼做？他這樣還配做一個父親嗎？

因為太過憤怒，嚴蕊的胸口劇烈地起伏了幾下。

文國公府向來以和待人，即便嚴、陸兩家勢同水火，他們也沒做出趕盡殺絕的事情，相反的，因為有陸煙然在，反倒不時給他們一些方便。想不到這樣的寬容，竟換來如此對待！

嚴謹冷聲道：「蕊兒，然然如今在文國公府，我們不必再顧忌陸鶴鳴，這次絕對不會讓他好過。」

小郭氏被送走的事情瞞不住，陸煙然半刻鐘後也知道了。

她有些訝異陸鶴鳴竟然這麼果斷地送走小郭氏，這不是擺明了包庇嗎？他是不是認定沒有物證，所以才這般肆無忌憚？

雖然鎮國侯府對外宣稱小郭氏是被禁足，可她畢竟是侯夫人，去了別院，她就是最大的主子，誰敢苛待她？若是不給予致命一擊，小郭氏指不定會捲土重來！

想到自己上輩子的遭遇，陸煙然對這個結果非常不滿意，就算現在沒有物證，她也會設法找出來！

陸鶴鳴做的事情，可說是犯了嚴家眾怒。

嚴謹第二日下朝後，將弟弟嚴苛叫到一旁，想讓陸鶴鳴好看。嚴苛與陸鶴鳴同在兵部任職，不能再方便了。

這兩天以來，陸鶴鳴諸事不順，甚至被頂頭上司當著眾人的面教訓了一頓。

他向來愛面子到了極點，即便不情願，挨訓之後還是恭順地低頭認錯，不敢有一絲馬虎，可是看到嚴苛那嘲諷的眼神後，他頓時氣得臉色鐵青，差點忍不住上前跟他理論。

更離譜的是，今天嚴苛回文國公府的路上，竟然將他堵在城門處，揍了他一頓。

陸鶴鳴最後氣呼呼地回了鎮國侯府，在他眼中，文國公府這是欺人太甚！

他將小郭氏送去別院已是服了軟，沒想到嚴家竟然還來找他麻煩，既然如此，他不必再有所顧忌！

陸鶴鳴眼神一冷，去了書房。

陸鶴鳴這幾天被嚴氏兄弟教訓，陸煙然也沒閒著，她去府牢見了夏于諱。

夏于諱看到來探訪的人是陸煙然，像是瞧見仇人一樣，根本不願意與她交談。

陸煙然笑了笑，說道：「郭梓彤有什麼好的，竟然值得你為她這般犧牲？你母親年事已高，妻子個性柔弱，下有稚子，你有沒有想過你服刑這幾年，他們該怎麼辦？」

直到小郭氏被送走，陸煙然才明白，這個男人表面上雖然認罪，實際上卻是在維護小郭氏，因為他沒拿出物證。

夏于諱輕哼了一聲道：「這些用不著妳這個小丫頭操心。」

「也是，我看你家有恆產，即便你不在，他們也會衣食無憂。」陸煙然頓了頓，又道：「不過，你覺得我會不會找他們麻煩？」

夏于諱瞪大眼睛，喊道：「妳！」

不過叫出一個字，夏于諱的身子就僵住。他知道這個看起來嬌俏的小姑娘心思有多麼歹毒，若是她真的存心找家裡麻煩的話……

陸煙然見夏于諱好一會兒都沒有說話，也不著急，一副怡然自得的樣子。

「妳……妳到底想怎麼樣？」夏于諱終於忍不住問道，而他一開口，就處於劣勢了。

陸煙然微微彎了彎嘴角。「你認罪書上說的那封信，到底在哪裡？」

那封信很重要，是小郭氏讓夏于諱做這些事的證據，只要找到那封信，他們誰也逃不了！

夏于諱不耐煩地回道：「我已經說過了，那封信我看過之後就燒掉了！」

陸煙然還是有些不相信，輕哼了一聲。「我一定會好好照顧你們夏家的。」她刻意加重了「照顧」兩個字。

夏于諱心頭一跳，立刻回道：「信我真的已經燒掉了！都這個時候了，我騙妳做什麼？妳這樣逼我，我就只能寫一封給妳了！」

她要他寫的信有什麼用?!

陸煙然瞇了瞇眼睛準備離開，下一刻，她的腳步一頓，回頭說道：「信的內容一字不漏地告訴我；還有，你有沒有郭梓彤的筆墨？」

夏于諱疑惑地說道：「妳想做什麼？」

「要對付夏家實在是太容易了，孤兒寡母的，隨便找點麻煩就……」陸煙然突然朝夏于諱露出一個笑容。

夏于諱只覺得背後一涼，知道她很清楚自家目前的情況。

「好，我說。」夏于詳閉了閉眼睛，說出了那封信的內容。

他考中舉人，記住一封信的內容再簡單不過，更何況當初怕出紕漏，他還反覆地看了信好幾遍。只是認罪的時候，他已經大致說過那封信寫了些什麼，此時她再問一遍，有什麼意思？

半盞茶的時間之後，夏于詳冷哼一聲。「滿意了？」

陸煙然將夏于詳的話記在心裡，再次問道：「你有郭梓彤的筆墨嗎？」

夏于詳心中一突，忽然間想到了什麼。難道……她是想要臨摹嗎？

呵，臨摹不是一蹴可幾的事，即便仿得出來，也會有破綻，表妹肯定不會認的，更何況她那般聰明，指不定還能反擊！

夏于詳越想越沒了顧忌，說道：「她曾寫信問候我母親，信應該還留著。」

陸煙然得到自己想要的答案，轉身離開了牢房。

沒多久，夏家來了一個不速之客，由於家中失了主心骨，沒費多大力氣，來人就達到了目的。那個人正是陸煙然派出去的，不到半個時辰，東西就到了她手裡。

嚴蕊沒在房間裡，陸煙然直接將信拆開來看，不久後就轉身往書房走去。

第二十六章　恬不知恥

文國公嚴邵如今五十有二，在朝中格外有威望，然而今日卻當著陛下的面被參了一本，下朝之後氣呼呼地回了府上。

他的夫人薛氏很清楚他的性子，見他回府後板著一張臉，笑著打趣。「是誰又惹我們文國公生氣了？」

兩人是年少夫妻，感情深厚，若是平時，嚴邵會跟妻子說笑，但是此時他卻面無表情地坐在太師椅上，繃緊了一張臉。

薛氏察覺到了不對勁，臉上的笑意斂了斂，問道：「這是怎麼了？」

嚴邵氣得拍了拍一旁的八仙桌。「真是恬不知恥！」

薛氏嚇了一跳，可不論她怎麼問，嚴邵就是不開口，後來得知長子回到府上，她連忙讓人將他喚來，最後才知道到底發生了什麼事情。

想到丈夫受的氣，薛氏咬牙道：「好一個陸鶴鳴，他這般對待我的外孫女，竟然還倒打一耙，難不成要我們任由然然留在陸家被欺負嗎？」

原來陸鶴鳴今日在陛下面前告狀，說文國公府霸占他的大女兒，形同讓滿朝官員公審嚴邵。

氣得好一陣沒有說話的嚴邵又拍了拍桌，恨道：「不用管他，他還能上我文國公府來搶人不成？」

嚴家的人準備冷處理，可是沒想到第二日，陸鶴鳴竟然親自上門來了。

自從陸鶴鳴與嚴蕊和離後，就沒來過嚴家，這回他不僅來了，還帶了一位侍御史同行，顯然是有備而來。

嚴邵下了轎之後正好被堵在門前，他頓時臉色一沈，冷哼了一聲，不打算搭理他們。

隨行的侍御史任職於御史臺臺院，他見到嚴邵，連忙出聲叫道：「國公爺！」

嚴邵看了侍御史一眼後就往石階走去，完全忽視站在一旁的陸鶴鳴。

陸鶴鳴臉上閃過一絲難堪，不過此時不是在乎這件事的時候，見嚴邵就要進府，他連忙開口道：「國公爺，我知貴府眾人疼愛煙然，可是如今煙然已在府上住了好些時日，家母有一陣子沒見到她了，心中十分掛念，還望國公爺同意我接走女兒。」

接走？接走個……

嚴邵在心裡罵了一句，他回頭瞪著陸鶴鳴說：「沒有我的同意，誰也別想帶走我外孫女！」

話音剛落，晚一步回到文國公府的嚴謹也下了轎，見到陸鶴鳴的那一刻，他皺起了眉，還沒來得及說話，陸鶴鳴就將他拉入這場對峙中。

「嚴大人，於情於理，你們都不能強留煙然，還望您勸勸國公爺！」

嚴謹對陸鶴鳴實在是厭惡至極，根本不想看他，不過他倒是打量了那位侍御史一下。

御史臺臺院有六位侍御史，若是他沒記錯的話，其中有兩位是當朝司空的人，這便是其中一位。那個司空向來與嚴家有些不對盤，看來今日陸鶴鳴是有所倚仗啊。
侍御史見到文國公父子倆皆是這副態度，不太高興地出聲道：「文國公府是世家大族，怎能做出這般有違規矩的事，難道你們能容忍自家後人被帶走嗎？」
已經要進府的嚴邵氣得吹鬍子瞪眼。「我們嚴家可不會出那種狼心狗肺之人！」
嚴邵在當今陛下年幼時訓誡過他，此番瞪大了眼罵人，陸鶴鳴和侍御史不由得生出了一絲怯意。
雖然畏懼嚴邵的氣勢，陸鶴鳴卻還是開口道：「國公爺，煙然是文國公府的外孫女，卻是我陸家的嫡長孫女，若她一直住在文國公府，外人會怎麼說我們鎮國侯府？」
嚴謹瞄了陸鶴鳴一眼。他早就知道他不要臉皮，可是沒想到他竟然還能更無恥！
嚴邵氣紅了臉，直接扔下一段話：「嚴謹，把他們給我看好了，文國公府不怕丟臉，我今兒話就撂在這兒了，要想帶走我的外孫女，不可能！」說完，他袖子一揮，直接進了府裡。
嚴謹鬆了一口氣。若是他爹留在這裡不走，他還真怕他被氣出個好歹。
侍御史也動怒了，說道：「你們這是仗勢欺人！好一個文國公府，竟然罔顧倫常，鎮國侯府的老夫人想見孫女，你們卻百般阻撓，就不怕報應嗎？」
聽了這話，嚴謹不知為何有些想笑，他的視線落在陸鶴鳴身上，眼中帶著一絲嘲諷。「陸大人可真是問心無愧，既然你這般喜歡讓人看笑話，可願意讓人看個夠？」
若不是顧忌外甥女的名聲，嚴謹恨不得立刻當場揭開小郭氏做的醜事！

此話一出，陸鶴鳴頓時有些難堪。

雖然沒人通報，可是文國公府的下人們，還是將門前的情形傳了進去，一個傳一個，傳到了半雪耳中，她連忙回到院子，見那裡只有嚴蕊，便急急忙忙地將自己聽到的都說了出來。

嚴蕊來不及阻止，半雪話剛剛落下，她就見女兒從偏室走了出來。

陸煙然將那些話聽得清清楚楚，她的表情變得有些令人玩味。

做出那種事，陸鶴鳴竟然還敢來嚴家？真是有趣啊。

文國公府周圍有其他世家的宅院，這世上向來不缺湊熱鬧的人，陸鶴鳴在外面大聲指責，自然吸引了不少人的視線。

嚴謹聽著他們兩人你一言、我一語，仍舊不為所動，見他神色淡然，陸鶴鳴與侍御史皆氣得不輕。

侍御史是御史臺的人，擁有彈劾官員的權力，哪個為官的人見了他不是小心翼翼的？即便文國公府深得陛下寵愛，這也太不將人放在眼裡了！

這麼一想，侍御史揮了揮長袖道：「既然文國公府如此冥頑不靈，我就讓人來評評理！」

嚴謹皺了皺眉，不明白他這是何意？但是半炷香過後，他就知道是怎麼回事了。

侍御史這是找幫手去了！

看到幾位御史臺的人被叫到文國公府前，嚴謹的表情更顯冷漠。

侍御史說道：「諸位大人，說起來這是人家的私事，可是我身為御史臺的人，不能視而不見，你們說說看，文國公府占的是什麼理！」

他將剛才發生的情況大概說了一遍，御史臺的人向來嘴皮子索利，聽了他加油添醋的敘述，嚴謹不由得臉色一黑，偏偏這些被叫來的人還特地挑過，一看就知道他們偏向鎮國侯府。

嚴謹打量了他們幾眼，說道：「幾位大人倒是閒得很，竟然管起我們文國公府的家事來了。」

有人不滿，當即反駁。「三綱五常，為官者更應該遵守，文國公府這麼做有違倫常，今日我必助陸大人帶回嫡長女！」

話落，其他幾人隨即出聲附和。

陸鶴鳴見他們都在替自己說話，不由得暗暗得意，他嘴角微微彎了彎。「嚴大人，還望派人進去通報一聲，小女該回家了。」

侍御史生怕火燒不起來，又說道：「要是你們還不聽勸，就別怪我不顧同僚之情，明日必會參文國公府一本，讓陛下評評理！」

嚴謹被他給氣笑了，回道：「盧大人，您今日不是才剛參了一本嗎？」

他還準備繼續說，忽然間大門吱呀一響，一個下人急急忙忙走到嚴謹面前，遞了一樣東西給他，同時對他耳語了兩句。

聽了下人的話，嚴謹的臉色一變，神情震驚。

陸鶴鳴以為嚴謹撐不下去了，心中一喜。

只見嚴謹叫來一個護衛，朝他吩咐了幾句，護衛得了令，急忙往另一個方向趕去。

陸鶴鳴皺了皺眉。「嚴大人這是什麼意思？」

嚴謹冷冷道：「既然你們今天上門來，那麼我們就將事情理個清楚，不弄明白，誰也不能走。」

聽到這番話，雖然不曉得到底發生了什麼事，但是陸鶴鳴忽然覺得有些不妙。

察覺到嚴謹與陸鶴鳴兩人之間不尋常的氣氛，其他人一時之間也沒開口，就這麼杵在文國公府門前。

嚴謹緊緊地拿著手裡的信封，想到方才下人告訴他的話，他實在按捺不住激動的心情。

過了一會兒，有人忍不住說道：「文國公府是想晾著我們？」

侍御史聞言，當即指責。「他們這是心虛了，大家不必擔心，文國公雖然是太尉，卻不可能隻手遮天，我們這兒也有司空大人呢！」

嚴謹面色冷漠，只當沒聽見這些話。

又過了半盞茶的時間，侍御史不禁訓斥道：「都說文國公為人正直，想不到也是以大欺小之輩！」

嚴謹眸中閃過一絲冷意，正準備說話，不遠處就傳來一陣馬蹄聲，待他看見來人，臉上頓時一喜。

那人穿著一身青色官袍，馬兒剛剛停下，他便從馬上俐落地一躍而下。

正是掌管晉安府衙的石大人！

陸鶴鳴皺起了眉。石大人什麼時候也管起內宅事務了？

侍御史也認識石大人，見到他出現，驚訝地說道：「石大人也是來評理的？我先說了，您可不許偏頗。」

石大人有些無奈地說：「盧大人說的是什麼話，不過既然您在這兒，正好做個見證。」

侍御史不解其意，而陸鶴鳴心中的不安頓時更加強烈了。

嚴謹見到石大人，連忙將東西遞給他，石大人越看臉色越沈，表情相當嚴肅。

方才文國公府下人拿出來的東西，正是小郭氏指使夏于諱作惡的信件。

前朝秉持「寧可錯殺一百，不可放過一個」的信念；然而大越建國以來，刑法上卻添了「疑罪從無」這一項，只要沒有確切的證據，就不能輕易判罪。

所以儘管已經有了人證，石大人仍苦於沒有物證而躊躇不定，畢竟對方可是侯夫人，不能隨意處置。如今有了手上的信件，再加上陸鶴鳴那遊移不定的模樣，他再沒顧慮。

石大人看完信之後，走到陸鶴鳴面前問道：「侯爺可認得這是誰的字體？」

陸鶴鳴有些不明所以，待他看到紙上某句話，突然臉色大變，他發現自己失態了，努力控制臉上的表情，裝傻道：「這、這是什麼？」

石大人一直緊緊地盯著陸鶴鳴，當然不可能錯過他神情上的變化，他心頭一鬆。「看來侯爺已經知道這是誰寫的了。」

侍御史不明所以，他見到陸鶴鳴的樣子有些不對勁，出聲道：「你們難不成用了什麼東西威脅陸大人？」

石大人笑著說：「盧大人此言差矣，你們根本不了解事情的來龍去脈，就在文國公府前鬧事，實在有違君子之道。」

侍御史瞪大眼睛，道：「我看您才不知道這到底是怎麼回事呢！我……」

石大人不讓他繼續扯下去，揚聲說：「幾位只知道文國公府將鎮國侯府的大小姐接到府上，卻不曉得那位小姐險些被侯爺的繼妻謀害，文國公府只是疼惜後輩罷了！」

現場的氣氛先是凝滯，隨即爆出各種不同的聲音——看戲的人議論紛紛，來助陣的人則是質疑聲此起彼落。

「什麼?!」

「石大人，您這說的是什麼話?!」

其中以侍御史的反應最大。「石大人，您可不要信口開河，是不是文國公府的人給您好處了？」

陸鶴鳴卻是僵在原地不吭一聲，想到小郭氏說過她交代夏于諱燒掉那封信，他實在不相信剛剛看到的東西是真的。

夏于諱……不至於這般蠢吧？

然而陸鶴鳴剛有這個想法，便聽石大人冷聲道：「侯爺，本官會派人陪同貴府的人前往興林將侯夫人請回來，還請侯爺配合，否則就別怪本官不客氣了！」

陸鶴鳴還未回話，一旁的侍御史就忍不住喝斥了一句。

嚴謹忍了他很久，當即出聲說道：「盧大人還是別多管閒事了，難道御史臺的人都像您這般是非不分嗎？」

侍御史氣得胸口一梗，怒道：「別以為你爹是文國公又是太尉便這般目中無人，你們這樣根本就……」

嚴謹打斷他的話。「當真可笑，陸鶴鳴容忍繼妻害我外甥女，難道要我們不聞不問嗎？」

侍御史回擊道：「你們這是血口噴人！」他話剛說完才發現，在一旁的陸鶴鳴已經好一會兒沒開口了。

陸鶴鳴此時神色有些慌張，因為他心中沒底。

石大人被這樣一而再、再而三地質疑，早已有些不耐，只道：「侯爺，如今罪證確鑿，您萬萬不可再包庇！」

陸鶴鳴只得低聲道：「石大人慎言，此事我確實不知，內人也是因為被禁足才去了別院，路途遙遠，還望給點時間。」

石大人看了他一眼。「此乃公事，還望侯爺不要耽擱。」

嚴謹見陸鶴鳴臉色鐵青，在心裡冷哼了一聲，他與石大人打聲招呼後直接進府，石大人對陸鶴鳴叮囑了兩句後也離開了；御史臺幾位大人被晾在一旁，一時還沒反應過來。

見侍御史的表情相當難看，陸鶴鳴心頭一沈，連忙解釋，將自己描述得十分無辜。

侍御史半信半疑，最後喪著一張臉隨其他人離開，周圍看熱鬧的人也慢慢散去。

沒多久，文國公府前只剩下陸鶴鳴一人，他定睛看了門前的牌匾兩眼，眸中滿是鬱色。

若那封信真的是表妹所寫，那他只能……

石大人回府衙後就派人去鎮國侯府，陸鶴鳴才回去沒一會兒便接到官差上門的消息，他心中憤懣至極，可是一想到自己看到的那封信，還是忍住怨氣派下人為官差帶路，前去陸家別院。

陸鶴鳴自然識得小郭氏的筆跡，事情演變到這個地步，他已經做好了最壞的打算。

官差前來的消息傳到了大郭氏耳中，陸鶴鳴很快就被叫到福祿院。

大郭氏看到兒子過來，沈著一張臉說：「你給我說實話，煙然出事，是不是和郭梓彤有關?!」

陸鶴鳴從文國公府回來後，一直繃著臉，聽見大郭氏的話，他無聲地點了點頭。

見兒子默認，大郭氏臉色一青，氣得拍著胸口道：「我就說好端端的，你怎麼會送她去別院，原來是因為這個！」

陸鶴鳴見她險些喘不上氣的樣子，頓時急道：「娘！」

大郭氏揮手就給了他一巴掌。「你當真是糊塗！」

她早年喪夫，陸鶴鳴從小到大都是她的心肝寶貝，她哪裡對他動過手，此時也是氣急了。

陸鶴鳴是幾個孩子的父親了，此時被打，臉色自然不好看，不過打人的是他的寡母，他不能說什麼，只解釋道：「娘，這件事是我錯了，我也是怕鎮國侯府讓人看笑話才瞞著的。您想想看，若是事情鬧大了，別人會怎麼想我們侯府？」

大郭氏瞪了他一眼，道：「那為何如今鬧成這樣?!」

陸鶴鳴抿了抿唇。「還不是文國公府欺人太甚。煙然是陸家的女兒，他們以為發生了這種事就能奪走她，想得倒是天真，即便是在陛下面前，他們也站不住腳！」

大郭氏深深地看了兒子一眼，嘆了口氣，索性回內室待著，來個眼不見為淨。

陸鶴鳴咬了咬牙，離開福祿院之後去了書房，他得想想接下來該怎麼應對才好？

陸家別院離晉康大約四百里路，幾日後，官差才將小郭氏帶回來送進府衙。

這一路長途跋涉，著實將小郭氏折騰得不輕，直到進了府衙，她才歇了口氣。平日即便她看起來嬌弱，也是精神奕奕，此時卻虛弱得像是一陣風就能將她吹倒。

夏柳很是害怕，白著一張臉陪在小郭氏身邊。

小郭氏到底是侯夫人，如今又還沒定罪，府衙的人不敢隨意對待她，關進牢房裡就算是了事。

「夫人……」夏柳渾身微微顫抖。她只是個丫鬟，雖然平時態度沈穩，可是遇到這樣的事情，終究無法保持冷靜。

小郭氏擠出一絲難看的笑容，安慰她，也鼓勵自己道：「沒事，侯爺不會不管我的！」

第二十七章 自食惡果

小郭氏被帶回晉康的消息一傳出來，文國公府上下頓時興奮不已。用過晚膳後，一家人坐著聊這件事，陸煙然一邊逗表妹玩，一邊聽長輩們談話。

蔣氏性格強勢潑辣，高興地拍了拍手說：「我早就看不慣那個女人了，世子爺，您得跟石大人說，只有加重處罰，才能大快人心！」

文國公嚴卲坐在八仙桌旁，聽了大兒媳的話，臉色微微一沈，出聲道：「嫉惡如仇是對的，可是妳這麼想便是錯了，她那樣的毒婦自然有律法懲治，我們何必要沾這污水？」

蔣氏眉頭一跳，忙應了一聲「是」。

見大兒媳的態度誠懇，嚴卲這才滿意了些，隨後與大兒子聊著。

嚴謹見狀，微不可察地搖了搖頭。自家妻子和老爹同樣是門大砲，再加上嚴苛這個弟弟，三個人湊在一起，真叫一個熱鬧。好在他們不是倔性子，都知道退讓。

他回了老爹的話，又向妻子使了個眼色。蔣氏會過意來，撇了撇嘴，將頭偏向另一邊。

她這公公什麼都好，就是性子耿直了些，若不是他當初太講究規矩，他們早就將外甥女接回來了。

嚴蕊坐在蔣氏對面，她曉得這個大嫂一向是心裡想什麼就寫在臉上，這會兒明顯是有點鬧脾氣了，不由得覺得有些好笑。

因為小郭氏被關進府牢，嚴家的氣氛好轉了許多，只盼著晉安府的石大人能早些審理，好讓事情落幕。

到了審理當天，因為事關文國公府，府衙特地派人前來通報。

嚴蕊希望能看到小郭氏得到應有的報應，陸煙然知道了以後就說：「娘，我們去旁聽吧？」

聽到這個提議，嚴蕊的心微微一動，叫了一聲「然然」，隨後點了點頭。

蔣氏得知此事，很想去湊熱鬧，可是小兒子才兩歲，她根本抽不了身，最後還是只有嚴蕊母女兩人前去。

嚴蕊帶著陸煙然與護衛，沒多久便到了府衙。她是和離之身，雖然大越對女子的約束沒有前朝那般嚴格，可是她還是習慣戴著帷帽。得知兩人的身分，官差連忙去通報。

今日的審訊在大堂進行，石大人知道她們前來的意圖，立刻讓人收拾好偏室。以往不是沒發生過當事人來聽審的事情，所以偏室各項設備可說相當齊全，嚴蕊與陸煙然可以舒服地待在這裡旁聽。

偏室門前掛著布簾與大堂隔開，兩人坐下沒一會兒，外頭就傳來了聲響，接著陸煙然就聽到小郭氏的聲音。

小郭氏的語氣如同往常一般溫婉，此時帶著點哭腔，更像是受到了極大的委屈一般。她訴說的內容無非是自己多麼冤枉、讓大人明察秋毫之類的。

石大人看了站在臺下的小郭氏兩眼。如今還未定罪，她又是侯夫人，因此即便她站著說話，他也未出聲糾正。

待小郭氏安靜下來，石大人清了清嗓，簡單地敘述了一下事情的來龍去脈，隨即問道：「郭氏，妳可認罪？」

小郭氏像是受到了極大的刺激，頃刻間淚流滿面，哭道：「大人何出此言？我對丈夫的嫡長女向來關心備至，更將她當作自己親生女兒一般，怎麼可能做出這種事呢？若是大人不信，可以請她過來問問！」

嚴蕊聽到這番話，忍不住看向女兒，只見她一臉興致盎然，似乎躍躍欲試。

案桌前的石大人抿了抿唇，不想多說什麼，直接讓師爺將手上的東西念出來給她聽。

小郭氏聽了之後，有些茫然地說：「這、這是什麼？」

她看起來還算平靜，可若是仔細瞧的話，她手背上的青筋都冒出來了。

眼看事情到了這個地步，小郭氏還能裝傻，石大人不由得有些佩服，但是不管她再怎麼裝，都改變不了事實。他說道：「這是妳表哥的認罪書，同時也是指認妳罪狀的證據。」

小郭氏只覺得眼前一黑，連忙掐了自己的腿一把，試圖冷靜下來。

儘管情況對小郭氏相當不利，陸煙然卻知道她不可能就這麼認了。她沒聽到陸鶴鳴的聲音，不知道他來了沒？接下來……會不會發生什麼變數呢？

見臺下的小郭氏一臉迷茫，想要賴到底，石大人有些不耐地說：「郭氏，人證、物證俱在，妳還不快快認罪！」

說著，他示意官差將他們如今握有的證據，全部攤在小郭氏面前。

夏柳跪在地上瑟瑟發抖。雖說小郭氏並未讓她做過什麼，可是她不傻，很快就猜出大小姐出事和自家夫人有關。

小郭氏看也不看官差手裡的東西，她一邊喊著「冤枉」，一邊說道：「我要見我家侯爺！」

石大人冷哼了一聲，這才想起自己沒告訴陸家今日審訊的時間，連忙讓官差去通知鎮國侯府的人，隨後對小郭氏說：「冤枉？郭氏，妳好好看看，那封指使夏于諱的信分明出自妳的手筆！」

聽他提到這件事，小郭氏臉色一白，有些遲疑地看向官差手中那封信。

瞄見了信上的內容，小郭氏如遭雷擊。她分明讓夏表哥看過之後將信燒了，他不可能還留著！

看到小郭氏這個反應，石大人知道她認出了自己的筆跡，當即喝道：「讓她畫押！」

官差應了聲「是」，沒想到他還沒碰到小郭氏，就一時不察地被她推開。

小郭氏眼中閃過一絲猙獰，叫道：「我乃是鎮國侯府侯夫人，你們怎敢這麼對我？這是誣陷，那封信根本不是我寫的！」

這番話小郭氏幾乎是吼出來的，看上去氣勢十足，但是實際上只有她才知道，自己心裡有多絕望。

她寫字時有個小習慣，就是寫捺的時候會頓一下，雖然剛才看得不夠清楚，她卻注意到了這個特點，所以那封信顯然就是她寫的！

其實這封信與當初小郭氏那封信的內容有細微的差別，因為這是陸煙然偽造的，可惜小郭氏那日寫得急，哪裡記得紙上每一句話。

陸煙然本就擅長書法，在入雲閣時又見過各式各樣的客人，其中一位最善於臨摹筆跡，他見陸煙然有天分，便指點了她一二，是以她仔細研究過小郭氏的書信之後，再花點工夫就仿了出來。

小郭氏不知道真相，以為這就是自己寫的那封信，不過她還是不承認，她心想，只要堅持到陸家的人來了，她就能得救！

官差見小郭氏抵賴，就要抓著她的手畫押，小郭氏立刻發出尖叫，嘴裡不停罵著「大膽」、「放肆」。

正當官差不知如何是好時，之前去鎮國侯府通報的人回來了。

小郭氏的眼睛頓時一亮，她往外看去，卻沒看到想見的人。

那位官差走到案桌前，將懷裡的東西呈上去，稟報道：「大人，這是陸侯爺讓我交給您的。」

石大人點點頭，接過東西看了起來。

大堂內一時之間沈寂了下來，小郭氏努力要自己保持鎮定，不放棄任何一絲希望。

布簾後的陸煙然剛開始還能耐著性子，隨著時間過去，她漸漸有些按捺不住。

堂堂晉安府要處置一個婦人，怎麼這般囉嗦？如今人證、物證俱在，還有什麼好顧忌的！

嚴蕊正好瞥見陸煙然的表情，不知道是不是因為母女連心，她竟一下就猜出女兒在想什麼，於是她安撫道：「然然，妳放心吧，石大人一定會秉公處理，不會放過她的。」

話雖如此，嚴蕊心中到底有些慚愧。文國公府雖然背景顯赫，可是向來不仗勢欺人，即使面對惡人也不改作風，若是動起真格，他們哪裡會受這些氣？不過雖然她爹守規矩到有些不知變通的地步，這次卻強勢地留住了女兒，已經夠讓她驚訝了。

聽到嚴蕊說的話，陸煙然抿了抿唇，正準備說點什麼，突然聽到石大人中氣十足地說了一句話。

「將郭氏給我押著跪下！」

方才石大人不是還很客氣嗎，怎麼這會兒突然強硬了起來？陸煙然不禁有些訝異。

大堂內的小郭氏不敵兩旁的官差，被押著跪了下去，她喊道：「大人一定是被嚴家的人收買了！」

說完這句話，小郭氏像是豁出去一般，完全拋棄了溫婉的形象，後面罵出更難聽的話。

石大人再也不猶豫，直接斥道：「給我掌嘴！」

話落，幾道巴掌聲響起，小郭氏的臉頰腫了起來，她眼眶泛紅道：「你們怎敢？我可是鎮國侯夫……」

石大人打斷她的話。「妳如今已不是侯夫人了！」他扔出手中的東西，那張紙緩緩飄下，正巧落到小郭氏面前。

小郭氏撿起地上的紙，看了一會兒之後，像是發瘋似的笑了起來，喊道：「不……不會的，這是假的！」

不管小郭氏近乎瘋狂的模樣，石大人說道：「郭氏有損婦德，意圖謀害丈夫與前妻所出之幼女，心思歹毒，其心可誅！杖十流兩千里，十年不得回晉康！」

聽到這個宣判結果，小郭氏身子一軟倒在地上，她撕起手裡的休書，滿臉不可置信，淚流不止。「不……不，你們不能這麼對我！一定是嚴家讓你們來陷害我的！」

她不信，表哥怎麼可能休了她？他不會的！

如今的小郭氏只是個平民，官差當即用一塊布堵住她的嘴巴，然後抓著她的手簽字畫押，再來便有人上前來執行杖刑。

小郭氏這輩子哪裡受過這種侮辱，她覺得自己像是砧板上的肉，只能任人宰割，哭到無力、喊到無聲，也無人理會她。

過了好一會兒，外面才安靜下來，陸煙然的表情冷漠中帶著寒心。

沒想到陸鶴鳴竟然在這個時候休了小郭氏，早不早、晚不晚，明顯是為了保住自身！

行過杖刑之後，小郭氏被帶去府牢，過了五日，她戴著手鐐腳銬，被送往千里之外。

這件事算是有個了結。陸煙然不關心小郭氏今後到底會如何，只知道她得到這種懲罰，自己的內心感到一絲安慰。

自作孽，不可活。

雖然小郭氏得到了應有的懲罰，可是陸煙然的心並未完全放下，她已經做好了陸鶴鳴再次上門的準備，卻一直沒見到人。

陸煙然不知道此刻的鎮國侯府已經天翻地覆。因為休了小郭氏，陸鶴鳴安撫兩個孩子都來不及了，哪有心思管她？就連一心盼著陸煙然回來的大郭氏，也因為家門蒙羞而小病了一場。

沒等到鎮國侯府的人，陸煙然卻等來了一封請帖，是護國府送來的。還未拆開請帖，陸煙然就想起了一件事。

當初護國公夫人想收她為乾女兒，卻因為她被擄而耽擱了，前幾日他們又送來不少養身子的藥材，不會是……還沒放棄認乾親的想法吧？

陸煙然微微有些尷尬。當初因為想找個靠山，所以她覺得當他們的乾女兒還不錯，可是現在已經沒這個必要了。

若是裴氏執意如此，也不是不行，但若真的認了乾親，以後她不就得叫姜禪「乾哥哥」了？陸煙然覺得這比叫「表哥」還彆扭，不禁有些煩惱。

嚴蕊不知道女兒在想什麼，見她看了帖子後發起愣來，就笑著問道：「這是怎麼了？」

陸煙然回道：「護國公夫人邀我去府上納涼。」

嚴蕊知道護國公夫人裴氏向來喜歡小姑娘，也曉得她原本要收女兒當乾女兒，況且世子姜禪與女兒之間的緣分很是奇妙，她便應下了。

對於護國公府這次邀請，嚴蕊十分上心，最後決定一同前去。雖然陸煙然被救回來之後，嚴謹便已親自過去致謝，但這不妨礙她再次登門表達謝意。

陸煙然得知自家娘親要一起去，並沒什麼意見，況且她一陣子沒見到姜禪了，還真有些想念他呢。

三日之後，嚴蕊母女倆乘上馬車，帶著護衛一同前往護國公府。

此時天氣炎熱，樹上的蟬鳴聲幾乎沒斷過，嚴蕊發覺女兒鼻尖冒出了細汗，連忙接過丫鬟手裡的蒲扇為她搧風。

陸煙然正在想事情，忽然感覺到一陣風朝自己吹來，不由得微微一怔。她搖了搖頭，道：「娘，我不熱。」

嚴蕊哪裡肯信，不知道是不是天氣太熱，陸煙然的雙下巴都瘦到不見了，她不願意停下動作，仍舊殷勤地為陸煙然驅散熱意，只盼她好受一些。

陸煙然見自己勸不動嚴蕊，只得由她去。

車軲轆轉著轉著，不知不覺間就到了護國公府。

因為帖子上約好了時間，所以裴氏能猜到她們大概什麼時候會到，早已在前院等著，一聽到外面有動靜，她連忙趕了過去。

走到大門處，裴氏正好見到母女倆下了馬車，見嚴蕊也來了，她的眼睛微微一亮，立刻上前迎接客人。

一陣寒暄之後，眾人往護國公府裡走去。

裴氏有好些日子沒看到陸煙然，此時見到她，有些心疼地說：「然然都瘦了，是不是沒好好用膳？」

這話頓時引起嚴蕊的共鳴，兩個當娘的也有了話題，很快便以姊妹相稱。

裴氏帶著她們去了湖心亭，水中的荷花開得正茂，讓人看了心情舒爽。一行人在涼亭坐下，下人們送了一些甜點上來。

陸煙然看了周圍兩眼，才發現湖心亭的水竟然是活水，她不由得想到了姜禪，不知道他會不會怕得根本不敢靠近？

護國公府沒有適合陪陸煙然的小姑娘，裴氏怕她覺得無聊，喚她去吃桌上的糕點。「然然，這是我特地讓廚房的人做的綠豆糕，妳快嚐嚐。」

聞言，陸煙然嚐了兩塊，覺得味道不錯。

不知道是不是因為護國公府靠著內城最邊緣的關係，附近的宅院隔得比較遠，讓人感覺輕鬆許多，躁動的心沒多久就平靜下來。

陸煙然以為，這次裴氏邀自己上門是為了認乾親的事情，可是過了好一會兒她都沒提，而且裴氏雖然處處照拂著自己，陸煙然卻發現她關注的焦點似乎……在她娘身上？

剛開始，陸煙然還以為這是錯覺，可她觀察了一下之後，發現確實如此，看來裴氏是有什麼話不好當著她的面說。

雖然好奇，但是陸煙然知道，自己若一直在這兒，裴氏可能不會說出來，於是她主動提出要四處走走。

嚴蕊不放心女兒，準備跟著一起去。

陸煙然見狀說道：「娘，您就陪著夫人吧，我逛一會兒就回來。」

拜託，要是她娘跟著她離開，護國公夫人的話要找誰說？況且她一直覺得她娘應該多出去與人談談心，她還這麼年輕，日子實在過得太寡淡了些。

裴氏心中暗叫了一聲「好」，渾然不知小姑娘已經看穿自己的意圖，她喚來府上的丫鬟，帶著陸煙然四處走走。

陸煙然向兩位長輩欠了欠身，便轉身離開湖心亭。

嚴蕊是心思通透之人，自然察覺到了裴氏的想法，見女兒已經走遠，便開口問道：「姊姊可是有話要說？」

裴氏抿了抿唇，看著面前的女子說道：「不知妹妹可還記得懷安世子？」

嚴蕊微微一怔。

——未完，待續，請看文創風624《千金好酷》下

文創風
623

千金好酷 上

國家圖書館出版品預行編目資料

千金好酷 / 蕭未然著. --
初版. -- 臺北市 : 狗屋, 2018.04
冊 ; 公分. --（文創風）
ISBN 978-986-328-848-0（上冊：平裝）. --

857.7 107002734

著作者 蕭未然
編輯 連宓均
校對 于馨 簡郁珊
發行所 狗屋出版社有限公司
地址 台北市104中山區龍江路71巷15號1樓
電話 02-2776-5889～0
發行字號 局版台業字845號
法律顧問 蕭雄淋律師
總經銷 知遠文化事業有限公司
電話 02-2664-8800
初版 2018年4月
國際書碼 ISBN-13 978-986-328-848-0

本著作物由北京晉江原創網絡科技有限公司授權出版

定價250元
狗屋劃撥帳號：19001626
網址：love.doghouse.com.tw E-mail：love@doghouse.com.tw